MINGUOWUXIAXIAOSHUO
DIANCANGWENKU

民国武侠小说典藏文库

朱贞木卷

苗疆风云

朱贞木 著

中国文史出版社

朱贞木和他的武侠小说(代序)

上世纪三十年代至五十年代初是大陆武侠小说创作的一个黄金时期，名家辈出，佳作潮涌，领军人物就是学术界称为“北派五大家”的还珠楼主、白羽、王度庐、郑证因和朱贞木。朱贞木虽然敬陪末座，但他拥有一个响亮的头衔——“新派武侠小说之祖”!

朱贞木（1895—1955），中国现代武侠小说家、画家、篆刻家。本名朱桢元，字式颛，浙江绍兴人，出身官宦人家。自幼在家读私塾，喜爱诗赋和绘画，更喜爱文学。在绍兴读完中学后，考入浙江大学文学系，毕业后曾在上海求职并从事创作。1928 年经友人介绍，进入天津电话南局（位于今天津市和平区烟台道）做文书工作，后升任文书主任。1934 年将妻女接来天津，并定居于此。

1937 年“卢沟桥事变”爆发，华北沦陷，日本侵略军占领天津，朱贞木因家庭原因继续留在电话局。天津报界名宿吴云心先生曾回忆说，朱贞木因此在抗战胜利后被解职，曾在天津小白楼开过餐馆。此事属于误传。其实，朱贞木为人清高而自尊，不愿在日控电话局中长期做忍气吞声的工作，遂于 1940 年自动离职，在家闲居，以绘画、篆刻自娱，偶尔也写点散文和诗。此时有出版社登门邀请他写武侠小说，于是他将 1934 年起在《天津平报》上连载的处女作《铁板铜琵录》续成长篇，易名《虎啸龙吟》出版，结果销路很好，于是他又陆续写下了《龙冈豹隐记》《蛮窟风云》《罗刹夫人》《飞天神龙》等十余部作品。

1949 年后，朱贞木尝试按照新的文艺观念进行创作，写了一些独幕话剧，而正在创作的武侠小说由于政策原因半途中辍。1955 年冬，朱贞木因哮喘病与心脏病并发，在天津市总医院去世，享年六十岁。

朱贞木在天津电话局供职期间，与还珠楼主李寿民同事。还珠楼主哲嗣李观鼎先生对笔者说，幼时在北京家中见到过来访的朱贞木，身材瘦削，双目有神。他记得父亲和朱贞木一聊就是一整天，说到激动处，互用手指比画，显见两人关系相当好。

朱贞木的武侠小说创作大约始于 1934 年 8 月，他在《天津平报》上开始连载处女作《铁板铜琵录》。张赣生先生认为是因见还珠楼主在《天风报》发表《蜀山剑侠传》一举成名，朱氏见猎心喜而作，以两人密切关系而论，确有此种可能。《铁板铜琵录》究竟连载多久、是否连载完毕暂时无法得知，或许有两年之久。大约在 1936 年 9 月，《天津平报》上又开始连载朱贞木的另一部武侠小说《马鷂子传》。“卢沟桥事变”爆发后，《天津平报》不肯附逆，自动停刊，该书也就停止连载。

1940 年 10 月天津大昌书局结集出版《铁板铜琵录》第一集，并自第二集起改名《虎啸龙吟》，并一直沿用至今。1942 年 11 月，天津合作出版社出版了《龙冈豹隐记》，该书的前面部分就是只连载年余的《马鷂子传》，可谓是在续写该书。不过《龙冈豹隐记》也并未写完，据作者自叙写到第五集就搁笔了，也没有提到原因，不过笔者所见现存最后一部是第六集。后来在书商和读者的要求下，朱贞木以该书未完结的后半部分加上手头已有资料，写成一部故事完整的《蛮窟风云》并出版。另外，1943 年 9 月的《369 画报》中提到他还有一部小说《碧血青林》，却一直未见出版，但是1949年前后出版的《阎王外传》序言中提及本书原名《碧血青磷》，或许就是此书。

抗战胜利后至五十年代初这段时间，武侠小说的出版迎来一个短暂的新高潮，朱贞木的小说出版了不少，如流传极广的《罗刹夫人》、《飞天神龙》《艳魔岛》《炼魂谷》三部曲、《龙冈女侠》、《七杀碑》、《塔儿冈》、《阎王外传》、《郁金香》等，是日据沦陷期间的几倍，其中既有武侠小说，也有社会小说，还有历史小说，仅见之于广告未曾见诸出版的小说尚有数种。

根据手头搜集到的原刊本和相关资料，剔除同书异名者，从1934年至1951年，各种体裁的朱贞木小说一共出版了十九种，仅见广告未见出版者四种，具体内容可参阅本作品集后所附《朱贞木小说年表》。另外有一部《翼王传》乃是上海著名越剧编剧苏雪庵所作，他借朱贞木之名出版，朱贞木为此还写了一篇不短的序言。

朱贞木小说之所以受到读者欢迎，张赣生、叶洪生、徐斯年等专家学者对此早有精彩论述，笔者不打算再抄一遍，只根据个人的阅读体验，谈一谈朱贞木小说的特色。

看小说本身是一件轻松愉快的事，古人雪夜闭门读禁书，乃是读书人特有的一乐，其实用今天的话来说，就是消遣，武侠小说尤其适合做这样的消遣，而好看的故事则是消遣的核心。

朱贞木的小说构思精妙，叙述生动，引人入胜。如《蛮窟风云》，从沐天澜误饮金鳝血意外昏迷不醒开始，引出瞽目阎罗救人收徒、金翅鹏的出场以及被龙土司纳入麾下，而跟着红孩儿的出场，解释了瞽目阎罗的来历以及与飞天狐结怨的经过，又为后文狮王、飞天狐侵入沐王府，瞽目阎罗舍身血战等高潮部分做了铺垫。又如《庶人剑》，陕西山村中，一对拳师夫妇失踪多年突然归来，教徒自娱晚景。他们意外收了一个来历不明的上门徒弟，不久就遇到多年前的仇敌上门寻仇，老拳师怀疑这个徒弟，结果误中圈套，幸亏这个徒弟忠心为师门，救下了老拳师父子，而仇敌五虎旗之来，则源自老拳师夫妇二人当年离家，与师兄弟一起走镖，技震江湖时期。朱贞木以倒叙的笔法娓娓道来，他在平实流畅的叙事中，营造出一种氛围，创造出一种情趣。故事本身环环相扣，紧凑严密，令读者不知不觉陷入其中，欲罢不能。他的名作《七杀碑》，二十多年前笔者真是一口气从头读到尾的。邓友梅先生在《闲居琐记》中，记录了著名作家赵树理先生指着《七杀碑》对他说的话："……写法上有本事，识字的老百姓爱读，不识字的爱听。学学他们笔下的功夫……"由此可见朱贞木讲故事的水平有多高了。

若要把故事讲得"识字的老百姓爱读"，只有凭语言的功力了。朱贞木接受过私塾和学堂两种正式和非正式的长期教育，其学历在武侠小说作者中大概是绝无仅有的。他的青少年时代又是在富庶的浙江绍兴度过的，他肯定接触过当时的鸳鸯蝴蝶派小说、新文学书籍以及翻译的西方小说作品。他的武侠小说处女作《铁板铜琵录》遵守中国章回小说的传统，采用对仗的回目，在描绘风景时更是不自觉地经常使用赋体，轻松自如，毫不佶屈聱牙，可见其古典文学素养深厚。自第二部《龙冈豹隐记》开始，包括之后的所有作品，他却都摒弃传统章回，章节名称全部采用"血战""李紫霄与小虎儿""金翅鹏拆字起风波"等名词、词组或短句，长短不拘，新鲜灵活。这一革新更为二十世纪五十年代以降大部分香港、台湾武侠作家写作的滥觞。他在武侠小说中有时还使用当时流行的新名词如"观念""计划""意识"等，然而用得自然爽利，反映出了一些语言跟随时代而来的变化。

严家炎先生在《金庸小说论稿》中说："在小说语言上，金庸吸取新文学的某些长处，却又力避不少新文学作品语言的‘恶性欧化’之弊。他扎根于本土传统文学中，较多承继了宋元以来传统白话文乃至浅近文言的特点，形成了一个新鲜活泼、干净利索、富有表现力、相当优美而又亲切自然的语言宝库。”这些评价用在朱贞木——金庸的浙江同乡前辈身上，同样十分贴切。

追求自由恋爱是“五四”以来各种文学体裁的共同主题，武侠小说自然没有落后于这股时代潮流。在《蛮窟风云》《罗刹夫人》《飞天神龙》等朱贞木小说中，主要男女人物积极主动地寻找、追求自己的爱情，尤其是女性人物，一反全凭媒妁之言的传统，大胆示爱对方，甚至还有私奔、野合的情节。朱贞木有时还通过小说人物之口，表达他对于“情”字的解读，可以说，所有这一切都间接反映了五四运动之后反封建传统、反道学的社会流行风气。其实，在朱贞木前后期的很多武侠作品中，女性主角的地位已经大大提高，也出现不少以女性为主人公的作品，如顾明道《荒江女侠》、王度庐《卧虎藏龙》等，即使在还珠楼主的《蜀山剑侠传》中，女剑仙、女剑客也扮演了主要角色。只是多数作家虽然突出了女性的自主与独立，突出她们的纵横江湖，但在描写男女爱情上着墨不多、不细致，而在这个方面，朱贞木就显得比较突出。

他把恋爱中男女的哭、笑、逗、闹等言语和肢体动作描写得栩栩如生，淋漓尽致，而对于堕入情网中男女间的对话，更是绘声绘色，就连男女之间的武功切磋，有时也“写得花枝招展，脉脉含情”，表现了有情男女之间那种若隐若现、欲拒还迎的情致与趣味。有时他则用热辣辣的语言展现女性对于爱的向往，比如《罗刹夫人》中的罗刹夫人，《七杀碑》中的三姑娘、毛红萼，《飞天神龙》中的李三姑等等，这一特点被后起的香港、台湾武侠名家如金庸、卧龙生、诸葛青云、司马翎等人继承并发扬光大，同时穷追男主人公的侠女达数人之多，叶洪生先生称之为“数女倒追男”模式。相比之下，以“侠情”特色名传后世的王度庐，笔下恋爱男女的表现反而显得含蓄、收敛和传统。

至于男主人公的表现，除了在房梁上刻下“英雄肝胆，儿女心肠”的杨展，多数没有女性角色那么生动而有活力，《罗刹夫人》中的沐天澜竟然一副小男人的娇样儿，喜欢拜倒在两位罗刹姐姐的石榴裙下，仿佛有些《红楼梦》中贾宝玉的某些味道。

说来有趣，被划入鸳鸯蝴蝶派的顾明道笔下没有这样娘娘腔的男主角，王度庐笔下有些优柔寡断的李慕白也仍是男子汉一个，其他如更早的平江不肖生、赵焕亭和同期的白羽、郑证因等人都不弹此调，因此武侠小说中“娇男型”男主人公大概可以算得上是朱贞木的首创了。

对于爱情的结局，虽然同时期的王度庐偏重悲剧，但朱贞木还是和大多数武侠作家一样，选择了喜剧。大团圆的喜剧结尾对读者的感染力自然不如悲剧来得深刻，但在剧烈变动的时世中，对于经常听说和目睹人间惨事而无能为力的一般读者来说，也多少算得上一点安慰，多少能保留一点对美好事物的向往与期待，多少能暂时得到些许快乐与心情的放松！

小说作者迎合一般读者的需要，本是无可厚非的，而朱贞木这么做，却并不是“为稻粱谋”的需要。1943 年 9 月出版的《369 画报》第 23 卷第 1 期刊登了《天津武侠小说作家朱贞木》一文，作者毅弘在文中写道：“朱贞木先生并不指着卖文吃饭，他不过是闲着没事，作一点解闷而已，在写武侠小说的作家中，朱贞木先生是一位杰出人才，独树一帜，另辟蹊径，所以将来的成功，殊不可限量。”

可见，朱贞木写武侠小说虽是为了解闷和消遣，却也不肯胡乱涂抹，而是要有真正的消遣价值！

他在处女作《铁板铜琵录》的序言中感慨小说的出版有量而乏质，原因则是社会不景气，认真作品没有销路，大家都要有口饭吃，于是就“卑之无甚高论”了。他又写道：“在下这篇东西，本来用语体记述了许多故老传闻、私乘秘记的异闻逸事，借以遣闷罢了。后来因为这许多异闻逸事确系同一时代的掌故，也没有人注意过，而且看见小说界的作品，风起云涌，好像作小说容易到万分，眨眨眼就出了数万言，不觉眼热心痒起来，重新把它整理一下，变成一篇不长不短、不新不旧的小说，究竟有没有违背时代的潮流，同那个小说界的金科玉律，也只好不去管他，俺行俺素了。”

朱贞木显然十分清楚小说的真正要求是什么，客观环境所限，走消遣的路子罢了。即便如此，他也并不是向壁虚构，胡乱编些故事应付读者，而是有所依据的。他这样认真地选择和使用材料，显然是有成绩的，他的第二部作品《龙冈豹隐记》序言中是这样说的：“前以旧作《虎啸龙吟》说部，灾及枣梨，颇承读者赞许，实深惭汗，且有致函下走：以前书仅只六集，微嫌短促，希望撰述续集为言。……稗官野史，无关宏旨，酒后茶余，聊资消遣。下走亦以撰述说部为消遣。以下走消遣之笔墨，转供读者之消遣，消遣之途不一，消遣之理相同。然真能达到读者消遣目的与否，则须视内容之故事是否新颖，文字之组织是否通畅为衡。以各种说部风起云涌之今日，而欲求一有消遣真价值之作，亦非易易。”

待到数年后的《罗刹夫人》出版时，他对武侠小说创作题材已经有了比较全面的认识和思考，他在该书附白中指出，武侠小说有两弊，一是过于神奇，流于荒诞不经；一是耽于江湖争斗，一味江湖仇杀。他希望《罗刹夫人》一书可以为读者换换口味。他也的确做到了，该书影响范围之大、时间之长是他根本想不到的。

朱贞木虽然屡屡强调自己写小说只是消遣，但他身处一个战乱频仍的大时代，又从家乡绍兴北迁天津，个人际遇的变化、人生的起伏都会多多少少在作品中有所流露。他的小说题材不少出自明末清初的笔记，为何选择在那样一个动荡的、变乱的时代发生的故事和人物，背后的含义是不言自明的。在《龙冈豹隐记》等书中，轻松和趣味之外，作者自身感受的某种无奈时有体现——身处乱世的人们，无论高人愚氓，何处可以求得安定的生活！

随着1949年1月天津的解放，这种对于时势的困惑与无奈就消失了。朱贞木在这年7月出版的《七杀碑》第二集结尾处写道："烽烟未戢，南北邮阻，渴盼解放，当再振笔。""解放"二字表明了他当时的政治态度，也表明了他对于新时代的期盼。于是，在全国解放后，朱贞木主动学习新的文艺理论，尽力掌握新的文艺观点，并尝试运用在新的武侠小说和历史小说创作中。《铁汉》就是他的一次努力：一个侠士挺身而出，牺牲自己，意欲拯救无辜百姓，免遭官军的蹂躏。在《庶人剑》的序言中，朱贞木已经认识到了个人英雄主义的狭隘与局限，认识到人民的力量的可贵，他写道："'老百姓的剑'是用钢铁一般的意志铸就的，无形的，锋利得无可比喻的，而演出的方式，不是斗鸡式的，是集合大众的意志，运用脑力体力，推动整个社会机构，而与障碍前进的恶势力做斗争的……"

可惜类似这样的努力并没有进一步开花结果，《庶人剑》刚刚写了三集就停刊了，预告的不少新作如《酒侠鲁颠》等似乎都未曾出版。自1951年6月起，所有武侠小说都不准出版。1956年文化部又颁布严肃处理反动、淫秽、荒诞图书的命令，并配发查禁图书目录，朱贞木的所有作品竟都赫然在列。其实，类似朱贞木这样努力学习、尝试运用新文艺观点创作武侠小说的还有还珠楼主、郑证因等武侠作家，他们的所有作品也一样榜上有名，一同被禁。此后三十年间，朱贞木的小说彻底消失，连朱贞木这个人也寂寂无闻至今。

朱贞木的武侠小说基本写成喜剧结局，可是他自己的写作生涯却以近乎悲剧收场，令人唏嘘不已。

上个世纪八十年代改革开放以后，武侠小说又重新出现在图书市场上，而且颇有声势，名家名作纷纷重现江湖，朱贞木的作品也出版了几种。时至今日，如《罗刹夫人》《七杀碑》等几部知名作品也再版过多次，只是因为出版人对于武侠小说仅仅停留在商业层面的认识上，因此版本混乱，存在这样那样的错误，影响了对朱贞木作品的研究。

中国文史出版社不惮花费巨大人力、物力、财力，出版“民国武侠小说典藏文库”系列丛书，为后世留下宝贵的研究资料，还中国武侠小说史上的知名作家一种本来面目，可谓功德无量！笔者作为该文库“朱贞木卷”原刊本提供者、编校者，于武侠小说资料的搜集与整理略有心得，承蒙社方信任，略谈一些关于朱贞木生平及其作品的粗浅看法，谬误不免，聊充序言耳！

顾　臻

2016 年 10 月 26 日于琴雨箫风斋

2020 年 11 月 16 日修订

目　　录

第一集

第一章　穆索威加三五猛 …… 3
第二章　埋陷阱活擒珠郎 …… 16
第三章　夜袭盘江铁索桥 …… 23
第四章　铁索桥边的恶战 …… 41
第五章　艳妾珠冠成祸胎 …… 47

第二集

前　引 …… 65
第一章　图财害命的人兽 …… 66
第二章　困死英雄木棱中 …… 78
第三章　害人害己造惨剧 …… 90
第四章　血溅灵帷酬故主 …… 103
第五章　千古惨剧的结束 …… 114

第 三 集

引　言 …… 127
第一章　卑污阴险的道儿 …… 128
第二章　象鼻冲麓除凶苗 …… 136
第三章　碧云丹岩的树屋 …… 153
第四章　高僧恩赐朱痕剑 …… 159
第五章　素素玉骢的结合 …… 173

第 四 集

前　引 …… 189
第一章　天魔洞里的风光 …… 190
第二章　武侯祠中的剧战 …… 203
第三章　柳侠拐杖惩悍苗 …… 212
第四章　任同知的缚狮计 …… 223
第五章　灵鸽求援哀牢山 …… 233
后　记 …… 244

附录：朱贞木小说年表 …… 245

第 一 集

第一章 穆索威加三五猛

滇南自古为西南夷，与中原不相统属，自从几位好大喜功的野心帝王，欲以边功为武成，这才渐渐将目光放到西南滇黔这一带去。我们并非考古，尽可不必研究谁个帝王的势力扩张到西南的哪一部分去，只笼统地说一句，自从历史上所谓“汉习楼船，唐标铁柱，宋挥玉斧，元跨革囊”，有了这些经过以后，西南滇黔却已归入了中国版图。太远的且不必提，元末时，那元梁王的封地正在云南，曾一度与明太祖抗衡，旋被消灭，太祖便命西平侯沐英镇守滇南。自沐英以次，世代袭封，永镇斯邦，满清入主中华，那地方很快地又服从了满清。直到吴三桂投清反正，自湘入滇，将云南一度做了他最后的根据地，直到吴三桂败亡以后，云南重又归入了清朝版图。

因为滇中是古时的西南夷，那里的居民向来是汉苗杂居。在滇边或深山中的人，便与汉人迁入滇省者不同，那便是所谓苗民。……[①]苗民人人犷悍勇健，无论男女，都爱武善斗，尤以生苗为最。传闻尚有食人之苗，猓猓便是一种，但经实地考察，猓猓也自有猓猓的纪律，并不若传闻之甚，不过大多数习于迷信，擅制毒蛊，这倒并非故作惊人之谈呢。

---

① 此处有删节。

滇黔山水，甲于天下，这句话实嫌夸大，因为即以云南而论，除了几处名胜而外，大都是崇山峻岭，说它险恶则可，说它美秀则未必。本书述的是滇中故事，自然要谈一谈云南的地势，尤其是关于苗民聚集之处。别处不论，单说滇省西南上，邻近缅甸的一个地方，名曰普洱，这普洱在清初却是府治，它北倚顺宁府，东邻沅江州，东南与临安府接壤，在这一块地方，苗民最多，因而有一句俗话，谓之“普洱临宁三五猛”。这是什么意思？原来在普顺临三府界内，共有三十五个地名，都以猛字当头，那即猛弄、猛梭、猛勒、猛赖、猛蚌、猛烈、猛岩、猛岛、猛腊、猛㑹、猛养、猛统、猛迺、猛龟、猛往、猛海、猛混、猛班、猛麻、猛准、猛朗、猛宾、猛啻、猛回、猛勇、猛库、猛撤、猛渗、猛董、猛波罗、猛连、猛猛司、小猛罕、上猛尹、下猛尹便是。这三十五猛所居，虽不敢说尽是苗民，但在千分之几内或有几个汉人点缀其中，这是实在的。

在普洱西南方，紧邻缅甸的那一道边疆，正是葫芦野夷界，在野夷界之南，后来便是所谓猛连宣抚，但在清初时节，那地方似乎尚未经宣抚，可说一句是化外之地。在猛连与葫芦野夷界之间，有一带山脉，那是属于金沙江以北的云岭山脉的一支。此间地广人稀，尽为葫芦野的一种苗人所集居，其族世以勇武为荣，若干年、若干代下来，相沿成风，因此小孩子秉了祖先强悍的体气，生下来就与他处的人不同，发育既极坚实，练武尤为他们的天经地义。

这里有一家姓穆索的苗人，夫妇素以专猎野兽为生，如虎豹狮象之类，他们的勇武当然是不必说起。这男苗名叫穆索金环，在三十岁上生下一子，起名穆索珠郎，自幼勇武有力，善于奔山，行走如飞，这些都是葫芦野苗人的通常能耐，原不足为奇，奇的是，这穆索珠郎幼年在山中猎捕小兽，忽然遇到一个不知从何而来的采药僧人，能通苗语，见穆索珠郎天生矫健，迥异常苗，便与他谈将起来。也是穆索珠郎福至心灵，知道僧人不是常人，就问他请教武功，僧人偶尔试了几手给他一看，喜得穆索珠郎一味缠着那僧人，必要随他去学武艺。

那僧人本因他是可造之材，才故意点醒他，此时见他居然已经悟到，益发欢喜，便对珠郎说：“你愿随我去学艺，你的父母意思如何呢？”

珠郎便引了僧人，来见他的父亲穆索金环。苗族学武，本视为重要，自无不允之理，便以三年为期，过了三年，无论学成与否，必要回来一次，双方约定，次日便由僧人挈了珠郎自去。

光阴如箭一般飞快地过去，穆索珠郎不但三年期满回家来探视过一次父母，后再去又是三年，可说珠郎随着僧人学艺，每三年回家一次，如此已经到了第三个三年上了，此时金环夫妇，年过四旬以上，转眼就已五十岁，自然惦念儿女的心情，比壮年更要浓厚，到了第三次珠郎回家探视双亲时，金环夫妇便不愿再让珠郎回到僧人那边去了。

于是珠郎便向他父亲说：“果然我师父大觉禅师在此次临别之时，曾对我说过一番话。”

金环便问：“说了些什么话？”

珠郎说：“师父说‘你此番回去，怕你父母不愿再叫你到我这里来了，到时你也不必再来。万一你父亲尚无此意，那便是你的造化，这是关于你毕生的命运，无可强勉的’。如今爹果然不让我再去，看来这也是命中注定的吧。”

因为苗人信命甚坚，知道这是命定，也就无话可说，其实在大觉禅师之意，乃是另有一番用意。他传授珠郎九年的武功，不论内外功，珠郎均已达于上乘，只是关于奇门六甲等术，尚未学到。如果此次再回到大觉禅师处，大觉便要传授他此等术数，结果终于因金环舐犊之爱，而竟牺牲了这一门本领。但是这点终与珠郎的毕生命运有无关系呢？读者看到珠郎的结果，自然就明白大觉那句话的意义了。

苗族尚武，谁有武艺，谁就有人崇敬，穆索珠郎学成了如此惊人的本领，在苗族中谁不尊崇他？虽然他此时才整整二十岁的一个少年，可是在葫芦野夷群众中，他已隐隐然是一个首领人物，曾经有几次与邻地苗族发生争端，珠郎以一人之力，击退数百苗人，由此威名远震，渐渐及于普洱府全境。

上文说过，顺宁、临安、普洱三府群苗，分处在三十五猛地方，每一猛地方，都有一个头领人物，也都是强武有力、剽悍善斗的人物。起初也是各人自负各人的武功，互相掠夺，及至珠郎一经出了名，三十五猛的首领，谁也不信他有这大的本领。尤是其中有五猛的首领，都是具有了不得的武功与本猛特制的武器和特备的毒蛊，极其厉害，平时三十五猛苗民，都奉这五猛的首领如天之骄子，手下党羽，尤为众多，此猛便是临安府的猛蚌、元江州的猛烈、顺宁府的猛麻、普洱府的上下猛尹五处。猛蚌的首领名叫龙金驼，猛烈的首领名叫安目麻，猛麻的首领名叫朋乃，猛尹分上下两地，上尹的首领名叫檀台羽箭，下尹的首领名叫檀台金萝，二檀台乃亲兄妹，金萝还是个女性。此五人闻知猛连宣抚有这样一个穆索珠郎，都不胜愤愤，屡想和他见过高下，可是珠郎武功虽好，向不出外生事，众苗一时倒也无可如何。于是五猛各寨首领也只好逼着一股愤气，待时而发。

苗族习惯，每年在春风和畅，百兽交尾之时，全寨人众，必须来一次跳月的大会，此种跳月，正是为未婚的少年男女而设，所以也是少年男女择配的好机会，男女之间，各凭自愿地和相爱者携手跳跃春宵花月之下，边跳边唱，随着唱与跳，尽可以一对对地避入深山邃谷、密林旷野之间，互诉情爱，去订终身之约，所以跳月也就是苗人少年男女定情的一个节季。但是有些已婚男女难免也有所偶非人，或是另有情人的，也往往趁这个时期，背了各自配偶，鱼目混珠地，也跑去跳月，也居然挽了情人的手臂，悄悄地背了熟识的亲朋，到深山里去幽会，更有那双方情不能畅，为了阻碍，就在跳月之夜，双双自杀在山林之中的，也有乘了跳月之夜，偕了情人远走高飞，逃到别寨的管界以内，以图与情人终身偕隐的，形形色色，正是什么都有。

这一年暮春三月十五之夜，猛连宣抚境内的一个男苗，带着一个有夫苗妇，乘着跳月之夜，悄悄逃出管界，一直奔到邻寨猛往界内。要知苗民所居，还是原始生活，他们的人口也绝不像如今的大都市一般，动辄以万计，所以外逃苗人极易发现。按苗族法律说来，私携有配偶的苗人出境，这是有罪的，如果邻境发现此种情形，立即送回他的原寨，如隐藏不送，寨与寨间便须发生意见，所以此时猛往寨既知猛连宣抚有违法苗民匿此，自应将其送回，那就任事没有了。偏偏猛往寨的首领乌托邦里年岁太轻，因是上猛尹檀台羽箭的妹丈，一半倚了檀台之势，一半心中瞧不起穆索珠郎，他竟不顾苗族向来的律规，未将这对男女送回猛连宣抚。此时猛连寨中人也据了苗妇本夫的报告，知道正在猛往，当即派人向猛往来索取，论理猛往就该将这二人交付猛连来人，更无别话可说，不料乌托邦里明知故犯，拒而不遣，这一来猛连寨苗民就动了公愤，要求穆索珠郎和乌托邦里交涉。

珠郎因知此是苗族老例，猛往绝不应如此，自然不能拒绝众苗的要求，但珠郎向来不肯仗势欺人，所以特派了一名穆索本族的高职司人，前去猛往，请他念在两寨的友谊，将二苗送回猛连。哪知此时乌托邦里早与上猛尹檀台羽箭商量好了，故意地要与珠郎为难，无非想借了这次的事端，好与珠郎翻脸，一面约齐五猛各寨的有名人物，要一举将珠郎打倒。这纯是一种无意识的意气仇杀，遂致引出了许多恶斗的场面。

穆索珠郎本人既受过大觉禅师的九年熏陶，自然智识方面，也较一班苗人高明。猛往寨的乌托邦里不肯将逃去的一对苗男妇送回，虽觉他们犯了本族的律规，但是他一方面也深觉此种律规，根本没有意义，因此他本人对于此事原未十分重视，怎奈一班部下认为这正是乌托邦里藐视猛连之处，此事如不与他有个解决，越显得猛连无人，也正是猛连的耻辱，就成天嬲着珠郎，要与乌托邦里武力解决。珠郎拗不过部属的要求，与维持苗族一贯的律规起见，这才再派专人去向乌托邦里严正交涉。

谁想乌托邦里有心挑衅，不但不曾将两个猛连逃人交出，反倒将差去的人们剁去耳鼻，赶了回来。这一来，不但猛连寨全部苗民愈觉愤慨，就是素主和平的穆索珠郎也不由得大怒起来。他觉得乌托邦里太也无礼，明知他仗了他妻舅檀台羽箭，才敢如此故捋虎须，觉得此事已到不得不与他们动武的趋势，当时就允许派人去用武力将二逃人捉回。其时珠郎就派了部下，猛连宣抚的一、二、三三道镇山口的幄主前去。

原来，葫芦野夷的编制大概以寨或洞为最高层机构，以下便是“幄”。幄有幄主，手下常有数十至数百苗兵，幄主自有他的居处，系用巨竹支成皮帐，一排连着二三十座，为首的住的称为幄子，幄以下便称为篷子。这猛连宣抚的镇山口，第一道幄主名宗宗夔甲，第二道幄主名龙血鹤，第三道幄主名张景桓，此人却是世居苗疆的汉人，可是娶的也是苗女，一切生活习惯早与苗人无别，仅仅姓名未变而已。这三位幄主，在得了珠郎许可之后，各带了二十名苗卒，直向猛往寨而来，猛往离猛连宣抚最近，半日多的路程，早已到了猛往的入口道上。

乌托邦里也早已得报，他便约请檀台羽箭，率领百余名健苗，截住入口，也不容宗宗夔甲等三位幄主开口说话，早已给了他们一个下马威，一阵恶斗竟伤了龙、张二人，并活捉了宗宗夔甲而去。龙、张二人闹了个灰头土脸，回来向珠郎哭诉。珠郎闻言大惊，一问情由，才知道有上猛尹檀台羽箭相助，乌托邦里才获此大胜，登时心中也上了真火，心说我无非不愿同族相残，才一再和你们好说，谁知这些人是故意与我为难，才这样不讲情面，少不得自己也只好与他们周旋一下，否则在滇南境上也就没法再混了。

穆索珠郎打定主意，就挥手命龙、张二幄主退去，自己暗暗地盘算如何进兵去征服乌托邦里，又如何先去截住檀台羽箭。他计划已定，才传出令去，除了龙、张二幄主因伤回幄休养，不必随征，此外点齐了一部骑卒和一部长矛手，共有八十余名，次日黎明起程。珠郎却只带了猛连宣抚的守卫长和随身一个武士，押队向猛往进发。这个随身武士也是苗人，今年才十四五岁，名唤馨儿，自幼就由珠郎收留部下，爱他聪明勇敢，就由自己授他武艺。馨儿从小没了父母，终日在深山穷谷找饮食，日与兽群为伍，因此不但天生神力，就是纵跳上下，也真和猿猴一般灵捷，自得珠郎传授，武功益发大进，别小看他十余岁的一个小孩了，却是珠郎的一个唯 好帮手呢。此时他们一行人浩浩荡荡的，重又向猛往乌托邦里的寨中推进。离着乌托邦里所驻尚有一二里路，珠郎就命前面部队暂时站住，自己在马上向四面的山势察看了一番，然后将馨儿叫到马前，附耳吩咐了几句话，馨儿便带着他手下的二十名健苗，又向来路上走了回去，珠郎见馨儿已去，才又整队向前直进。

在穆索珠郎意中，以为乌托邦里与檀台羽箭系属至亲，此次仗了檀台，才敢与自己作对，因此命馨儿悄悄地埋伏在猛往入口的山沟之左，做一支伏兵。哪知乌托邦里不但约请了檀台一人，原来檀台等早已想压服穆索这一族，便借了此次事端，又与猛蚌寨的龙金驼、猛烈寨的安目麻、猛麻寨的朋乃等四家，悉力来应付穆索珠郎一人，这又岂是穆索珠郎所能预料的呢？

此时天色早已大明，一轮红日高照在猛往珠连山山脊上，远望却看不见猛往寨有一人一骑。珠郎看了心中怀疑，便不敢深入，只在寨道口扎驻，向队中唤出一名报事卒，命他且到前面乌托邦里寨中请人答话。谁知那报事卒去了好久，依然不见一个人出来，便连那报事卒也一去不返。珠郎知他们必有诡谋，然自恃武艺，一声令下，带了八十名勇苗，一齐向珠连山入口上的诸幄冲去。

哪知在穆索珠郎率队前冲之时，一路进去，绝无一人拦阻，猛连宣抚的苗人一直冲进六七里路，竟不曾见有一个敌人，两旁幄子全都空空如也，再一看四山一望无际，全是菁深的绿竹，那条羊肠小道越来越窄，珠郎一看情形不对，深知已中了敌人的围伏，又知自己带的人不多，少时必要冲杀不出，忙传令将后队改前队，立刻退出去。哪知还未退得几步，早听四野一片喊杀之声，和铜皮战鼓咚咚打个不已，立从四面深林中杀出无数的苗兵来。

珠郎一见不是头，忙命甘居和莫利铎两人各分带二十名苗卒，各倚石为战，弗使腹背受敌，自己带了二十名健卒前去冲围，冲开了，令甘、莫二人随在一处杀出。吩咐已毕，珠郎左手苗刀，右手长矛，催动坐下白驹马，大喝一声，向正西上敌苗大喊一声，骤马前驰，打算冲开他们重围的一角。哪知前面正是猛蚌、猛烈、猛麻三寨合围，他们用来包围的阵势名为荷叶式，乃是两重叠一重，一重外再叠两重的重叠包围，不使稍有空隙，此种阵势，也可说是连环亚字形的式样，确为苗人别出心裁的一种包围网。珠郎自然识得，但他凭了本身武功，竟不将此辈放在眼底，一马当先，冲将上去。

忽听对阵中鼓声响处，骤马跑出一苗，年纪二十余岁，生得又肥又笨，正是那奸狡的乌托邦里，手中托了一支长矛，腰背弓矢，神气十足。

穆索珠郎喝道：“猛往乌托邦里寨主，为什么一再欺我猛连来使?”

乌托邦里仰天大笑，其声磔磔如怪鸟，笑了一阵，竟向珠郎说：“你这厮仗会几手拳脚，到我跟前来充什么字号，眼看今天就是你转世投胎的日子了。”一句话说完，一催坐下马，唰的一声向珠郎这边冲来，手中长矛，恶狠狠地向珠郎的前胸直刺过来。

珠郎本已怒他说话无礼，又见他已动手，便也不客气地一声叱咤，用左手苗刀在他的矛杆上唰地削去。珠郎这口苗刀乃是三代祖传，平时用以猎兽，无论多坚韧的野兽皮骨，举刃之下，没有不立断的，此时又是故意要叫乌托邦里得知厉害，一刀削去，自然用足了劲的，但听咔嚓一声，乌托邦里手中矛杆，立成两段。乌托邦里不由得猛地一惊，他知道珠郎的厉害，也不等珠郎再来第二手，早已呼的一下，回转马头，逃回去了。珠郎以为他怯阵，不由暗暗好笑，刀尖向前一挥，领着众苗，向乌托邦里逃去的路上直追过去。

哪知刚刚转过一座山坡，猛听咚咚几声皮鼓响起，马前早拦住一个高大异常的苗酋，头发披在两肩，额上却箍了一个金圈，上身一丝不挂，一身黑肉，前胸两臂，全填起了一块块的筋骨，显出异常坚强的躯干，腰围兽皮，齐膝而止，两足却从小腿上便是一路裹腿，人字纹打了个结实，两足穿着一双百结麻绳鞋，骑着一匹赤炭似的大马，飞一般冲到珠郎马前。珠郎猛一望他的面目，觉得尤为凶恶，双目闪闪如电，扁鼻阔口，两只大耳上挂着一连串三四个金环，每一摇头，便听叮当乱响。尤其前胸双乳皮下，也穿着一双金环，大几盈尺，身体一动，金环左右乱摆，手中擎着一支五股钢叉，又长又大，看去好不威猛奇特。

珠郎因不甚和这类威猛的人物往来，竟不认识，便按住刀矛问道："来人何不通名？"

那苗酋闻言，仰天大笑，笑罢说："你既不认识你家寨主爷，少不得告诉你，叫你死了也好明白，你寨主爷就是威震滇南顺宁地面的上猛尹檀台羽箭。"

珠郎知道檀台羽箭兄妹二人武功颇好，比不得方才那个乌托邦里，当即留上了心，接说道："原来你就是檀台……"

一言未毕，檀台早已唰的一声，钢叉早已飞临珠郎头上。

珠郎见他来势凶猛，便不用刀去格，两腿将马一夹，倏地闪过那一叉，一回身，扣镫扭腰，单臂擎矛，唰的一声向檀台后肋刺去。檀台一摆钢叉的后把，咯噔一声，将矛格开，拨过马头，翻手使了个"画龙点睛"的招式，向珠郎前胸斜刺过来。珠郎深觉如此久拼下去，真没有个完了，当时顺了他这一刺，身子往旁边一偏，脚尖点镫，跳下白驹马背，躲过了这一叉，一矮身蹿向马腹下，一挥苗刀，照定檀台的右腿砍去。

檀台一见珠郎下马，尚来不及跳下马来，珠郎的苗刀已到，慌忙中右腿向上一抽，左足在镫上一蹬，唰地也跳下马背，可是珠郎一刀正砍中了马腹旁鞍镫上，只听嘣的一声，半边鞍镫齐飞，刀锋竟划及马腹，那马长嘶一声，负着痛，跑得不知去向。这里檀台一看珠郎刀砍马腹，怒吼一声，向珠郎面前直蹿过来，起手迎面一叉，又准又狠，不容珠郎闪避，早又到了他的肚腹。

珠郎见来势过猛，知难力敌，便一腾身，来了个"旱地拔葱"，跃起一丈来高，倏地一探身，飞过檀台头上。檀台一叉用力过猛，不料一下落了空，不由身子向前一冲，一时还未及回身，早被珠郎使用"白鹤展翅"的刀法，左右手斜着向上下这一分，左手苗刀正剁在檀台后胯骨上。檀台不由一个龙钟，冲出好几步去，珠郎不等他转身，接着向左一旋身，右手长矛早已刺到檀台后心上，还算檀台不错，忙着向地上一滚，就听哧的一声，檀台左肩上早已中了一矛，任他檀台多么勇猛，也禁不住身受两伤，自知不是珠郎对手，忙不迭连跳带纵，逃回本阵。

此时早怒了猛蚌的龙金驼和猛麻的朋乃，一齐怒吼连声，飞一般地跑到珠郎面前，也不开口讲话，龙金驼一递手中苗枪，哧地向珠郎迎面刺到。珠郎倒是认识龙金驼，因为他是一个苗酋中的老辈，此时已有六十余岁，须发如银。别看他年老，武功确有独到，珠郎对这一枪，哪敢怠慢，忙一个错步，倒纵出七八步去，当即将右手长矛向后队中一扔，左手苗刀换到右手，一猱身早踹进了龙苗的洪门。

龙苗万想不到珠郎身手竟如此的快疾，刚一惊顾之际，珠郎的苗刀早已随身点到，只听扑哧一声，正搠在龙苗右肩窝上。龙苗“哎呀”一声，望后便倒，刀尖起处，鲜血飞溅出来，龙苗雪白的胡须立刻染成了一片大红。

旁边朋乃一见龙金驼也受了伤，不由又惊又怒，大吼一声，从珠郎身后跳过去，一起手中那柄阔背倭刀，唰地就向珠郎背上砍到。

这柄阔背倭刀并非寻常武器，乃是苗洞中的一种特殊品，此刀不但刃厚背阔，而且全身特长，约及四尺以外，使的招数也与单刀苗刀不同，此刀乃双手并握，倒有几分与单头棍相仿，用得好时，却也十分厉害。

这朋乃原是苗族最凶悍的一种，名叫猓猡，相貌丑怪，力大如牛，尤善跳跃，行动如风。珠郎窥他长刀快到背后，倏地一拧身避过刀锋，跨左足起右足，啪的一声，正踢在朋乃左腕上，幸而他的阔背倭刀是双手并握。虽被踢中左手腕，倭刀竟不曾脱手，珠郎见一踢不中，更不怠慢，回手就使了个“凤凰单展翅”，人向左边跃出，刀却向右边砍去，正好朋乃转身正要猱身而进，苗刀、倭刀碰得金星直迸，珠郎恐伤了苗刀，忙撤身退出一丈来远，低头一看苗刀尚无损伤，只在这一瞬的工夫，朋乃倭刀早又二次向珠郎右肋搠到。

珠郎倏一旋转，使个“十字摆莲手”，将苗刀与左掌斜着向两边一分，荡开了朋乃这一刀，一扬左手，发出一件暗器，但见一道黄光，向朋乃面门直奔而来。朋乃万不料他能在这一转身之间，暗器发得那么轻快，心内猛然一惊，忙侧头避过，可是噗的一下，早已打中肩窝，只觉右肩头一阵发麻，便一个龙钟，倒退出去。

旁边早怒恼了猛烈寨的安目麻，一声招呼，将苗刀向前一挥，四寨苗兵轰的一声，一齐围将拢来，立刻将珠郎困在垓心。任珠郎骁勇，左冲右突，兀自冲不出去。此时他深悔方才不该跳下马来，要知马上对手，果然不甚得力，可是要讲到突围，则又非借马不可。

珠郎当时心中一急，立时生了一个主意。原来珠郎自幼在深山随许多走兽纵跳奔跃，本与猿猱足以并驾齐驱，及至从大觉禅师学技之后，又加上人力的功候，自然更进一层，大觉对于轻功，除了御剑凌风又当别论外，他自身却发明了一种盘坨功。这种功夫乃从纵跳轻功中，加入一种一边疾走，一边搏斗的功夫，另有一路招数。珠郎一看当时形势，非用盘坨功不能逃出圈外，当即向上举目四瞩，看清了当前的地势，立刻将身向下一挫腰，从下部卷进一只脚去。当着的那脚上的几人，自然纷纷后倒，珠郎乘此向近边一座二丈来高的岩石上，噌的一下，飞纵上去，顺了那方岩石，一路盘旋。

在下面追赶的人，只见他如飞鸟般直纵上去以后，便在岩石左右，一路做回转之势，仿佛转磨似的连跃带飞，连人带刀，只见一团刀光人影，和圆球似的，渐渐向山高处滚了上去，众人纵想放暗器、发袖箭，但因他并非直上，而是一路盘旋，片刻不曾停留，竟没法对他瞄准，纵有暗器、弓弩也发不出去，只眨眨眼的工夫，珠郎早已从岩顶上翻到隔山，那些苗人虽也纵跳如飞，可是等他们一阵飞跃，赶到岩顶，哪里还有珠郎的影子，于是檀台等苗才知珠郎的厉害，果是名不虚传。但是珠郎本人是逃出了重围，可是他的部下左右两守卫长，以及五六十名苗卒却无法再逃，尽被四寨掳去，守卫长甘居还带着伤痕。

第二章　埋陷阱活擒珠郎

珠郎从苗围中用盘坨功向岩顶上逃出之后，第一步便要寻找馨儿，因为珠郎在入山时节，唯恐中伏，曾命馨儿自带几十名苗卒预伏在离入口三里外的一道山沟内，那地方名叫百叶沟，是一个出入要口。哪知檀台羽箭十分精细，早在百叶沟左边林内伏了一支苗兵，馨儿到了百叶沟，不多时遥闻山中喊杀连天，知道已是时候，正想从百叶沟沿了后山翻到前山去接应珠郎，以做成南北夹攻之势，忽然左边林内一声鼓起，早杀出百数十名苗兵，将馨儿等人俱困在沟边。

馨儿正自左右冲突不出，忽见敌人身后发喊，纷纷倒退下来，原来正有人从敌人身后杀出，虽只一人一刀，但那百余名苗兵竟已被冲杀了一半，馨儿忙一细看，正是主人珠郎，心中大喜，立即高喊一声，领了残余的众苗卒，夹攻起来，主仆二人一阵砍瓜切菜一般，伏敌大半被杀，小半也都四窜逃命去了。

其时天色已暮，万山之中暝烟四合，珠郎带了馨儿，步步为营地退到一座岩石下，点了点馨儿所率的苗卒，只剩下五六人。珠郎与馨儿商量了一下，便索性命这六个苗卒，偷偷地越过山岭，逃出猛往境界，回去搬取救兵，这里主仆二人，也好腾出身子，想法营救被掳之人。

计议定了，不言六个苗卒如何逃回本山，单表珠郎、馨儿，藏在岩石下隐蔽处，从身边取些干粮，吃饱了肚子，二人一先一后，越过山头，重又进入乌托邦里的防线以内，躲在绿草中侧耳细听，觉得静夜中除了步哨的足声而外，一些动静也没有，珠郎便偕了馨儿，一步步绕过步哨前面，一共越过了三重步哨，才看见黑影中一幢幢的幄子，正高高矮矮地依了山势筑在那里，珠郎一望，不由心中骇然，原来照敌人现有的幄子算来，至少也有五六百人在此地，可笑自己将事看易了，只带了八十余名苗卒，自然地要被包围了。

穆索珠郎一路遮蔽在林间石阴中，一路遮遮掩掩，好容易摸到一座最高大的幄后，知道此幄必是为首苗人所住，此时珠郎距离那座幄子，还有两三箭路的远近，留神向那高幄的四周一看，见幄旁边有两座较小的幄子，知是次于首领的人物所居，略一沉思，便悄悄地向馨儿附耳说："我到居中的幄内探看一下，可有甘、莫两位的踪迹。你可到左边那一座幄内去探一下，如果甘、莫不在幄内，不妨探听他们说些什么。"

馨儿低声答应，二人便从此分路，慢慢地一步步向幄后爬去。

珠郎身法巧妙，先到了幄后，见幄外只有一个巡逻的苗兵，掌着长矛，来回地在幄前走，幄后竟无一人，珠郎艺高人胆大，并不曾将乌托邦里等人放在心上，看看快到幄边时，他一则恐怕行动迟缓了被巡逻人看见，二则因幄后无人，自然大意，便离着幄身还有二十步远的光景，他倏地一长身形，一个箭步，便向幄后蹿去，算准了这一蹿过去，落脚之处，准在幄后五步的地方，哪知一步蹿去，等到脚落实地之际，陡觉脚下一软，知道上当，刚自喊得一声"不好！"双足早已陷落在离幄五六步的陷阱中。

陷下之后，本不难纵身跃出，偏偏此阱特别深陷，这一下去，不但早已没过头顶，而且立时耳内听得一阵强烈的铃声大震起来，珠郎知道阱内埋有铃索，所以发声，忙双足一点，使个“旱地拔葱”，打算从下面直蹿上来，若依珠郎武功，此举本不困难，可是此阱非同寻常，在珠郎刚刚向上直蹿时，立见上面一阵黑暗，等到向上蹿去时，只听轰的一声，头正顶在上面的木板上，竟将整个身体反震落下来，撞得头顶上生疼，原来上面还有木盖，人一下阱，上面木盖也就压上。任你天大本领，也逃不出这口阱底。更有一件厉害的设备，便是当上面木板盖下，同时震动阱内机簧，立刻从阱的四面放出钩索，将珠郎浑身上下绑了个结实，虽然在平时不值一挣，即可应声崩断，但此时钩绕得十分严密，这一下便将个不可力敌的穆索珠郎摆布得服服帖帖，任凭檀台等人牵出来。

哪知珠郎等他们将自己牵出阱时，猛地运用气功，全身一抖，手脚同时向外一崩，只听簌落落几声响过，脚下竟崩断了一大堆绳索，珠郎心中一喜，以为捆身之物尽被崩折，当即就想举步逃走，万没料到手足依然是绑得分毫不能转动，不由得大惊，低头一看，原来身上所绑的，除了绳索已被崩断外，其余竟是一条条的牛皮筋，任你如何的功夫，也休想动得分毫，这一来只气得珠郎垂头丧气，一行人从讪笑声中，竟也将他送到俘虏营中去了。

当珠郎被逮之时，馨儿却因足下稍慢，还未到达幄后，正走间，忽听一声震天价的铃声响起，接着便听到四面一声吆喝，他虽不曾亲眼看到珠郎被逮，但他却已猜到必是主人珠郎出了岔儿。馨儿性情最为机警，一闻此声，便料事情要坏，自己与珠郎被陷之处，相距甚近，忙向丛草中一躲，伏着不动，果然在顷刻间，便见前后左右，敌人俱已持着兵器赶出，齐向居中高幄的后面跑去，听他们边跑边喊：“别放走了穆索奸贼!”一连串的呼声，馨儿更伏着不敢动弹，一会子便听见主人珠郎的喝骂声，与众苗的吆喝声。

馨儿心中十分惊忧，可是别看他年纪虽小，却是智计百出，当时稳住身形，不使敌人再发现自己的藏处，也不再向那幄中去探看甘、莫等人，只远远地注意这些苗兵将主人珠郎送往何处。虽在黑夜中看不清楚，似乎并不远去，只向正中那座幄内而去。馨儿伏身草间，将头贴在地下，向外张望，觉得自己左右，并无甚人影，慢慢地又听了个真切，觉得许多声音，也似都集中在居中幄内，他就伏在地上，向外一步步地爬出草外，自然行动极慢，他这里还未离去那堆丛草，早又听得幄内人声、足声又一齐向前面走出。馨儿始终在诸幄之后，幄前形状当然不易看到，他却不肯放弃，小心翼翼地耳目并用，追踪着幄前那人声、足声，暗暗追蹑上去，果见有二十余人押着珠郎，从幄中走出，将珠郎反缚着穿在一根粗竹棍上，两个人抬着向东面走去。馨儿也就伏在地面上慢慢地跟着他们，一直走有两三百步的光景，便将珠郎抬进一所草房中去，那草房盖在山坡转角，前面临着山道，后面却是沿着一条山沟，望去又小又矮，不像住人的屋子，知道这是猛往苗人养猪的猪圈，忙离着远远地伏在草中，不再上前。

不一会儿，那些苗兵全走了出来，方才抬的两人，手中掮着那根空竹棍，领了众人，说说笑笑的，大家仍向那幄子方面走了回去，只留下两个持矛的苗兵，守在猪圈门口。馨儿心细，暗中将这些人数点了一点，除了留守者以外，回去的正是二十一人，方才来时虽不及细数人数，可是仿佛屋内并未留下，似乎全部回去复命去了。馨儿等这一伙人去远，仍伏在草中，仔细考虑搭救主人珠郎的方法，觉得自己势孤力薄，不能力敌，只能智取，当时就静伏原处，一动不动，尽等夜深人静，再去下手。

此时本已二更多天，上弦时节，月色早已西移，满山黑暗得令人发怵，远远听到猛往各寨中的号角，彼此呜呜相应，馨儿深觉自己主人太把事情看容易了，他们此次大举邀袭，显然是约齐各猛，并力来欺我猛连，怎的主人只带了八九十名卫士，就深入重地，这就无怪要被他们所困。馨儿一面思忖，一面留心当前的情势，觉得自己藏在草中，露湿沾衣，已经过好大一会儿时间，正自心焦，忽听猪圈门口的两个苗兵正在说话，仔细一听，原来其中一人要去出恭，将长矛插在地上，向同伙说了句“我去去就来”，便自顾自向林中走去，这里剩下一个苗兵，自言自语说起话来。

他说：“这样说热不热、说冷不冷的天气，偏偏派了我们这一对倒霉鬼来当这份好差事，真算我祖上有德。”说完嚓的一声，他也将手内长矛猛地向地上一插，找了块石头，坐将上去，口内仍是骂骂咧咧地在说，“好家伙，这小子我在白天就见过他的手段了，一柄苗刀使急了，水都泼不进，这会子幸而有牛皮筋给捆住了，要不然，别说我们哥儿俩看不住他，再加上十个八个，也是白饶，还不是白……”此人一个白字未曾脱出口，只觉眼前一黑，口鼻间一阵气窒，要想喊出口来，却已翻身栽倒地上。

原来馨儿随身带有一种麻药，此药乃是苗疆的特产，性情非常猛烈，只需触上一点到口鼻边，立即不省人事，馨儿正因他们有二人轮流看守，不便下手，谁知那一人忽然离去，便急急取出麻药，倒在自己汗巾上，悄悄地蛇行到那人身后，猛地一伸左臂，将那人双目一按，同时使用右手的汗巾在那人口鼻上一压，不容那人挣扎，早已倒身地上。馨儿生怕先前离去那一人回来，便不好办，当即将躺下的苗兵拉入林内，然后走向茅屋门口，向里一望，见屋内又窄又污，确是猪圈，地上却有一点火光，似是放着一盏灯，便一手握了刀，悄悄地跨进去一看，在昏暗的灯光下，果见珠郎反剪着两手躺在墙脚地上。

馨儿一步上前，叫了声：“主人!”

珠郎正自闭目沉思，考虑如何折断这些捆在身上的牛皮筋，猛闻馨儿叫声，喜得睁眼一看，果然馨儿已站在面前，忙问道：“你怎么来的？”

馨儿不暇搭理，忙着用刀尖将珠郎臂腕间的牛皮筋割断，然后再割两腿与两踝间的牛筋。这种牛筋绳乃苗疆特产，异常坚韧，馨儿自然识货，所以他用的是一柄特别锋利的匕首，一阵挑割，牛筋虽已尽皆纷纷断落，可是忽闻外面有足步声，知是苗兵已回，忙与珠郎将屋内灯光吹熄，外面星光中便望见那苗兵正自嘀咕着，大概是回来不见了同伴，正自埋怨他大意。

珠郎此时早已立身起来，舒动了一下手脚，便对馨儿说：“他们五猛各寨，原来都在这里，我们人少，不能与他们对敌，必须逃回家里再说。”说罢又闻得外面苗兵已向四面寻找那一同伴，边寻边叫，刚刚走过茅屋门口，珠郎早已一个“恶虎扑食”，向那苗兵后影扑去，苗兵虽觉背后风到，还来不及回身，早被珠郎用哑穴手将他点倒，也用不着捆绑，立从他手中抢过一支长矛，又在他腰间摘下一柄苗刀，掖在自己腰间，向馨儿一点手，主仆二人立刻向出口上逃去。

可是凡是正式出口，都有哨兵把守，幸而馨儿路熟，便一前一后，向西北上深山中爬翻过去，还未走出百余步，珠郎倏地站住，向馨儿说：“且慢，我们回去固好，但甘、莫二守卫长尚陷贼中，万一贼人见我逃走，拿他们出气，如何是好，看来我们舍命也得将甘、莫救出，一同回去。”说完，便拉了馨儿，转身又走回那些幄子近处来。

因为方才珠郎被擒，一班苗兵将他解到檀台幄内时，曾经看见甘、莫二人所囚的地方，二人也不是囚在幄内，乃在离中幄二百五十步远近地方的一所武侯祠内。

原来苗族慑于诸葛亮南征的威德，不论城寨山村，随处都建立武侯祠，以资敬仰。所谓武侯祠，并非真正一座庙宇，在深山穷谷，往往筑成一所半间瓦屋的平房，屋檐上钉上一方横匾，写上“武侯祠”三个字，屋子内除了靠壁塑一尊武侯神像以外，像前砌上一只砖台，台上供些香炉蜡台，砖台也就顶到了祠的大门了。此类供祀之所，颇与江南乡村中的所谓灵官殿大小相仿，甘、莫二人被拘在彼，珠郎经过门口，彼此都能一目了然。

此时珠郎仗着艺高胆大，挈了馨儿，悄悄地向那座武侯祠迤逦行去，此时已近四更多天，敌幄中多半已睡，二人又是多好轻功，一路竟未被发觉，将到武侯祠的时候，正遇着一排查夜的苗人，二人忙向道旁丛草中钻了进去。珠郎身法快疾，又在前面，闻声立向草中一藏，自无问题，馨儿随在珠郎后面，行动又不如珠郎快疾，一见查夜人到，未免有些惊慌，等到钻入丛草，难免露了些痕踪，查夜的头领，立即站在丛草外面，先不声张，只暗暗地与手下人招呼好了，十余人将丛草团团围住，然后一声令下，四面用长矛向草中乱刺，这是一种不能确定草中是否果藏有人的办法，刺了一会儿，如不见有人逃出，也就完了，但是如果草中藏着人，被这一刺，就准得出现，否则非被扎上不可。

此时珠郎、馨儿一见四围长矛乱刺，心说若被刺中，不死定伤，不如出来拼了痛快，主仆二人在万不得已的情形下，唰的一声，自草中蹿出，两人如疯狂了一般，见人就砍，一上手就砍倒了八九个。查夜之人本不能断定草中有人，二人这一跳将出来，查夜苗人也自吓了一跳，一时倒不知如何是好，及见查夜领头人已被杀死，同伙中又砍倒了八九个，才发一声喊，各自四散逃命，珠郎主仆见查夜人虽已逃散，但这一声喊，却已惊动幄子内的人们，甘、莫二人已没法再救，珠郎忙喝了声：“快走！”二人一先一后，仍向西北山中，放开足步，一阵奔蹿，直奔到五更向尽，才算脱离了虎口。

第三章　夜袭盘江铁索桥

乌托邦里等人因查夜人被杀，立即查看擒来的俘虏，除了甘居、莫利铎依然被关在武侯祠内外，珠郎却已踪迹杳然，而且发现两个监守的苗兵，一人身中哑穴，一人身中麻药，到了天明，二人还是不能言动。乌托邦里见跑了珠郎，是个大患，便来与檀台等商量，如何进击猛连。檀台便与朋乃、安目麻、龙金驼三苗商议之下，你一句我一句，主意太多了，结果终是不曾决定了办法。次日大家再议，有人主张先将俘虏甘、莫二人斩首示众，以示威严，有的就不主张先杀俘虏，应该先议如何对付珠郎。一直商议了三天，竟不曾商量出一个具体办法来。哪知乌托邦里这边不曾有办法，穆索珠郎那边倒已准备了个事事齐全，此次他鉴于前失，竟率领了猛连宣抚的大部分人马，来包围猛往的珠连山。

珠连山在猛往之西，它的东南便是九龙山，二山绵亘相通。九龙山原有十八岸洞之称，此时五猛人马，除了下猛尹檀台金萝本人未到以外，其余四猛人马，都深藏在十八岸洞中的四个大洞中，那便是奇连洞、野人洞、刀茆洞、珠光洞四处。穆索珠郎此次深鉴于前日的大意，以致败衄失将，所以那晚一经逃回猛连，立即派出几道的谍骑，命他们切实侦知敌人的情形，和驻扎的所在，同时次日立时命猛连总寨的五洞苗酋，点齐能经战斗的苗卒，每洞立出四百人，五洞成为二千劲旅，随了自己手下的壮士五百人，一齐候命待发。珠郎素以兵法部勒群苗，因此令出如山，在次日停午，各洞健苗俱已齐集，只候开拔了，但因侦骑未返，不愿轻动，便都秣马厉兵听候侦骑的消息。到了日落以后，所差四路侦骑陆续回报，这才知道五猛全在珠连山扎了连环竹幄，正待大举与自己为难。

珠郎眉头一皱，便与五位苗酋商议进取与固守之策。五洞苗酋便是白鹿洞安平土、车里洞祝乐、葫芦野洞吐其木、石仙人洞龙金、猡狻洞穆索唐官五人，其中唯穆索唐官系珠郎族人。大家都志在先去救回甘居、莫利铎二人，当时就决定穆索珠郎主持全军，穆索唐官佐着珠郎以为接应，白鹿洞安平土专救被俘的人，车里洞祝乐打头阵，吐其木、龙金二人分左右翼包围珠连山，馨儿率领珠郎的部属二百人，预先埋伏九龙山口，此系珠连山包围网的后路，也可为吐、龙二路的接应。他们分配既定，便在次日日晡时，从猛连动身，算定到起更后便可到达珠连山下。

不言穆索等布置妥帖，浩浩荡荡地向着珠连山衔枚疾走，再说乌托邦里此次居然一度擒住穆索珠郎，虽则仍被逃走，但已自觉建了一件奇功，不免骄妄起来，偏偏监守珠郎的两个苗兵乃龙金驼的部下，乌托邦里自负才能，少不更事，当了龙金驼，不知说了几句类似讪笑的话，龙金驼便多了心，十分不快，只碍着檀台，不好意思与乌托邦里认真，偏偏乌托邦里又自夸计划周密，又激怒了朋乃的部下一员猛将，名叫竹骨牙郎的生苗，生苗究与熟苗不同，差一点要与乌托邦里动起手来。因此珠连山方面就显着松懈不和。他们原为穆索珠郎已逃去两三天，不见什么动静，原定明天向猛连进攻，又因猛连宣抚既已受了朝廷的宣抚，那地方便归一位朝廷派来的同知管着，如果五猛径自攻杀宣抚之区，未免有些投鼠忌器，所以像檀台和安目麻等几个稳健分子，正以为不妥，遂致大家益发没有好的办法。那天大家因见珠郎一去三日，毫无举动，以为他畏惧五猛人多势众，认头吃亏，不想报复，故此只防着俘虏甘、居等人，也并未做任何准备，竟各自回转行幄安歇。

谁知还不到三更天，四山一声炮响，就像漫山遍野而来，檀台等人从梦中惊醒，急急忙忙地找到自己的兵器、马匹时，四面的猛连苗卒早已杀进了珠连山的哨地。俗语说兵败如山倒，尤其是在黑夜间，既看不出从哪儿路杀进来的，更不知杀来有多少敌人，真是一片慌乱，猛连苗卒却是探得非常清楚，哪条路上有多少埋伏，哪条路上没有人，真如亮子看瞎子一般，只看见五猛的人们到处乱窜乱奔。

此时车里洞的祝乐一马当先，带了二百名长矛手、二百名短刀手和藤牌手，一路冲杀，先挡住了珠连山口两边要隘上埋伏的弓弩手，后面便是珠郎自己带着三百壮士，除了刀矛而外，内有五十名专使吹筒火箭，见了人马便使吹筒吹出药箭，见了幄子帐篷，便放火箭，不一会儿工夫，珠连山中的行幄十九都被火箭射中，立时烈焰腾空地烧将起来。这一来，五猛苗酋也立刻乱了，又要顾抵挡敌人，又要顾救火，正在走投无路之时，珠郎一马赶到，又正遇上龙金驼。

珠郎马上怒喝一声："老狗还不跪下受死!"立挥手中长剑，向龙金驼肩背削来。

龙金驼猛见一道银光起处，剑风早到了头上，只吓得他魂不附体，勉强一抖苗枪，打算拨开来剑，哪知珠郎此剑乃大觉禅师临别送赠，名为寒潭秋影剑，说明目前赐他建功立业，日后到了时候，还要收回的，也可说是一口宝剑，此时苗枪向上一碰，只听咯噔一声，枪杆早变了两截，龙苗大惊，"哎呀"一声，抹头就跑。

穆索珠郎虽如此大动干戈，却不肯轻易在自己剑下杀伤人命，一见龙苗逃去，并不追赶，只一味向珠连山中幄冲去，哪知刚一转过山口，迎面飞来一条黑影，十分灵快，真如鸟雀一般，已到了自己面前，亮铮铮一对双刀，正使了个“双龙取水”的招式，直刺自己前胸乳肋之间，自己骑着快马，乃是去势，这一去一来，何等快疾，一时哪能留得住，眼看这一下要糟，好个珠郎，果然身手矫捷，立刻猛地全身向后一翻，脚下一使劲，双足离镫，早从马背上翻下地来，那匹马果然飞一般向前去了，珠郎却已站在当地，对面那一对双刀总算落了个空，珠郎不等对面人换手势，立刻一翻手腕，左手捏剑诀，右手持宝剑，早又猱身而进。

原来对面来者，乃是个女人，那便是下猛尹的檀台金萝，正是檀台羽箭的胞妹。此妇年约三十，生得妖冶非常，原是个寡妇，乌托邦里之妻又正是她的胞妹，今天这一局，她是刚刚赶到，就遇上了珠郎，金萝虽系女流，却比乃兄羽箭还要勇猛，一对双刀真个神出鬼没，可惜到了珠郎手中，毕竟见出高下。

此时金萝见双刀落空，正要换式，珠郎剑已探进，忙一个倒纵步，退出五六尺，让过剑锋，倏地从斜刺里横摆双刀，使了个“叶底偷桃”的招式，左手刀上削肩背，右手刀进逼肋下，来得非常快疾。

珠郎见了，喝声：“来得好！”一长身形，平垂宝剑，使了个“斜挂单鞭”，铛的一声，迎着双刀一磕，火星乱迸，震得金萝两臂都麻，双刀几乎脱手，金萝大惊，忙一抽腕子，双刀刚掣回怀中，珠郎的宝剑早使上一个“白鹤展翅”的招式，斜跨左步，双手一分，右手剑正好削到金萝右肩背。

金萝暗叫声：“不好！”忙向后斜刺里一翻，倒纵出来，偏偏她一步踹在一块泥土松动的尖石上面，脚下一歪，哪里还站得住？珠郎看得清切，说时迟那时快，绝不等她站稳，早就如影随形地跟着金萝一步赶到，进左足，跨右足，早已踹入金萝的洪门。金萝正自顾不暇，自然没法闪避，珠郎右手握剑，左手劈空而出，向金萝当胸一挥，喝声："去!"只见金萝真如蝴蝶儿似的一路歪斜，掷出老远，兀自向后便倒，珠郎一步踹在她的胸口，回头左右喝声："绑了!"早有四个高大苗人抢过来，将金萝一路捆绑，押到后队去了。

就在此时，檀台羽箭和乌托邦里双马赶到，一见金萝被擒，羽箭大喝一声，举叉向珠郎当头就压，珠郎见二马前后齐到，自己夹在中间，不易施展，忙一个"旱地拔葱"，斜刺里飞出圈外，正落在乌托邦里马后，珠郎见身临切近，知道乌托邦里极易对付，竟不慌不忙地一长身形，轻舒左臂，从马背上一把扣定乌托邦里的后腰腰带，喝了声"下来"，左手向怀中一带，右手剑在他的矛子上一击，乌托邦里双手一麻，持矛不住，早已撒手扔矛，翻身被拖下马来。珠郎将他和抛球似的向后队掷去，口内叫得一声"绑了"，只听訇的一声，乌托邦里早已头朝下，脚朝上，摔晕在地上。

羽箭一见自己的舅子、妹子全被珠郎所擒，那股怒火可就大了，猛吼一声，从马上飞跃下来，连人带叉，猛地齐向珠郎头上砸下。珠郎知此人不可力敌，见他发怒，便故意引逗他气得发昏，才好摆布他，于是立将身体向左一侧，轻轻避过了来势，倏地一个大回旋，真如蝴蝶一般轻捷，早转到羽箭身后，飞起左腿，向他后胯上踢去，却并不用足气力，只听啪的一声，羽箭屁股上早中了一腿，噔噔噔一连冲出五六步远，尚未回身，珠郎早又跟着他过去，起左掌在他背上猛击一拳。羽箭刚刚站住，正要回身，不防又被击一拳，一个龙钟，几乎栽倒，这一脚一拳，不由引逗得他火往上冒，口内哇呀呀乱叫，也顾不得什么叫招数，什么叫进退，双手舞开了那五股钢叉，上三下四，横七竖八，来了个全不问信，只是一味蛮使。

珠郎知他中计，便一路趋避躲闪，准备蹈暇乘隙，果然时间一久，不但一记也不曾打着珠郎，眼看气喘吁吁，汗出如沈，可是愈乏愈怒。珠郎看他步伐已乱，举动有些过缓，先前的锐气已减，陡地一紧手中宝剑，使开了大觉禅师亲授的昆仑七煞拳法，以一化七，以七化成七七四十九手，每手三式，共为一百四十七式，循环起伏。

羽箭当时真觉得是光怪陆离，目不暇接，不由心中惊叹，原来苗人性直服善，此时羽箭对于珠郎的武功，已觉自愧不如，十分佩服，苦于无法还招，一味地架格遮拦，形势已竭，正自心中焦急。忽见珠郎一剑当胸刺来，自己举叉格去，随这一格，竟将宝剑直荡开去，珠郎前胸门户大开，心中大喜，以为珠郎这好剑法，也有这下漏洞，忙不迭一翻手腕，平递钢叉，仍向他前胸猛刺过来。

岂知珠郎还不等他叉端刺到，早向左一个纵步，已斜蹿到羽箭右肩侧，将宝剑交到左手，立举右掌，四指紧并，拇指曲贴掌边，勾四指如鹰爪，运用内功，将力量运至掌缘，猛向羽箭右肋下，倏地一下击去。

羽箭见珠郎贴近身侧，心中本已惊愕，正想躲闪，已是不及，正中了珠郎的柳叶掌，立时右半边身体麻木，不能转动，嗯了一声，双手扔叉，佝偻着蹲了下去。珠郎生怕他体格强壮，一掌打他不倒，接着右腿在他下盘一扫，嘭的一声，羽箭便觉脚踝上如中了铁器一般，一阵剧痛，早站不住，珠郎回顾苗卒，吩咐绑了，于是众苗又将羽箭也捆绑了去。

在珠连山五猛众苗睡梦中听到猛连的角鼓声，除了檀台兄妹与乌托邦里和龙金驼四人，先后均被珠郎活捉而去，此外安目麻与朋乃二人，正迎着车里洞的祝乐。祝乐武艺虽也不弱，但经不住安、朋二苗十分猛恶，朋乃系猓猡种，纵跳如飞，兀不畏死，一柄厚背长刀十分厉害，祝乐被二人围住了脱不得身，眼看就要危急，猛听左边山道上一阵咚咚鼓响，骤马跑到一人。

祝乐一看，来者正是龙金，当就大声叫道：“龙洞主快来共擒此贼！”一语未毕，龙金早已接住了朋乃。

龙金使得一柄烂银枪，此人系苗父汉母，生得白皙，不类苗种，人在背后都叫他龙汉郎，他深得中原梅花枪法之妙，又从珠郎习过些时日，所以武功胜过祝乐，一见朋乃凶恶，立意便想除他，恰好朋乃在步下一个纵步，向自己马前跃来，手中厚背长刀，呼地带着风声，就向马头上劈来。龙金一见马上占不得便宜，便从马背嗖的一声跃将下来，那匹马从斜刺里跑回阵去，总算未被砍上。且说龙金一经下地，一抖手中银枪，面前登时耍开斗大的银花，一连唰唰唰的三枪，向朋乃上中下三路搠去。

朋乃见他来势甚猛，反倒引起了他的怒气，狂吼一声，长刀便如雨点般向龙金砍去。

龙金知他刀沉力猛，难以取胜，便打了主意，一面与他敷衍，一面向空旷地方避去，将朋乃引到五丈开外，忽地虚刺一枪，口中喝道：“战你不过，不必赶来了。”说完掉头逃去。

朋乃哪里肯舍，一边哇呀呀喊着，一边追着。龙金逃到差不多的地方，回头见朋乃身临切近，倏地回手发出一柄柳叶飞刀，直奔朋乃心口。朋乃也早防到他这一手，一见他前面一扬手，便见寒光一线，直奔自己迎面打来，便一侧身避过飞刀，哪知龙金发的乃是连环刀，名为“春风飞柳叶”，他一手能连发五柄之多，此时发出三柄，第一柄不过做个幌子，本不会打中，这二、三两刀却来得厉害，正在朋乃避过这第一刀时，陡的两道寒光，一齐奔了咽喉，一先一后，相接而来。

朋乃避过这一刀，刚一长身形，向前迈步，不料眼前一亮，第二刀又到，忙着一低头，那刀从头顶削过，他心内刚说得一声“好险！”同时向上一长身形，哪知第三柄刀又飞来，正好扎在他的咽喉上，只听唻的一声，飞刀深入喉管，立时断气，翻身倒在路边。可惜朋乃这样一个勇猛的人，竟丧于暗器之下。

那边安目麻与吐其木二人，正斗在一处，馨儿已从后面杀入，帮着安平土将甘居、莫利铎二人救了出来，四个人一路杀到前边，五个人围住了安目麻。任你安目麻再英勇些，也不能逃出这个网罗，此时四山被捕与被缴了兵器的五猛苗兵足有三四千人。

珠郎令众苗一路高喝："投降者不杀!"于是四山响应，纷纷弃甲抛戈，都束手就缚。安目麻愈加心慌，知道大势已去，便想拼死冲出围去，逃回本猛。馨儿等人如何容得，发一声喊，愈将他围得紧紧的。安目麻已是力尽，仰天大叫一声，手中苗刀就要向自己脖子上横去，身后莫利铎忙赶上去，双臂向他身后一抱，馨儿早将他手中苗刀拿去。

安目麻无奈，眼睁向众人说："你们想把我怎么样?"

其时珠郎恰好赶到，一见安目麻意气刚强，便知此人不受屈辱，便向前和颜向他说道："我们并无伤害之意，只请你到我们猛连去，大家评一评此次的是非曲直，你何必如此?"

安目麻闻言便长叹了一声，说："好！我随你们去，绝不逃走，你们可是休想用绳索捆我。"

珠郎笑着点头答应，便命馨儿、龙金二人押了安目麻，自己带了二十余名苗卒和擒来的五猛寨主，浩浩荡荡地回到猛连宣抚。

苗人性情，除了另有一种奸狡出奇、不通人性、专以杀人为快的几个部落外，别看他们好勇善斗，却有一宗好处，便是爽直服善，一经立誓，至死不变。此次五猛与穆索族的这场战斗，本系起于五猛，现在眼看到穆索珠郎一人力擒檀台兄妹、龙金驼和事主乌托邦里四人，早已佩服得五体投地，自认不如，愿将五猛同归穆索指挥管理。穆索珠郎见是出于自动，知道言出自诚，不过不得不要他们分别在神前盟誓。他们自然答应，于是择了一个吉日，设坛供神，五猛首酋除了朋乃已死不计外，其余自檀台羽箭起，一个个向前歃血起誓，与猛连穆索氏从此和好，并归穆索管理指挥，从此穆索珠郎便为滇南三十五猛的土司，他在三十五猛的威望可就大非昔比。穆索珠郎不但武艺超群，便是治理之才，在苗族中也属数一数二，因此凡他所属各猛，都能相安无事。他又善于理财，因各猛和好，械斗之风既戢，关邑互市之利自然倍增，穆索家自然成了巨富。

这时正当清康熙初年。那时满清以异族入主中原，事实上果然有不少志士，一心以恢复明宗为职志的，但满清对于他们这些人，也正在千方百计地策划扑灭之道，有的是施以爵禄，以为羁縻；有的是施以武力，用以消灭祸源，这便是所谓恩威并用的方法。

明季末年，虽则屡为边患，但终不能斩关破入中原，自从清廷康熙这年吴三桂称命滇南，湘鄂川滇人民即遭兵灾之祸，饥荒遍地，饿殍载道，后以清将贝勒察尼等征讨吴三桂，一路势如破竹，十个月中克复了贵州全省，清军乘胜渡过独木河，越过小平山，直取云南。大兵沿了青平、普定一路西进，不想到了永宁州，吴三桂部下沅州总兵李本深守住永宁，十分厉害，十余万大兵竟没法过去。

原来李部大半都是苗兵，其中尤以猓猡和葫芦野夷为最犷悍，中原兵士遇上，竟没一个找到便宜的。其时云南广南总兵李国梁奉调自滇入黔，协助策应攻取永宁州，谁知几次与李本深等争夺永宁州迤西的公鸡背地方，均未得手，李国梁部下有土司龙天裕、沙起、龙礼廷等人助战，但仍过不去永宁州寸土。

李国梁十分忧急，土司龙天裕乃龙金驼之子，便向李国梁献计说：“我军屡次不能得手的缘故，一来贼兵多半为猓猡，异常骁悍；二则战将中人才尚缺，职司敢向总镇保荐一个奇人，如此人肯来相助，何愁公鸡背不得，又何愁吴军不灭！”

李国梁总兵忙问："何人？"

龙天裕便举出云南猛连宣抚的土司穆索珠郎，并且讲到昔年穆索珠郎扫平三十五猛的那节事实，描摹得有声有色。李总兵听得呆了，忙问此人如今才多大年纪，龙天裕算了算说："穆索珠郎那年荡平三十五猛那个时候，职司还在怀抱中，到如今已有了二十年光景，此人大概还不满五旬。"

李总兵便问龙天裕与穆索珠郎可有交谊，天裕便说："家父与他因打成了相好，只要家父肯去，想必穆索珠郎不会不允。"

李总兵便命龙天裕专程回滇去办此事，并另外派遣差官两名，锦缎百端，白银五千两，名马八匹，宝剑一口，命龙天裕父子用了李国梁的名义，去聘请穆索珠郎来黔，共灭叛贼。

穆索珠郎自从威服南滇以来，年华易逝，忽忽过了十余年，久任三十五猛土司，别的无甚成绩，自己的家业却积成巨富，在猛连地方，盖下几处比皇宫富丽的府第，府内一切陈设，就别提多么贵重考究。珠郎性好收集奇珍异宝，西南边陲，别以为是穷乡僻壤，因它地接缅、藏，宝藏甚富，中原所不经见的珍宝，这地方倒有的是，因而珠郎府中，像这类的珍玩镶宝，可说触目皆是，珠郎终日无事，便与几个知交，以品题此类稀世珍玩为消遣。

这一日忽从门首传事的禀报进来，才知猛蚌寨的龙金驼父子前来拜访，并说有要事商谈，便说快请。一会儿龙氏父子便走入客厅，珠郎忙含笑前迎，一手握住金驼说："老前辈难得赏光，今日惠临，又与贤郎同莅，我们正可做上十日平原之游，一倾久别的积愫。"

龙金驼忙笑谢了珠郎，回头指道："这是拙男天裕。"说着，又命天裕重新参拜。

珠郎再三拦住，才行了半礼，原来珠郎与天裕尚是初会，落座后寒暄既罢，金驼父子才将李国梁总兵千里借重之意重申一遍，并命人献上所馈的四色厚礼。珠郎一闻此言，不由默想了一会儿，当即向龙氏父子谢了推荐之意，然后又说出自己近年来技艺荒疏，深恐有负重任，不但贻羞了二位介绍的人，自己也无颜去对李将军的栽植，所以不如向龙氏父子当面辞了。

龙金驼闻言，哈哈大笑说："若说你老的武功会荒疏，天下人就不用练了。我父子本也不来劝驾，只因吴三桂起义之时，以复明为号召，倒有不少忠义之士，闻风响应，岂知临了他还是自己想做皇帝，大家也就看透了他的伎俩，纷纷弃了而去。如今吴三桂一死，他孙世璠继位，不但毫无作为，而且纵兵殃民，湘黔之间口碑极恶，眼看就要搞到我们云南，我想穆索兄纵不为清室效命，也当为云南的父老子弟出些力，同将此等祸患除去，免得生灵涂炭。穆索兄以为我这几句话，还不至于陈腐吧？"

穆索珠郎本是懒与官中人往来，既而一想，自己身为土司，怎能不与官吏往来，且金驼所言，倒是实情，自己既学了一身本领，纵不思为国建功，也应该为民驱虐，当时便笑答道："承老前辈高论，令人茅塞顿开，我珠郎不才，敢不为桑梓尽力。"

龙金驼一闻他已允了，心中大喜，忙起身重又谢过，又命家下从人将礼物留下，父子们又谈了些别事，约定了起程的日期，便再三珍重，致谢而别。

过了两天，龙金驼父子又来敦促珠郎上道。珠郎因尚未见过李国梁总兵，故而暂不率领部属，只带馨儿一人，轻车简从，与龙天裕一同上路，投奔贵州永宁而来。

一路上看到吴世璠部下兵将，全都暮气沉沉，只知道在关隘闹市中搜刮财物，并不讲求什么防御，真所谓将骄卒惰，珠郎便向龙天裕问道："看吴逆部下，并不像个有能为的样子，何以朝廷派出这许多兵力，尚不能破一公鸡背？"

龙天裕闻言，摇头叹息说："土司不曾到军中，故而不知，其实朝廷的兵将也正与叛逆的兵将一样，反倒多了几件致命的毛病，那便是冒功冒禄，虚奏捷报，小胜夸大，大败讳言，而且总镇以上，既互相倾轧，妒功嫉贤，令人气短，倒不如贼人利害相关，成败与共。所以这些年来，从都统尼雅翰赫业珠满、顺承郡王勒尔锦、贝勒尚善，一直到安亲王岳乐为止，全是因循沓泄，以致师老无功。还有一层，过去这两位领兵统帅，都以为吴三桂前明宿将，韬略既广，部众又多，威震天南三十年，正不知有多大能为，所以谁见了吴三桂部署都害怕。

"自从安亲王统兵以来，不久吴三桂便亦死去，这一死他们胆子可就大多了，又兼吴世璠幼弱，驾驭不了，将士各自为政，已见四分五裂之势，这才使安亲王有机可乘，总算在柳林嘴、枫木岭等处得了几次大胜仗，克复了贵州许多府治。同时，李总兵上面那一位征南将军席布根特穆占穆副都统，倒是一位胸有韬略的名将。"

珠郎当就问道："你我此去，是否属于穆都统麾下？"

龙天裕点头称是。

二人一路上谈谈说说，因是疾走，故而不上十天，早已到了永宁州，见过李总兵。那总兵李国梁见穆索珠郎身高八尺余，背阔肩平，猿臂蜂腰，虎头豹眼，年纪四十以外，却是满面生光，既红且润，颔下稀疏地留着三绺胡须，飘飘然从英勇中流露出些潇洒之概，一望便知是个精于技击的，因此番为破公鸡背，特为聘来帮忙的，礼貌上十分优渥，并不以部属待之，一面申报到穆将军营里去，一面私下特备了一席盛筵，晚间请了穆索珠郎来，替他接风。除了自己主席作陪，又约请龙天裕、沙起、龙礼廷等几位土司和部下参、副各将。宾主交欢，十分情畅。珠郎见李将军如此优待重视，自然格外感激，到了次日，李将军特请穆索珠郎、龙天裕二人到营中密商攻取公鸡背、铁索桥之策。珠郎虽系云南苗人，他对邻省贵州山路也颇为熟悉，当时三个人依了地图，商议进取攻守之策。

穆索珠郎默视半晌，抬头指着地图，向李将军开言道："铁索桥据盘江渡口，贼人据此，已有一夫当关之势，何况前面又有公鸡背为之屏蔽，我想过去屡攻不下，只是犯了攻坚的毛病，如果能找出一条别法，踏其虚弱，自然公鸡背也要动摇。请看永宁之南乃冬瓜岭，永宁之北乃沙营司，如今沙营司沙土司起已在本镇，自然沙营司是我们的势力所在。

"素闻冬瓜岭到大盘江下游有一条捷径，地名十里铺，是在万树林中，里面又随处都是沼泽，行旅一不留神，便陷在沼泽中，非常危险，而且林深瘴重，又属沿江，每当瘴气、毒雾弥漫，人畜触到便死，只有巳末午初与正午时，这两个足时可走，如从十里铺渡过大盘江，那便是羊岐山。到了羊岐山，已在铁索桥之西，贼人自不能再守了，这是说的南路；

"如走北路，便是由沙营司西行，经过春岩渡，渡过光照河，便可南指铁索桥。不过春岩渡听说也是一条向无人烟的僻径，因那地方出一种毒蛇，名曰'春妍幡子'，色泽异常美丽，每当春季便繁殖起来，如今是冬月，想必还不至十分为害，我们何不从北路春岩渡，南从十里铺这两路进兵，包抄贼人的路呢？"

李将军闻言，再三点头称是。

穆索珠郎又说："春岩渡我从不曾走过，那里的实情，何不问明沙土司？"

李国梁闻言，沉吟一会儿，不由大喜，立命人将沙起唤来，向他一提取道春岩渡的事。

沙起似乎吃惊地说："春岩渡怕过不去吧？"

珠郎就问他过不去的理由，沙起犹疑说："冬季中虽然毒蛇蛰伏，但是那地方一草一木，都有蛇的口涎、精液留存着，一经阳光蒸发，毒气便自上升，除非夜间露重霜浓时，毒气为寒气所压，不致伤人，但春岩渡那一截，倒有二十余里路程，一夜间虽不至于走了完，但也得赶紧，我想那总是一条危险的道儿呢。”

珠郎闻言点头，向李将军说：“既是如此，尚有可为。依我愚见，要过春岩渡，须要注意二事，第一件，在戌、亥、子三个时辰中过去；第二件，每人须置备一套避毒的衣履，过了春岩渡，便脱下不要了，这样比较安全些。”

李将军深以为然，便决定南北两路进兵的办法，南路从冬瓜岭穿十里铺，偷渡大盘江下游，再入羊岐山抄贼人的后路。北路从沙营司经春岩渡，由光照河奔铁索桥后身。商定了后，李将军便向征南将军穆副都统，密陈穆索珠郎的策略，穆征南也非常称善，从此穆索珠郎在穆征南麾下，便大红大紫起来。

盘江铁索桥，地处永宁、安南两州之间，为自黔入滇的唯一孔道。吴世璠这一面守盘江铁索桥的，正是从前贵州提督李本深。此人驻贵多年，黔西地理非常熟悉，因此他悉力扼守公鸡背，以保铁索桥，使清廷数十万大军，无法进入云南，谁知偏又遇上了穆索珠郎，定下南北两路包抄铁索桥的计划。可是这两路包抄一招，李本深不是不知道，就因为地势关系，南路虽有十里铺这条捷径，但那里毒瘴弥漫，正是一条死路，料定清兵不能走，也不敢走。北路则更为恶毒，在春夏二季中，便连春岩渡五里以外的边界上，都无人敢近，如今虽是冬月，一则料清兵也无人知此秘径，当地土司决不肯说出，怕是叫他开路，那就等于自寻死路了；二则即使清兵得知此路，土司不肯引领，也真找不到路径。因此李本深放心大胆地驻扎在公鸡背、铁索桥两地，以为掎角，至于后路上的羊岐山、普安所地，以及光照河等地，竟大胆地毫不设备，因他知道他所恃的，正是所谓天险。

征南将军穆占与广南总兵李国梁多日来依照穆索珠郎的建议，派兵遣将，分别支配已定，共分为五路进攻，便是正中一路，从永宁直攻公鸡背，由李总兵督饬中翼参将饶国栋率领骑兵五千，直捣中路。南右一路，从永宁到新镇向公鸡背进击，由左翼副将王天培率领步兵三千击其偏锋。南左二路，从永宁出冬瓜岭，经十里铺，渡盘江下游，绕羊岐山，由云南猛连土司穆索珠郎带领苗兵两千五百人，包抄铁索桥后路。北左一路，从沙营司经春岩渡，渡光照河，由穆索土司部下幄主纪名都司实缺千总安馨（注：即馨儿）带领苗兵一千五百人，包抄铁索桥后路。北右二路，从永宁至沙营司、春岩渡一带往来巡弋，由土司沙起、龙礼廷带领黔兵二千人，接应渡河诸军。此五路一经派遣完毕，穆征南与李总兵二人督同大军三万人，紧随五路之后，只要前边一得手，后面大队立即夺桥渡江，以便长驱入滇。这里五路军队，一切俱已整顿齐集，专一候命前进。

李本深闻得清军分五路进兵，却只探出他们三路，一是从正中直攻公鸡背，二是左路从新铺攻取公鸡背，三是右路从沙营司攻取公鸡背，其余两路，无论如何竟探听不出是从哪路来攻，也不知由何人率领。李本深对此三路攻势，早有准备，毫不在意，至于其余两路，他既认为十里铺与春岩渡两路万不能行军，也就不怕清军如何攻法。

到了十一月二十一的那一天夜晚，李本深守住公鸡背，刁斗森严，十分戒备，其时正当下弦之始，黄昏后，残月未上，星光暗淡，满天漆黑。李本深独立营中，仰视天上，正觉月黑无光，今夜正应小心，忽听正东上一片喊杀之声，忙要派出哨探，前去察探，哪知报事官早已一迭连声报出正东、东南、东北三路清兵杀到的报告。

李本深微微一笑，命镇守铁索桥的贼将线緎、巴养元严加防守，自己率领本镇一部铁骑兵，向正东迎去，东南路上由贼将高起隆迎去，东北路上由贼将夏国相迎去。

这一接触，双方就掀开了恶战，但是打来打去，贼兵依然严守公鸡背，屹然不动，清兵竟一部也没法推进，从黄昏时起，直拼到三更多天，双方互有伤亡，但贼兵阵地，仍是丝毫未动。于是清兵死也不退，一连几次冲突，虽均被李本深率部杀退，但仍是源源前进，李本深觉得与以前的战法，大是不同，心中不由怀疑起来，心想他们莫非换了主帅了吗？

如此又拼了一个更次，直到四更向尽，忽听后面铁索桥边人声鼎沸，喊杀连天，一回头望到桥西天空中，陆续放出五色信炮，便听前面正东上清军发狂似的喊着，就又冲了过来。李本深知道天空所见，必是清军放的信号，好使正东清兵，可以望着信号进攻，但桥后的清军，又从什么地方过来的呢？可笑李本深到此成败一瞬之际，居然还不曾明白。铁索桥边这一阵喊杀喧腾，不但李本深本人有些惊慌，便是扼守江桥的线緎、巴养元二人，以及李氏全军部属，都觉得今晚清军来得特殊，人人心中发怵，都觉得惶惶无主。

铁索桥后的喊杀是从何而起的呢？这是很容易猜想到的，正是由清军南左二路与北左一路两线杀到的包抄部队。北左一路是馨儿带的队伍，南左二路正是穆索珠郎带的队伍。原来珠郎自从定计之后，便将如何进攻之法教与馨儿，并为此路队中的士兵，制成了避毒的衣履，发下去每人包衣一件、短靴一双、面罩一枚，在将进春岩渡之前穿着整齐，渡过春岩渡，将衣履面罩全部丢弃，便可稳渡光照河了。春岩渡白日有阳光蒸发，不能进入，必须在夜间子、丑两个时辰走尽，万不可延到日出，而自己走的十里铺，却是恰恰相反，必须在白天巳末、未初之间，瘴气消散之时经过，过时便有危险，所以自己带了二千五百人，悄悄地在前一天午前巳初，到达十里铺大林外面。珠郎虽是久闻其名，但也不曾亲历其境，坐在马上向前望去，只见三里路外，有一座猛恶的森林。在黔、滇一带，虽说山深林邃，但像这样大的森林，却是初见，只觉那座林子静荡荡的如一座大城池一般，此时已是巳初，林中瘴气已将散尽，但远望林上天空，似还有一股五色霞彩，横贯空间，似正蓬蓬勃勃地向上空升去。

珠郎认识那便是毒瘴，便传令众兵士暂且驻足，各人取出干粮，乘此饱餐一顿，等到众兵吃饱，再看前面林表霞彩，早已不见影踪，又稍息了一会儿，才传令向十里铺进发，三里来路，片刻即到，走进林内一看，更觉得它的可怕。

原来黑巍巍的一大片，弥望皆是千年老树，非樟非柏，非楠非桧，真不知其名。那些树木因久受瘴气的熏灼，从茂盛中生出一种黑绿的色泽来，从外边看去，虽不觉如何大异，可是沉静得死气森然，既不见一个生人在那里经过，更没有一只野兽，或是一只鸟儿在那里面停留，因而满林寂静，除了风吹木叶而外，什么声息、什么现象都没有。

珠郎进林时，吩咐众兵必须加紧步伐，越快越好，一路切忌谈笑、便溺与无故逗留，免遭不测，吩咐已毕，便命两名向导居前，自己一马当先，驰骤而进。正因这一座恶林毒瘴太深，以致百兽绝迹，所以珠郎等大队人马直驰过去，竟连什么也不曾遇上。在林中足足走了一个时辰，从巳末走起，走到未初，刚出得林口，然而珠郎走到未初之末，抬头向天空中望去，已经隐隐似有些霞彩，正从四山浮起，似乎正向林中慢慢延展出来。珠郎一见，只吓得冷汗直流，忙不迭连催快走，众人一阵狂奔，幸喜已到了林边，这才松出一口气来，正想命众兵士稍息再走，哪知两个向导脸上现着惊慌之色，大声说道：“现在已快到未末，毒瘴已起，我们虽已出林，但距林二三里地方，仍是不能驻足，还得快快地再走出去才好!”这一喊提醒了珠郎，忙又继续前奔，从马上回望后边林深处，五色霞彩，早又腾架天空，大家缄口闭气地一阵狂奔，才算脱离了险地。

第四章　铁索桥边的恶战

穆索珠郎率领二千五百苗兵，内有四分之一的猓猡种，这些猓猡都是冥不畏死、性极残忍的一个种类，战争本是残忍的事，自然越是残忍的人，越占便宜。他们一行人偷渡了十里铺的瘴林，黑夜里到达盘江，早已有工程兵沿江砍下巨竹，连成竹筏，一到黑夜，便偷偷渡过盘江下游，这也因为李本深等依仗了十里铺的瘴林无人能过，才致在下游上毫不设备，如果李本深在这里驻一支人马，穆索珠郎纵有天大本领，也难飞渡到江西呢。等到珠郎人马一经西渡，十停中已成功了八停，便安安稳稳地传令，在羊岐山深山中休息一天，专等夜间取破铁索桥。

这座铁索桥究是一乘什么样的桥梁？要知并非真是一根铁索造成的。

相传古时通西南夷之时，有人从江面上架上粗如人臂的铁索两根，分列江面，以为上下渡江之用，上首的可以由东往西，下首的可以自西至东，往来之人，各走一索，不至对面相值，因为铁索虽粗，宽不能由两人交错并行的。后来年深月久，这里已成了黔、滇往来孔道，自然不能再用铁索做交通器具，便又筑成一道大木桥，可是名义上还是以铁索二字相沿。

今日吴军守将线緎与巴养元二人，一守桥东，一守桥西，他们因有公鸡背在前面挡着，铁索桥也可算是后方了。万不料那天夜晚黄昏时，永宁州大路上清兵忽开始攻势，开而复合者数次，直到三更多天，忽然从羊岐山至光照河两面，传来一阵喊杀之声，线緎守住桥东，还不觉得怎样，唯有巴养元驻守桥西，闻声诧异，心想：“桥西一带，俱是我军自己防地，何来喊杀之声？这又是从哪路杀来的敌人呢？”

正自猜疑，忽然帐下连珠价报到，说：“南自羊岐山，北自光照河，杀到数千苗兵，不知从哪里过江来的，来将好像也是苗人，异常勇猛，沿江一路卡上哨兵，俱被杀得精光，眼看就要抢到桥边了。”

巴养元一听，立时吓得直跳起来，忙着一面上马迎敌，一面通知桥东的线緎，叫他快做撤退的准备，因为铁索一经被占，线緎与李本深等都无法回到江西来了。

岂知说时迟，那时快，巴养元刚刚上马，只听南面沿江一带，如风卷残云似的杀下一伙苗兵，为首一将，生得虎头燕颌，十分英武，手提一柄宝剑，骑着一匹赤炭般的枣骝马，如闪电似的早飞到巴养元面前，巴养元正要挺枪跃马而出，来人已是一路驰骤，剑光到处，一片哭声，人头滚滚落地。巴养元大惊，灯火光下细看来人，却不像李国梁部下的战将，心中怀疑，正自犹疑，猛见来将长啸一声，挥剑直取自己，巴养元见来势凶猛，不敢用枪去格，只将胯下一夹一提，那匹马倏地跃到来将左边，巴养元拧身向左，回马向来将便一枪刺去。

原来来将正是威震滇南三十五猛的穆索珠郎，这时见巴养元枪到，怒吼一声，声如雷霆，接着猛挥右手宝剑，只听噔的一声，正砍在巴养元枪柄上，早已截成两截，巴养元“哎呀”一声，拨转马头便向西面飞逃。巴养元这一逃，守桥的众卒谁还肯咬着牙，耗在这儿等死？立即发一声喊，大家四散逃命，也有向桥西跑的，也有向桥东跑的，还有沿了盘江下游逃去的。珠郎知道巴养元一路已不足虑，便命部下扎驻桥西，不许放桥东一人过桥，自己单骑直奔桥东。

桥东吴将线緎闻警，生怕自己归路截断，忙也想匹马冲过桥来，与珠郎遇个正着。线緎使的一柄金背大砍刀，论此人武艺，马上功夫极好，昔年久随吴三桂征讨苗疆，削平桂王由榔，他颇有功勋，此时见迎面一员苗将，手执宝剑，匹马如飞而至，便想出其不意，给他当胸一刀。珠郎正是向前跑势，他这一刀，简直来不及去躲闪。

好个珠郎，见刀临切近，猛地向后一翻，立从马背上一个“云里翻倒”，翻出去两丈多远，双足刚一点地，马已向前，他人也紧跟着马后，一个箭步，窥定了线緎坐下马的前胸，平剑刺去，去势甚急，又轻又快，一下就到了线緎马前。线緎纵想趋避，哪来得及，只听哧的一声，珠郎宝剑下半身，早已刺入马腹。那马受了剧痛，悲嘶一声，前蹄一捣，立即人立而起，线緎不曾防备，竟被掀下马来，珠郎正待举剑向他剁去，但是线緎也非弱者，就从地上一个“黄龙摆尾”，一长身，抬手一横大砍刀，挡住珠郎的宝剑。

二人一往一来，在桥前杀了七八个回合，这一交手，彼此乘虚蹈隙，险恶万分，但是线緎究竟不是珠郎的对手，珠郎展廾师传绝技，左手捏诀，右手运剑，一剑比一剑紧，线緎提着大砍刀，多半凭着蛮力，运展多时，本已有些不济，恰好珠郎故卖破绽，一剑击空，上身向前一探，线緎认为有机可乘，立即一翻手腕，大砍刀齐着珠郎肩背砍到，珠郎左手诀领着右手剑，倏地一个大旋身，眼看大砍刀已到肩上，珠郎猛一挫腰，大砍刀正从他头上过去时，珠郎又一拧腰，一探步，腾身踏进敌人洪门，口内喝声：“着!”宝剑盘头盖顶，起了个大圆花，哧的一声，正削在大砍刀上，刀柄虽因粗笨，未曾折断，可是线緎“哎呀”一声，左手五指齐落，大砍刀已握不住，铛啷一声响，丢了大砍刀，回头就向桥西跑去，珠郎焉容他逃去，一步蹿过桥去，打算生擒线緎，却已被部下救去，正在此时，眼望西北上喊声震地，知道馨儿杀到，便命部下将桥头严守，不许李本深等一人过桥，自己却徒步向光照河方面追了下去。

哪知珠郎刚刚走得一步，桥西巴养元与线緎重又聚集一起，桥东高起隆、夏国相又逃过桥来，众苗兵禁不住四将的一阵猛冲，竟被杀散，四将知此地大势已去，无险可守，夏国相主张不如烧去铁索桥，到底清军一时不能追赶，便是桥西得手的部队，究是少数，于是当即传令各兵士，放火焚桥，哪消片刻工夫，一座沟通盘江东西两岸的铁索桥，早已烧了个干净，等到珠郎知道，慌忙赶回，已经扑救不及，以致后面李国梁穆占等大军到此，竟已无法过桥。

线緎、巴养元、夏国相、高起隆四将，原分驻盘江东西两岸，以公鸡背与铁索桥造成掎角之势，嗣因敌人偷渡盘江，深入铁索桥后，南路被珠郎截断，北路又为馨儿从光照河赶来袭杀一阵，线、巴二将所部竟被珠郎主仆杀了个片甲无存，铁索桥便再守不住，同时高、夏二将本是守着公鸡背的，但早被清军南右一路的副将王天培，及参将饶国栋两路兵杀败，只得弃了公鸡背，原打算退守铁索桥，哪知到了桥头，才知后路已被清军杀入，铁索桥已不能再守，四将就向了一条僻径山路败逃去了。

幸而夏国相临走，将铁索桥焚毁，清大军不能全部过桥追击，只有珠郎、馨儿两路四千人沿江截杀，遂被四将逃脱，可是驻守公鸡背的主帅李本深，却因桥断，无处可奔，不得已自投清军请降。穆征南不能做主，一面暂将李本深寄押营中，一面申报安亲王岳乐，请示办法。于是公鸡背战役，总算告一段落。

公鸡背一役，论功行赏，当然以穆索珠郎与安馨二将为首功，但是珠郎一经回营交令，不料竟向李总兵自请处分。

李总兵诧异不解，笑说道："穆索土司此番功在不朽，何言处分呢?"

珠郎正色回说："我自得了铁索桥，因见北面沿江喊杀连天，深恐安馨力弱偾事，不该未守桥门，轻离而去，致被贼兵将大桥焚毁，大军到得江边，竟不能渡桥追击，致被贼人走脱，故此前来领罪。"

李总兵闻言又说："虽说你未守桥门，致被焚毁，不能说没有过失，究竟功大过小，提不到什么处分，不必太自谦抑，请回营歇息歇息去吧!"说罢，亲自将珠郎送到大营外边。

珠郎觉得李总兵如此优待，实在令人感愧，尤其他有功则赏，有过则免，更令人不安，不由一时动了知己之感，便当夜召集全部苗兵。原来这一部人乃是请准了穆征南和李总兵，由猛连家乡调来的，也可说是珠郎的八千子弟兵呢。当时众苗兵齐集以后，珠郎便将自己一时疏忽，攻占了铁索桥，不曾好好防守，致被贼兵用火烧毁，上面总镇虽不肯加罪我们，我们毕竟是有罪的，所以如今我召集你们，将这情形对你们说明，我们从立时起，必须赶到盘江，在铁索桥原址上，先架上浮桥，以便大军可以进行追击，不致误了军机，如果一夜之间，能将浮桥筑成，不但我们算是将功折罪，究竟也保全了我们猛连人的名誉。

众苗一听，只哄应了一声，大家便一夜随了珠郎主仆，同到盘江沿岸，连夜用巨竹架起浮桥，等到天明，这一座大桥的工程，已由这四千苗兵全部建起。

次日黎明，馨儿首先向珠郎报告筑桥经过，并贺一夜成桥之喜。珠郎闻讯，高兴异常，忙单骑赶到辕门，请见李总兵。

李总兵接见让座毕，便开言道："穆索土司怎这早起，可有何要公么?"

珠郎躬身笑答说：“因前晚铁索桥被贼焚毁，大军不能追击，职司深觉贻误戎机，万分惶恐。昨日回营，便传令各军士全体出动，搭建浮桥一座，以利军行，幸喜仰托将军福庇，此浮桥一夕竟成，如今已可通行，特来禀知将军知道。”

李将军一闻此言，不由连连夸奖，并说：“贵土司如能这样勤奋，为国家建立奇功，真不枉负此一身好本领了。”

当时李总兵也觉有了面子，一面留下珠郎，以备晚间在军中设筵，贺他的成功，就请龙天裕、沙起以及帐下汉满将弁作陪，一面自己去到征南行辕，面禀穆都统，并恳请穆都统专擢为穆索珠郎请功受赏，因此后来穆索珠郎居然得到一个世袭云骑尉的职俸，此是后话，暂且不提，可是穆索珠郎得了李将军这样一位好长官，自然就对他生了知己之感了。

第五章　艳妾珠冠成祸胎

昔时吴三桂的起事，在滇、黔一带的带兵武将，几乎全部向了吴三桂，这里面有很多的原因：第一点，那些武将大半还都是前明的旧臣，在清初迫于情势，投降了清廷，可是降将军的味儿，自古就是不会好的。这些人当初为了保全一己的功名富贵，到了现在，觉得滋味不妙，何尝不悔。那时吴三桂初起，便以复明为号召，这些人自然想以今日的忠义，去补救昔日的耻辱，所以纷纷高举义旗，都以复明抗清口号。第二点，那些武将中，大半是吴三桂的旧部，向唯三桂马首是瞻的，自然也是跟了三桂跑。第三点，更有一种人，过去曾向清廷推崇过吴三桂，请求清廷命三桂永镇滇边，恢复总管之任等的表示，一旦三桂起事，他们即便不从三桂，清廷也会怀疑他们与吴三桂通声气，于是就不得不从之而反。这样一米，便是吴三桂已死，吴孙世璠虽幼弱，眼看大势已无甚指望，可是这些人仍是在做孤注一掷，因此非到万不得已，他们竟不敢再降清廷，于是清廷也只得以武力周旋到底。

自从高起隆、夏国相弃守盘江，李本深无奈投清以后，高、夏、线、巴诸人仍向滇、黔边远处负隅顽抗，不肯屈服，辗转年余，吴孙世璠仍在云南称帝。

清廷方面的定远平寇大将军贝子彰泰、绥远将军蔡毓荣、征南将军穆占等仍在黔西督征，此时清廷最得力的一支军队，就要属李将军国梁，李将军所最依畀的人才，又只有穆索珠郎，珠郎那时已实授李镇标下副将之职，已由客苗军队，一跃而为正式的国军，就连安馨也都实授了平远州的都司了。

到了康熙二十年，高起隆、夏国相、王会、王永法等拥众两万余人，屯兵平远的西南，即巴河沿岸的凤凰山场、凉水井、普哄塘等处深山穷谷间，同时线緎、巴养元合了世璠的旧部郑旺、李继业等，拥众两万余人据住盘江的西坡，因为盘江甚长，有大盘江、九盘江之别，虽然铁索桥一路已被清兵占领，两边上下游仍未能肃清，为此李国栋又与穆索珠郎、龙天裕等共议进剿之策，珠郎又推荐云南广南州者玉山土司侬朋，从广南向东合围，攻打盘江之贼，才将线緎、巴养元等赶出盘江，线、巴二人就逃往滇中世璠左右去了。

盘江肃清，珠郎又与馨儿、侬朋等单骑直捣平远凤凰山场，李国栋大军同时从外合围，才又攻破了平远贼巢，夏国相便到李国梁营门投降，到此这两路才算肃清，然后大兵入滇，专一对付世璠。

其时世璠已经势孤，线緎等屡被珠郎杀得无路可走，才与世璠左右何进忠、黄明等合谋擒住世璠，投降清廷，以求赎罪，暗与珠郎通气，珠郎许之。约日集事，为世璠所悉，世璠知大势已去，便行自杀，线緎等割了世璠首级，投到珠郎营门投降，珠郎便将线緎等引见李国栋，仍将一干降犯解京发落，吴三桂的一段反史，到此才算真正结束。穆索珠郎以平寇有功，实授永宁参将，记名总兵，仍兼云南三十五猛土司，安馨也升到游击将军。

穆索珠郎自从经过这一次战争，建立了如许的功劳，在滇、黔两省真是妇孺皆知，人人崇敬。珠郎性本和易，虽秉性纯良，素无倚势凌人，欺虐乡里等事，但自以为身立奇功，功名甚显，如今年已将近五旬，便一心要想享福，于是辞了官职，家居纳福，一意广征声色，极自奉养，好在他这些年的土司，又带兵这久，家资饶富，不计银钱。因此虽小小一个苗族土司，享用埒于王侯。

早年结发吴氏，下世十年，并无生育，继娶甘姓，亦系苗族，伉俪间虽尚不恶，但自珠郎致意声色，姬妾不免多了，夫人甘氏，性本奇妒，对于珠郎的广置姬妾，本就不甚心愿，偏偏诸妾中有一刘姬，名娇凤者，不但姿色绝伦，且会武艺，可说色艺双绝。

这刘娇凤乃是个汉人，原是跟着父亲在云贵一带卖艺为生，清兵入滇时，不幸父女二人失散，她为寻找父亲，误入苗疆，后来幸喜遇着一个老苗妇收留家中，她本聪慧异常，不到一年已学会了苗语。

一日那苗妇得知穆索土司，出重资广罗美妾，这老苗妇贪度钱银，便把这千娇百媚的刘娇凤送入土司府。珠郎哪里见过这样绝色的佳人，当然奉若天仙，宠爱非常，这刘娇凤也就是擅宠专房，不到一年，就生下一子，此时珠郎年正五旬，试想以五旬之翁，爱妾得子，那一种溺爱的份儿，还用说吗？此时别人自然是事不关心，都无所谓，唯有这位甘氏夫人，却是因爱成妒，因妒成仇，日夜想法子要摆布这个娇凤。因她这一念之差，好端端一个家庭，竟至造成千古惨剧。

原来珠郎家资富饶，不但广有田产、房屋、牛羊、奴仆，且一意喜爱收藏珍宝，因此珠郎家中，奇珍异宝不计其数。别看蛮荒之区，南通缅甸，西接印藏，那些近东地方，都系数千年古帝王之国，因此在那些废宫残址中，不知因历代的战祸兵灾，毁坏了多少奇珍异宝，同时也就埋藏了多少奇珍异宝。滇边邻近那些地方，自然有一班专自搜觅古宝的商贾，不远千里去采办。珠郎有的是钱，走西南一带的胡贾，便无人不认为是一位大好的主顾，因此珠郎历年来所觅集的珠宝，真不知收藏了多少，当然其中也有赝鼎，但大都是极珍贵的物品。

珠郎最最心爱的宝物，家中现存着三种，那时猛连地方有几句流行的谚语，是“天下宝，不如穆索一株草；天下珍，不若珠郎一只瓶；长瓶、短草纵奇观，何似葫芦一顶冠”。这几句话是什么意思呢？便是说穆索珠郎家有三宗宝物。

第一宗是一种翡翠的灵芝草。云贵一带向来是出好翠的，可是这一株灵芝草，不但仅有翠绿，当中且有天然色彩，非紫非红，正与芝草的色泽一般无二，因此便为稀世之珍。

第二宗是一只玉瓶，其式甚古，确是三代的产物，它不但形状美观，色泽至润，且能有气候变动的应验，可以望瓶而知月份季节，丝毫不爽，原来瓶高二尺，上有雕成的花形一朵，平时望之，非梅非菊，可是到了每月中旬，便变了形式，譬如正月望去是一朵梅花，二月望去是朵杏花，三月望去是朵桃花，如此一直变到十二月，每月不同。其实并非此瓶有何妖异，全是瓶身玉质上光线的变化。因为玉质太好，自是空灵，又经过数千年的气候风雨的熏灼，至能玉质上泛出一种色彩来，炫耀人的目光，好像它能变幻，说破了果是常理，但一宗玉器能到如今年久，又有如能变化，也真可称得是绝无仅有的了。

第三宗乃是一顶珍珠结成的宝冠，高可尺五，外围周圆约比直径一尺，庞然大物，自然没法去戴它，可是上面的珍珠，可就说不尽它的价值。全冠共有如龙眼大的明珠二十五粒，如莲子大的明珠七十五粒，如芡实大的明珠百零八粒，如黄豆大的明珠三百粒。其次如龙眼大的珍珠百二十粒，如莲子大的珍珠三百五十粒，如芡实大的珍珠七百五十粒，如黄豆大的珍珠千五百五十粒，共计为明珠五百零八粒，珍珠二千七百七十粒。珍珠就是平常一般常见的精圆珍珠，固是值价，却并不稀罕，明珠却是不同，它是一种常透明体的珍珠，白日望之，果然精光四射，尤奇者在夜间置诸暗室，每一明珠，视其体积的大小，而分发光的远近，便是最小的明珠，它都有距离一尺内，可以看书、看字的发光力，所以说与珍珠不同。但这还不足为奇，冠的正中有五粒镇冠宝珠，曰明月胎，每粒周圆如鸽蛋大小，重量为五两八钱九分，五珠中心，又围住了如鹅卵大的滚盘宝珠一颗，此珠重量为十二两七钱三分三。此处所谓宝珠，又与明珠不同，不但体积重大，尤其发光强烈，一颗宝珠置诸暗室，其光寻丈，便可无灯而室自明，更可贵者，正中这一颗鹅卵大的珠宝，能占阴晴风云，丝毫不差，其名曰玉蚌元精，与周围五粒明月胎，皆为旷世奇珍。除此珠外，冠上还有五色珍宝，祖母绿、猫儿眼、砒霞精、玳瑁珠、春华彩玉、琦珀精、玛瑙精以及八角晶球（按：即近时金刚钻石）等奇异珍贵之物，五色缤纷，缀成此冠。

珠郎平时对于此冠十分珍视，非至好亲友，不肯见示，为了此冠，特建一座藏珍阁，将平常实物珍品，罗列阁下，唯独此冠，高高地供在阁上层，四周窗棂，俱用铁制，藏冠之匣，更有机簧启闭，其匣与阁顶相连，如不解机簧，虽拆毁阁顶，亦不能单独取去冠匣。珠郎对此冠可谓珍视已极。依着苗族向例，凡有奇珍异宝，将来传人，除了子息外，便应归于嫡妇，无嫡则归继妻，所以此冠如论名分，将来自然应归甘氏夫人。但珠郎转爱刘姬，娇风又生了一子，而甘氏却无生育，因此珠郎便有将此珠冠归于刘姬娇风之意，又因本族向例难违，尚是隐忍未发。偏偏甘氏夫人，性妒而贪，早年为了垂涎此冠，才一意嫁与珠郎为继，不然二人年龄相差，竟有二十岁之远，甘氏也绝不甘以少妻来伴老夫，似此蓄心已久之事，如果一旦竟不能如愿以偿，那等怨毒，实也有令人难测之处，所以竟造成了穆索全家灭门之祸，这都是起于甘氏一念之贪。

且说穆索珠郎自从平了三桂之乱，做了几年副将，以他的才能，提镇本在意中，只是他性情正直，虽然享用豪华，却不贪污，因此眼看武营中主将纷纷冒领军饷，克扣粮秣，他认为鄙不可与同群，便向李国栋辞去副将，仍回到猛连来做他的土司，一晃眼又已多年，自己久处富贵之境，未免有些暮气，不似当年的英勇，尤其宠爱刘姬娇凤，虽他姬妾众多，但专房之宠，却属娇凤，甘氏夫人，积不能平。

有一年正是珠郎五旬大寿，苗、汉两方好友都来祝寿，一连热闹了几天，到了正日那一天，珠郎一时高兴，便当了众宾客谈到自己所收藏的珍宝，又提到珠冠，许多亲友只是闻名，而未曾看见过此冠，便纷纷求趁此吉日良辰，将珠冠给大家开一开眼界。珠郎却不过众人情面，答应下来，便带了众亲友，大家同到藏珍阁下，开了阁门，众宾客依次列观，见一宗宗的奇珍异玩，何止千百。大家已是纷纷赞羡不绝，一时又登楼到了阁上，上面珍宝，自然更为名贵，一一看过了，珠郎便亲手开动正中冠匣的机簧。

众宾客见如佛龛大小的一座亭子，四面俱有雕嵌极精的长窗，高约五尺，机簧动处，长窗渐渐开启，就见亭中有一尺来高的木台，用紫檀雕成龙凤形，台上放着一具黄金灿烂的方匣子，高约三尺，宽约二尺，琢成极细的花纹，上嵌五色宝石。众人见了这大的金匣，已经叹为观止，却见珠郎用手向亭左长窗后轻轻一按，立时匣中发出一阵朗朗的铃声，声闻数百步以外，这是为了防盗起见，所以在开启金匣时，必使它发声，以便警觉。铃声过去，金匣已开，那匣盖却高悬空中，立时露出光彩夺目的一顶珠冠。时在白日，阳光下珠光自然不能发挥它的本能，但已经耀眼欲花，众宾客纷纷向前观看，一时也看不清这顶冠是怎样结成的，珠郎一说，才知是用绳金丝织成软胎，外穿明珠珍宝，不但美观，竟也可戴，不过分量太重而已。此时但觉五光十色，奇彩缤纷，美不胜收。

珠郎正在指点众人看冠上正中的那一颗玉蚌元精，和那五粒明月胎，如何的名贵稀奇，只听楼梯上一声细碎的足声，拾级而上。珠郎闻声看去，原来正是自己的爱妾娇凤，一手携了那个未满三岁的儿子玉骢，便向他们笑说："你娘儿们从来只闻珠冠之名，也不曾见识过冠子是怎样的一个好法，此时靠了众亲友的眼福，也来开开眼界吧。"

娇凤闻言，微笑点头说："我们也正为此来，平时是不容见到的，今天托了众亲友的福，当然不能错过了。"

众亲友闻言皆笑说："如夫人不可不来看看，我们看来，便是北京老皇帝那里，也不见得有这样的宝贝。"

娇凤此时已走到珠郎肩下，正向珠冠望着，猛不防儿子玉骢一步抢到金匣前，举起一双玉琢般小手，直向冠上抓去，一把抓住了冠子下面一排的珠子，一只小手紧紧握住了三四粒明珠，向下一捋，哧的一声，穿珠银线早已折断了一截，下面一排的珍珠明珠，便散下一节，滴溜溜滚了满地，娇凤不禁一吓，忙喝道："阿玉使不得！"立刻将孩子向怀中一把拉过，忙着分开一只小手掌一看，手心里正捏着三五粒小珠，嘻开了一张小嘴，向着娇凤憨笑。

这时莫说众亲友，便是珠郎也自心惊，一面口内喝着玉骢，一面忙佝偻着身体去查看抓坏了多少珠子，一面又从地上捡起了所坠的，和从玉骢手中夺下的，数了一数，共是十一粒，大量并未遗失，忙命娇凤将玉骢抱下楼去，自己藏好了散珠，盖上了金匣，关闭了长窗，锁了机簧，就带了众亲友下楼。这一来虽说是小孩一时做了无知识的举动，珠冠折毁，虽也能请得高手匠人将它重新穿好，但毕竟是件煞风景的事，珠郎心中不由有些不乐，可是出于自己爱子的破坏，真叫无话可说。

两天过后，祝寿已毕，众宾客都已散去，珠郎一心惦记着珠冠，便从四川请来一位穿珠名手，花了大价，请他到府穿修了三日，才算完事。只是美中不足的便是到底短少一粒明珠，找遍了一座藏珍阁也找不出来，虽说此物并未损坏，但照原来珠数，却已残了一粒，对于此层缺憾，真使珠郎十分不快，一连闷闷的竟未出门。

偏偏此事传到甘氏夫人耳内，听得珠冠被娇凤之子玉骢所毁，结果还是短少了数目，便借此为由，来问珠郎，她一开口，珠郎已知她的来意，将面色一沉说："一粒珠子，算得什么？这又不是外人偷去的，你提它作甚？"

甘氏见他面色不善，心中早也发怒，便冷笑说："你倒说得轻松，此冠乃我穆索之宝，日后应由我来宝藏，怎说提它作甚？"

珠郎听甘氏语风不对，便寒着脸问道："谁说由你去宝藏？"

甘氏又冷笑一声说："国有国法，家有家规，此项传家之宝，向例应由嫡配宝藏，这还用我来说吗？"

珠郎听了也冷笑一声说："可惜由不得你，我还没有死呢，便死了也由不得你。"

甘氏登时厉声问道："你死了怎会由不得我，不由我又由何人？"

珠郎见状大怒，立刻叱道："好不知羞的贱人，竟敢明目张胆地与我争夺宝冠，须知我穆索门中，不容你这样的无耻妇人，还不与我出去。"说罢立起身来，怒目而视。甘氏也立起来冷笑一声，掉头不顾而去。

珠郎等甘氏去后，心中越想越气，暗想自己有意将来把珠冠给予娇凤，也是为了玉骢是她所生，并非宠妾灭妻之意，谁知这贱人如此刁恶，竟想借了小小的题目，向我索取珠冠！一时心中明白过来，想到甘氏平日虽然性妒，尚还不至如此奸狡妄为，她那兄弟甘坝平素行为不端，珠郎想到这，已知准是她的兄弟甘坝的主张，他想利用他姐姐，索到珠冠，他便可以从甘氏手中攫去，珠郎想到此处，不由大怒起来，恨不得立刻将甘坝找来问个究竟，继而一想，究竟是猜想，无凭无据，如何便能武断是他的主动，气了一阵，也就渐渐丢开，而且从此以后，一连数月，甘氏也竟绝口不提珠冠之事，穆索以为她已悔过，不敢再向自己纠缠，再差些究竟夫妇，自然也就不再放在心上。

甘氏有一异母胞弟，便是甘坝，乃是顺宁府治猛司人，家世是业船，在南猛河一带有许多船舶，惯走澜沧江上下游，北通川中金沙江，南由怒江入缅甸国境，往来贸易，专事贩私运禁，一味图利，不知别事。自从听她姐姐甘氏提起穆索家藏珍宝，时时垂涎，却恨染指不着，又闻珠冠之名，知道苗族向例，夫死各物归属于妻，就时时在甘氏耳边絮聒，教甘氏注意珠冠，后来又听穆索族中人传出娇凤生子之事，珠冠将有归属娇凤的消息，甘坝便暗暗告诉了甘氏。

甘氏闻言奇怪，怎的自己丝毫不知？就买通娇凤近身的婢仆，才知珠郎有时提起珠冠，有须俟玉骢成人以后，将珠冠传与玉骢之言，心中不免惊忧，便与兄弟甘坝商议，甘坝就劝甘氏趁着珠郎健在，将珠冠先要了过来，甘氏屡想开口，只是没有机会，好容易出了玉骢手毁珠冠的事儿，这才借了此题，来向珠郎探讯，谁知被珠郎抢白了一顿，甘氏回到自己屋中，一再考虑此事，觉得一点主意也想不出来，便又与甘坝商议，甘坝更没上策，不是劝甘氏向珠郎硬取，便是劝甘氏去偷，这两件事，甘氏知道都不是办法，便只好暂时收起了这条心。

偏偏事有凑巧，一日与甘坝闲谈中，知甘坝近来川缅贸易蚀了本，正想向甘氏借钱，甘氏无钱可借，便将自己首饰箱中一对珠凤借与了甘坝，此事除了甘氏本无人知道，偏又被甘氏贴身侍婢梅子看见，她无意中说与娇凤的贴身侍婢姜环，自然大家庭的丫鬟，便是是非之口，闲谈中又说与主人娇凤知道。娇凤倒并无向珠郎前进谗言之意，只是一日夫妇间话中提到甘坝的不成才，娇凤竟又将甘氏借与珠凤之事说了出来。珠郎家资饶富，一对珠凤本未在意，况且已属甘氏之物，自己本也无心去过问，偏偏有一日与甘氏提到她娘家诸弟，如何不成才，不争气，就随便问起甘氏借珠凤这一节，珠郎当时，也是瞧不起甘坝的行为，就狠狠地说了甘氏几句，甘氏猜到丈夫得知此事，必是听了娇凤的背话，从此更将娇凤恨入骨髓。

那年正是珠郎爱子玉骢三周岁，滇南风气讲究到那一天约请亲友家筵，赛如汤饼之会，诸亲友自也都来纷纷道贺，珠郎在当地，声势煊赫，多少亲友都是依靠他的，玉骢又是珠郎独子，如何不热闹一下？到了那天，众亲友纷至沓来，非常热闹，到了玉骢穿戴好了，由保姆携着手到父母面前叩头的时节，依照平常礼节，自应由珠郎夫妇坐着受头，过后才轮到玉骢生母娇凤坐着受礼，但珠郎一因玉骢系娇凤亲生，母以子贵，二因爱宠娇凤，不愿叫她个人单独受礼，便命人在礼堂上面安排下三张座椅，正中一张，自己坐了，甘氏坐了左边的一位，一回手竟拉了娇凤说："来！来！你也不用另外站着，我们一起坐下吧。"说罢将娇凤向右首椅子上一按，娇凤也就无可不可地坐了下去。

此时旁坐的甘氏早已气得面色铁青，心中要想站起，又恐珠郎发话，如坐着与娇凤一同受礼，不但这贱人不配与我并坐，也叫众亲友看了笑话，只气得呆在椅上，作声不得，便是小孩子玉骢向甘氏叩头时，竟连一句话都不哼。诸亲友在旁观礼的，都觉得今天这一事有些不妙。幸而玉骢年幼，虽说叩头，有保姆搀着，含含糊糊地向上面拜了两拜，珠郎等哈哈一笑，俱皆站起，已算是应了拜寿的景儿，甘氏也就无从发怒，但是越这样压在心上的事，越忘不了，从此她的内心，竟没法再容留这个情敌娇凤了。

中国有句社会上的老话，是"家和万事兴，家不和，家中黄金化为尘”，这虽是俚俗之言，却也含有正理，如今珠郎家中，因为妻不容妾，从此便深深伏下了祸根，以后穆索家庭的祸事，便接踵而来。

原来为恶的人，也必是有激而然，自己本身受了许多主观认为不可容忍之事，于是戾气所主，便一发不可遏止。独怪有一种人，别人的利害，本与自己不甚相干，却偏偏要替人出坏主意，使甲害乙，再使乙害甲，他却躲在旁边看热闹，这是一种全无心肝的举动；更有一种人，因为害了某一个人，或是帮了某一个人，自己便可得到利益，他便不问是非曲直，要害的便害了，要帮的便帮了，结果别人虽家破人亡，自己却得了便宜，这是一种自私的举动，二者相较，不论是哪一种，究竟都是不应该做的。本书此刻要说的，便是那甘氏之弟，恶苗甘坝和另外两位云南地方的贪官污吏，这些可说都是损人利己的人物。

恶苗甘坝因为近来江上买卖不佳，连着来找他姐姐甘氏，打算想点办法，哪知甘氏一肚心事，哪里有心情来替甘坝打算，甘坝恶念起处，便向甘氏说：“姐姐，你不过为了那个小老婆，何妨想法子把她害了，不但这口怨气可消，便是那顶珠冠，也归了你，不提珠冠吧，姐夫这么些珍宝，还不够你受用的吗？你仅自犯愁，气死也是活该，应当想出办法来才对。”

甘氏妇人，怎知他的深意，便答应说：“我哪里想得出好办法，你如果替我帮了这个忙，将来你短什么，只向我说一句话，什么都能答应。”

甘坝一听，这是生意经来了，当即笑着向甘氏凑了凑，悄声说：“可是咱们亲姐儿俩，说了可不许算。”

甘氏正色说：“谁跟你玩笑？”

甘坝眉头一皱，便问：“今先说好了，如事情办妥，拿什么东西谢我？”

甘氏说：“只要你真有办法，要什么都行。”

甘坝说：“要珠冠行吗？”

甘氏略一沉吟，居然一咬牙说：“也行。”

甘坝当即站了起来，说声：“好！”便告辞回去，这里甘氏便日夜专候甘坝的办法到来，好出这口怨气。

珠郎虽是辞了副将，在家乡纳福，因他过去既有这番事业，如今又仍当着猛连土司，自然地面上的官府都有个往来，这些地方官中与珠郎最称莫逆的，要属元江州同知吴礼，与普洱府治游击樊宗敏。这两人都是汉人，那游击樊宗敏与珠郎昔曾同营击平吴三桂之乱，所以格外知己，樊宗敏三五天总要上珠郎家来，饮酒谈心，二人因有联谱之谊，樊尊珠郎为兄，所以珠郎对樊，竟自出妻见子，同自己手足一般看待，每逢年节，珠郎知道樊宗敏甚穷，便时常地周济他，因而二人的交谊，真可说是不殊刎颈。

樊宗敏知道珠郎伉俪之间，不过如此，最爱的就是那位如夫人刘娇凤，因此对于娇凤，他是十二分的恭顺，见了娇凤，没话也要想出几句话来，谁知娇凤虽是小家碧玉出身，可是秉性贞静聪明，深沉有智，见了樊宗敏那种胁肩谄笑的神态，心中便不甚看得起他，见了他时，只爱理不爱理的，有时背后与珠郎偶尔提起宗敏，娇凤颇不以他为然，总劝珠郎少与他们周旋，但珠郎自以为建了多少功劳，一班汉官见了自己，谁不那样恭维，也不独宗敏一人，听了娇凤所言，并未注意，也就付之一笑而已。

一日，穆索珠郎觉得闷坐无聊，便打算带了娇凤、玉骢到那滇南哀牢山之左的群峰去游玩，那群峰形势险峻，在那猛连河与漫路河之间，两河上下支流，中间却有一条峰岭，名叫长蛇岭，这长蛇岭形如带似的夹在这群峰之中，登了这长蛇岭顶，可以左顾右盼，赏玩两河帆影波光，却是一个别有风味的所在。

这天珠郎挽着娇凤母子二人，正要出门时，恰巧樊宗敏也来了，这樊宗敏一问，知道二人要去游山，便也跟了就走。娇凤虽然心中不愿，但面子上不便说什么，于是夫妇二人携了小孩，带了两名长随，与樊宗敏一行便向群峰而来。那地方在蛮荒遍地的普洱府，也算一个名胜之区，游人常是不少，珠郎等各骑骏马，娇凤虽非苗女，因武功稍具根基，便也骑马相从。

这老小四人，到了群山，漫步登峰远眺，只看两河帆影波光，如接衣袖，暖风吹来，胸襟颇爽，这样畅赏有半日，弃马拴在山麓古树中，见日已停午，便在峰腰中一所武侯祠午膳，饭后宗敏主张改山游为水游，珠郎游兴正浓，当然赞成，便相偕走下峰来。

到得河畔，珠郎雇一小艇，便向漫路河摇去。漫路河虽不及猛连河长大，可是河水极清，而且深不可测，三人一路乘兴容兴于中流之上，正在兴致勃勃之时，忽然西北天空，乌云阵阵翻滚而来，河面上立即刮起一阵接一阵的狂风，眼看暴雨就要到来，别的都不妨事，唯有小孩子经受不起，正想拢岸之际，哪知霹雳一声，立时黄豆大的雨点，向船头直打过来，河上小艇，原无顶篷，只有遮阳布篷一片，怎禁得如此巨风暴雨，不但雨点一路向各人满脸打将下来，就是小艇也吃不住这大的风浪，立刻随风颠簸起来。

此时吓得玉璁哇哇地大哭起来，珠郎忙将他抱到自己怀中，一面连催船夫快快拢岸，不料好容易将到岸边，还离着二三丈远近时，倏地一阵风过，浪随风起，虽是小小的河道，立时波骇浪惊，小艇中的人未免惊慌，只向旁一侧，只听呼噜一声，小艇中已进来大半船的水，众人更惊，在一声怪叫当中，船夫益发掌它不住，只见接着第二个浪到时，小艇早已半入水中。

那娇凤虽学过武技，但不谙水性，芳心一惊，“哎呀”一声，本想去扶住船沿，哪知身子向船沿一侧，虽有武功也无法强持身躯，船身自然更歪了下去，只听扑通一声，娇凤已然落水。

珠郎一见娇凤落水，心内一惊，就想去拉她，却忘了自己去拉，重量更不平均，船身自然更歪，怀中又抱了个玉骢，唯恐小孩落水，更觉手足无措，珠郎武功虽已绝顶，经这一惊，气功已散，禁不住船身一侧，立刻也立脚不住，头重脚轻，从船边上侧翻入水，怀中却依然紧抱了玉骢不放。

这一群人中，只有樊宗敏略识水性，所以自始他不曾惊慌，此时一见他夫妻小孩全都落水，后边长随只瞪着眼干自叫唤，没有办法，樊宗敏觉得此时也不得不卖些力气了，便喊说：“我来!”早已一个扎猛，从船边上向水中直钻下去。

珠郎毕竟武功精纯，虽不识水性，到了水中，心神仍不乱，一只手抱紧了玉骢，自己却下死劲，向岸边冲去。他虽不会泅水，可是一经运用内功，身轻如叶，便不易下沉，又借势一冲一激，早已浮到岸边，一眼望到岸边有一株倒垂树枝的古树半探在水面上，离水约有五六尺，尽力一提气，双臂微一使劲，向上猛这一冒，右脚一垫左脚背，飞身跃出水面，一只手便向那株树抓去，啪的一下，竟被他抓住，他单臂用力一提，整个身体就挂在树干上，此时手中如无玉骢，他早可一翻身便上了树，怎奈一只手已被玉骢占去，只剩了独臂，自然觉得费劲，但终究是功夫好，只要被他握住一点能落着力的地方，便可施展功夫，他终究脱出险境。这时珠郎脚尖稍点树干，一个“猿猴摘果”式的轻功绝技，如飞鸟腾空，左手提着玉骢，右臂一展，涌身一纵，身已落在二丈五尺高的古树上。他落到古树上先吐了两口水，这才腾身一涌，飘身落到岸上平原，那小孩玉骢经这一折腾，早已吓得面色雪白，哭也哭不出了。

那已落水中的娇凤，已吃过了不少水，自以为必死，哪知在昏迷中忽觉有人将自己拦腰抱住，又将自己托手举出水面，这才清醒了些，觉得救自己的人正托着自己身体，向岸边一路踏水泅将过去，只不知救者是谁！

注：本集正华书局1951年4月初版。

第 二 集

前　引

首集叙滇南普洱府西南之葫芦野夷界中的苗人互相残杀事迹，这地处在缅甸边疆，在帝皇封建时代，民性犷悍猛健，爱武善斗，致造成互相角逐、争雄残杀惨事。直至清初时宣抚，才正式入于中国的版图，那时有一个汉族异士名大觉禅师者，云游到苗疆，由此造成一个武艺绝顶的人物来，由这人来统率群苗，才免去全族相残，这人便是本书两集中的主角，滇南三十五猛土司穆索珠郎。首集叙至珠郎宠妾刘娇凤落入深不可测的漫路河，在生命危急中，迷惘惘觉出有一人，将自己拦腰抱起，救上岸来，娇凤神经清醒后，看出救自己的人来，不由惊疑万分，立时粉面通红，梨窝双晕，羞得抬不起头，愣柯柯坐在一旁，说不出话来。

第一章　图财害命的人兽

原来这人就是娇凤心目中最瞧不起的人，乃是珠郎的盟弟，普洱府治游击樊宗敏，这时娇凤觉得宗敏颇有肝胆勇气，居然能舍身救人，这倒是出于个人意料之外，不由改去昔日对他的恶感。他们经过这场惊扰，也就无兴再游玩，就返回猛连寨去了。

这一场惊扰的过程，樊宗敏不但增进了与珠郎的交谊，并且改善了娇凤对他的印象，此后樊宗敏见了娇凤，便也嫂子长、嫂子短地叫得更外亲热，那娇凤也就换去了过去敷衍的态度了。

光阴过去甚快，一日，樊宗敏在自己宅中邀请珠郎小饮。樊家距珠郎家甚远，因为宗敏本是普洱府的游击，汛地却在普洱河西岸的山村中，那地方距离猛往寨与打罗不远，也算是个崇山峻岭的地方，好在两人都是武将，骑了快马，带了骑从，往来赴约，都不觉得怎样不便。

这日珠郎到了樊家，才知道竟是宗敏三十九岁生日，珠郎忙命从人补了一份厚礼，随了众人，向宗敏拜起寿来，宗敏再三谦让，当即将珠郎请到内花厅安坐。珠郎在滇南颇负盛名，在普洱本府治下，更不必说，真是妇孺皆知，人人景仰，此时宗敏一班贺客亲友见了珠郎，人人都要来敷衍几句，因此不论识与不识，都跑到内花厅来拜访珠郎。

珠郎这时正觉有些应接不暇，忽听得外面廊下直奔进一个人来，只见他一面跑，一面高叫着："穆索土司。"珠郎抬头远看，觉得那个人面目长得獐头鼠目，一时倒认不出是谁，等那人一步跨进门来，珠郎才认出谁来，原来正是自己的盟兄弟元江州同知吴礼，当时慌忙迎将出来，向吴礼拱手笑说："久违！久违！"

吴礼却一把拉住珠郎的一双手，紧紧握了几握，露出十分亲切的神态来，口内连说："今天真是幸会。"说着，又回头向边立的几位朋友说，"我与穆索土司，我们是过命的朋友，我们是盟兄弟，他是老大哥。"他一连向众人背了一篇履历，然后又指着珠郎的鼻子，似高兴似埋怨地说："大哥！你这可不对。你既过河来（按：指过漫路河而言），竟不想到我那个小地方去，真算你不对。"

珠郎究竟实心人，先听他认乎其实地指了自己说不对，还当自己真有什么不对的地方，及至听他说出口来，才知他是一句哈哈，心想你在元江，从普洱城到元江城，少说也有二三百里地，我才渡过了漫路河，离开普洱还远得很，怎说我不到你那里去？但心虽如此想法，口内究不便不敷衍他，忙赔笑说："这真该罚愚兄了。"

一句话又说得吴礼拍手跳足地说："好极！好极！回头我们痛痛快快喝上一百杯。"说完又回头向大众说："我一生就是佩服我这位老大哥，真是文武全才。别的先不提，单说当年平吴三桂的时候，要没有我这位老大哥，还有京师老皇帝吗？"

原来苗人称吏目人役曰官，称官曰皇帝，称天子则曰京师老皇帝。吴礼并非苗人，他此时却对一班众宾客说，其中十之七八是苗人，所以他也用上苗语了。

珠郎听他讲话过分，便觉得有些不好意思，忙惶恐地说："不谈了，不谈了。"

吴礼何等精灵古怪，立即转过话风说："好，我们不谈这些，我真是昏头了，也不问问大嫂的好。”说着便向珠郎庄容问起嫂子好、侄儿的好来。这一天，吴礼竟将全副精神都用在了珠郎身上。读者诸君难道以为吴礼真是珠郎的那样一个好朋友吗？要论关系，倒确是聊过谱的盟兄弟，但心里却满不是那件事，如今见了珠郎，如此奉迎亲热，也正有原因在内，不妨乘此说一番。

甘坝自从受了甘氏之托，一心要想条恶计，除去娇凤，便日夜思量，可是穆索珠郎不是一个好对付的主儿，又与自己不甚投契，自己断不可出头，他想此事必须要找到官儿才能有办法。甘坝所请官儿，也就是指的是当地的官衙中的吏目。甘坝想到这一层，便联想到元江州衙内一个书吏，名叫张以江的人来。这张以江是贵州人，与甘坝从贩私上相识，便结拜了盟兄弟。此人诡计多端，为人极为阴险，甘坝知他专能设法害人，所以便到元江去找他。谁知与张以江一谈之后，好多日也不曾给甘坝一个回信，甘氏过了三五天，向甘坝一催问，甘坝没有办法，只得再去找张以江。

张以江一见甘坝，便向他笑说：“你这档子事儿，我已替你想过办法，并还求过人，可是人家问我什么报酬，我却答不上话来，今天你来得很好，我正想派人去请你，到底事成后用什么酬谢人？”

甘坝一闻此言，登时闹了个张口结舌，张以江看了暗暗好笑，便向他说：“人家自己点了菜，只问你们求人的自己肯不肯？”

甘坝便问：“点了什么菜？”

张以江说：“人家要他家出名的那顶珠冠，你能办到吗？”

甘坝一听，可就为上难了，便嚅嚅嗫嗫地说：“这是穆索珠郎的宝贝，如何能要得出来？”

张以江闻言冷笑一声说：“正因它是穆索珠郎的宝贝，才向他要呢。”

甘坝一时绕不过这弯儿来，瞪着眼说不出话来。

张以江看在眼内，心里骂了一句“好蠢”，口内却叫了声：“老弟，你怎的想不通？我们要做，单做倒一个臭娘儿们有什么油水，要做必须要从穆索珠郎本人做起才有劲呢！”

甘坝这才恍然大悟，忙哦了声说：“原来如此，如果能连这只大虫一起做了，还用说什么珠冠，那不是全是我们的了吗？”

张以江拍手说：“看呀，老弟这才是聪明人了。”

甘坝便问如何下手，张以江当时不说，只含笑说：“你不用忙，且在元江住上几天，夜深人静，我与老弟一边喝酒，一边详谈就是了。”

甘坝心中欢喜，便不再问，张以江自去办公。到了日落前，张以江回到寓所，命下人宰了一只鸡，烹了一方肉，打了一壶酒，便与甘坝慢慢地饮酒谈心。

原来张以江自闻甘坝之言，心中盘算，穆索珠郎是滇南第一等豪富之家，难得他自己家里大小不和，竟来求教外人，知道此事如办得好，此身便吃着不尽，但素知珠郎不但武功了得，而且官高名显，不易做倒，此事要做，必须要向本官吴同知商量。他素知同知与珠郎是盟兄弟，但又知吴同知的为人，见利忘义，只要有钱，便连亲老子也能宰了当猪肉卖，所以心中拿了一个动之以利的主意。

到了次日，进了同知衙门，公事料理完毕，便悄悄地向吴同知的签押房中探头一看，见同知吴礼正坐在公事桌边批阅公事。张以江站定了，轻轻咳了一声，吴礼缓缓地回过头来，一看是本班吏目张以江，便将那副玳瑁大墨晶眼镜向额上一推，打着官腔问了声：“有事吗？”

张以江见问，忙佝偻着腰身，应了句“是”。吴礼即又说了句“进来”，张以江便斜着半边身体，跨进房内，一步抢到吴礼面前，伸左腿，曲右腿请了一个安，然后直身站在面前，一声不哼。

吴礼此时将手中的笔放下，欠了欠身，向着张以江坐着，一只右腿慢慢地架到左腿上，一边摇晃，一边昂头问了声：“这样的贼头鬼脑，究竟为了什么事呀？”

张以江嗫嚅着说：“有一件事委决不下，特来求大人指示。”

吴礼一听，就觉得此言有些鹘突，但他们堂属二人，营私舞弊，谋产害人的事，不止做了一次，所以吴礼一闻此言，便知张以江话里有话，吴礼本是一等的机灵鬼，立即将脸上颜色放和蔼些说：“有什么事委决不下？是你本身的事吗？”

张以江躬身进前一步，凑到吴礼面前，低声说：“就是为了猛连土司穆索珠郎的事。”

吴礼猛闻事关穆索珠郎，倒是一呆，忙问了句：“穆索土司有什么不好吗？”

张以江悄悄说：“据他的妻舅甘坝来说，怕穆索珠郎有点招兵买马的情形。”

吴礼真不愧为个老奸巨猾，他一听张以江说穆索招兵买马四个字，就猜到内中有绝大的文章。因为猛连属于普洱，与元江毫不相干，自与张以江更不相干，他今忽然用这样大的罪名来加到他的头上，穆索珠郎又是一等富翁，这里面准是想打他的主意，要不然也不会这样鬼鬼祟祟地说话，当时心中如此想，口内却不露出来，仍是淡然说：“他妻舅打算怎样呢？”

这一句话就问到了焦点上，张以江也不外行，知道本官已了解其中的深意，忙又上前一步，凑到吴礼耳边，一五一十地说了个备细，吴礼这才知道穆索家中妻妾不和，闹出来的一出好戏，耳内一边听，心中一边想，等张以江说完，便问说：“你向他要珠冠，他姊姊能答应吗？”

张以江忙道：“这话是还未向他说过，小人看来，那甘氏有名的一个妒妇，只要能摆布她的情敌，没有个不答应的，倒是……”说到此处，咽住了似乎不便说下去。吴礼问：“倒是什么?”张以江才吐出专做娇凤，反怕做不好，不如一不做二不休，一下就将穆索珠郎毁了，那时别说是珠冠，什么也不是随着大人分派吗?

吴礼闻言，只是点头，却不曾表示。张以江见他不语，知他正在思索，一时不敢再多说，一会儿便见吴礼含笑说：“好吧，你等着信吧！如果那个姓甘的来，你对他说，只要献出珠冠，我就有办法。”

张以江闻言大喜，忙躬身应诺而退。

过了几天，甘坝特来找张以江，张以江便将吴礼的话对他说了，并叫他回去问过甘氏，如能以珠冠为谢，吴同知自有办法。甘坝回去向甘氏一说，甘氏志在除去情敌，竟不顾到利害，立即允许了事成以珠冠为酬的条件，可怜珠郎与娇凤却都还在梦中，哪里想得到甘氏竟会做出如此伤天害理的事来?

吴礼一面正在进行他的阴谋，一面偏偏又在樊宗敏家中遇见珠郎，他为预布网罗起见，并免除珠郎的疑心，所以特与珠郎拉足了交情，一口一个大哥，好叫珠郎没有防备。珠郎性直，又哪里识得他的口蜜腹剑呢?

吴礼进行的究竟是什么阴谋呢?原来吴礼也深知珠郎不是个好招惹的主儿，如果听了甘氏的话，冒冒失失地去摆布娇凤一人，有珠郎在旁，不但都是白费，一个不好被珠郎识破，真个性命难保，所以他认为要就不做，要做就得做得彻底，那便是不是以娇凤为目标，而却以珠郎本身为目标。他又一再地与张以江商量，张以江也认为非拉下珠郎是不会成功的，于是二人就定了一条谎报穆索谋反的计划，这也就是张以江初次向吴礼进言时，做开场白说辞的办法，如今竟弄假成真了。其时李国栋已自广南总兵晋升为张、沅、普、顺四镇的提督，这普洱地方，正属李军门管辖，吴礼既与甘氏商定之后，就悄悄地向李军门军前报告，说穆索珠郎在猛连宣抚，联合三十五猛苗人，有在滇边蠢动的消息，要向军门请兵去擒穆索珠郎。可是李军门深知珠郎的为人，且当年平定吴三桂时，没有珠郎定计，渡不了十里铺、春岩渡，就夺不来铁索桥，大功之成，全在此人，如今说他有反意，莫说毫无凭证，纵有了朕兆，自己也都不敢深信，便将此意对吴礼说了，并说："贵同知想你所得消息不实，据本军门所知，穆索珠郎绝不是反复小人，也绝不会辜负朝廷之意，去效反叛所为，我看此事还须从缓办理，好好地打探打探再说吧。"

吴礼万想不到会碰这样一个钉子，便不好再说什么，只得连连称是而退，回到自己衙内，张以江迎着探问消息，吴礼便将李军门不肯相信的话说了一遍，张以江这样刁钻的人，到了此时，也就无法可想了。

过了三天，甘坝兴兴头头地来讨消息，张以江真觉得无言可对，只得向他胡扯了一阵，甘坝越发地不得要领而去，回去向他姊姊甘氏一说这情形，甘氏兄妹认为张、吴等索钱未满所欲的缘故，才有此推诿，二人经商量了一阵，甘坝重又向张以江保证，只要将珠郎和娇凤做倒，如珠冠嫌不足，只要吴、张开口，绝不驳回。张以江一听，心里真叫难受，心想如此好的买卖，全让姓李的给搅散了，要不承当下来，这是多可惜的机会；要是承当下来，又真没有办法，只是默默不语，呆在那里。

甘坝见他如此，也不明他是何用意，临走又补了句："只要事情成功，我看姊姊的神气，要什么都不会不答应他的，老年兄赶快卖些力，把事情办成了，你我都有好处，别犹豫了，快上紧去办吧，三天后我再来听你的好消息。"说完自顾自走去，也不管张以江心中如何难受。

俗语说：“财帛动人心。”张以江被甘坝一阵引诱，重又想将没办法的事儿去找出个办法来，他一咬牙，便又找到本官吴礼来了。

樊宗敏自从在漫路河中救起珠郎和夫人娇凤以后，心中时发痴想，他记得在匆忙与惊慌中，从水中抱住了娇凤的身躯，追想织腰一捻，温玉入怀，在那个性命呼吸之际，谁也顾忌不了什么，不但亲肤相触，而且湿衣贴肉，织悉皆已触手，后来将她托出水面时，自己一面游泳，一面留神她的死生。彼时，二人一在水面，一浮水中，头与头并在一起，也可算得是耳鬓厮磨，还仿佛闻到一阵阵的脂粉香，从娇凤口鼻中发出，不过那时心在救人，不暇转入遐想而已，如今事后想来，却越发令人追思不止。宗敏从此以后，连到珠郎家中去了几次，觉得娇凤对自己的态度，确已不像原来那样凛然，一样也有说有笑的十分亲热，知她因自己有救命之恩，所以如此，心中愈加混淘淘的不知如何是好。只是一来碍着有珠郎在旁，二来素知娇凤性情贞静，不是三瓦两舍人物，不敢稍露爱恋之意，可是强忍着这一股爱焰，却见得十分难受。

一日正在家中闷坐，又在追思模拟在漫路河救娇凤的那一刹那风味，并不知有一人直闯进书房里来，宗敏吓了一跳，忙定一定神，向来人一看，这才认清楚是元江州同知吴礼，忙立起身来，拱手迎着说：“吴兄何时来的？怎的下人们也不通报一声，致失迎候，罪甚，罪甚。”

吴礼一进门就见他瞪着大眼望着自己，仿佛不认识似的，好半晌才站起说话，却又是摇头摆尾，满嘴假客气，一望而知他心中正在有一桩什么不可告人的事情，被我骤然来打断思潮，一时醒悟过来，才有这一套像唱戏似的说白，心中虽是好笑，却也有些犯疑，便开门见山地问说：“你在想什么心事，怎的说话这样失魂落魄的样子？”

樊宗敏万不料被他一语说到心里，一时面上通红，支支吾吾地说道：“哪有什么心事？请坐，请坐！”一阵敷衍，打算将吴礼的话题转到别处去。

好一个老奸巨猾的吴礼，他素知宗敏好色，大概此时又遇到什么女子，才这样心不在焉，自己来此，正有事同他商量，不愿意叫他心里不快，便也换了口风，向宗敏说：“老樊，我有一件事和你商量，你替我出个主意如何？”

宗敏见吴礼满脸惶急，不知他有什么大事，便说：“你有什么事？且说给我听听。”

吴礼当时沉吟了一会儿，坐到宗敏身旁，低声说：“此事也是为了你我的富贵，不得已而为之。”

宗敏听他没头没脑，不知他说的什么，但听他说为了你我富贵这句话，立刻钻进了耳朵，欣然问说：“什么事与你我富贵有关呢？”

吴礼咳了两声，才一口气将穆索的家庭情形说了一遍，又将甘氏一再要求自己将珠郎之妾娇凤除去，愿以珠冠见酬，以及自己觉得除去娇凤，有珠郎在，决做不成，不如害了珠郎，说他谋反的话说了一遍。

宗敏一听事关娇凤，不由上了心，便说：“那么你说他谋反，有什么凭证呢？”

吴礼叹了一声说：“正因没有凭证，李军门才不信我的话，碰了回来，可是此事如放手不做，一来已许甘氏，那女人日日派她兄弟来催问；二来穆索家财饶富，此事做成，不是白白地落了一笔大财吗？便是那一顶珠冠，也够你我吃几辈子的了。”

宗敏听着这些话，好像不曾听进耳朵去，只是瞪着一双大眼，呆望着吴礼，一语不发。

樊宗敏这一种表示，却使吴礼暗暗地吃了一惊，心想：“莫非樊宗敏与那苗人结识出真交情来，听了我要害他，竟不表同意吗？这倒怪我失招了。”当时心里非常不安，便讪讪地立了起来。

宗敏似乎已经看出吴礼的心事，忙将精神一敛，笑脸拦住了吴礼，说道：“你先不要忙，我正在替你考虑这件事呢。”

他此语一出，吴礼才放下一半心，便试探着说：“那么，你看此事能做不能做？换句话，这笔财，你我能发不能发呢？”

宗敏有些猜到他错会了意，分明有些怀疑自己，忙安慰他说：“这有什么不能做？不过我们不能造次就是了。”

吴礼听他这样一说，才又放心大胆地问说：“那么你老弟有何高见？何妨说出来，大家商量商量！”

宗敏一边点头，一边站起来走到书房门口，探头向外望了一望，然后回身将门掩上，坐到吴礼对面，正色说道：“吴兄，你是一个最精细的人，怎的不想一想，穆索珠郎是什么人物？他手下有多少有本领的苗人？本不是容容易易，随人摆布的人。你前次向李军门处告密，说他谋反，偏偏军门不信，这一来不但告不成他，万一有些风声吹到他本人耳内，莫说你们把兄弟，被人笑你不仁不义，那珠郎毕竟是苗人，万一找到你头上，你自问斗得过他吗？”宗敏这几句话一讲，不啻在吴礼头上倒了一盆凉水，将个吴礼呆在座上，一句话都答不出来，宗敏才又接说，“我看此事，你既已向军门提过，迟早总有一天会让穆索珠郎知道的，那时你就危险了，所以我以为此事已经箭在弦上，不能不发，不过得想一个万全之计，才能下手罢了。”

吴礼此时被宗敏一说，也十分后怕起来，他自然知道珠郎是一个杀人不眨眼的苗人，自己果是危险万分，便急得抓耳挠腮地向宗敏问计。

宗敏含笑说：“这么办吧，珠郎对你我二人的交情，似乎我比你胜些，此事少不得做我不着，由我出面来调度，帮你这个大忙，你看如何？”

吴礼闻言，早喻其意，忙应说：“这有什么说的？你帮我这个忙，等于救了我，我自然感激图报。至于若能将这珠郎置之死地，所得的财产，我和你还分彼此吗？老实不客气，二一添作五，你我一人一半，再公平没有。”

宗敏微微一笑，摇了摇头，吴礼当时心内不由一惊，心说：“你和我平分秋色，你还嫌不足吗？这也未免太狠了些？”

他正心口相商之际，宗敏似已解得吴礼内心的惶惑，忙向他说：“你不要误会，我不想发财。”

吴礼闻言更觉诧异，不由问了声：“那么你想什么？”

宗敏又是微微一笑，低声说：“方才你进来之时，不是说我想什么心事吗？我老实告诉你吧，那苗人的小老婆娇凤与我颇有情义，新近我们还有过一段过命的交情，只碍着这苗人讨厌，双方都不便怎样。此事若能邀天之幸，成功以后，你只顾你拿了那顶珠冠去，我却只要带了这娘儿们走，别的什么都不在我心上。”说罢竟哈哈大笑起来。好一个丧良心、无廉耻的樊宗敏，他片面的相思，居然对人大吹大擂的，将刘娇凤也拉上了。

吴礼哪知底细，一听此言，真以为娇凤与他有心，只要宗敏不分自己的财物，他也无暇去管这些闲账，当时自然一百分满意地答应下来，但是究用什么方法去陷害珠郎呢？二人就在书房内密密切切地计议了一番，一时商量妥当，虽是全由樊宗敏出的主意，却是二人各有应为的任务，那便是所谓分工合作，等到一切俱已齐备，樊宗敏又教了吴礼一个方法，便是上次不是有李军门不信穆索珠郎会谋反的一个过程吗，宗敏就主张由吴礼直接晋省，先向巡抚那里告一个密，等回头再到普洱地方动手，为的是动完了手，不反也是反，便不怕李军门再有什么主张了。吴礼觉得宗敏的计划果然周密，便依照他所说的，晋省面禀巡抚。恰巧遇见一个吴三桂时代，被三桂杀怕了的人物，一听云南省内又有谋反的人，也不问问真假，查一查真凭实据，竟是糊里糊涂地准了吴礼的告密，并且还叫他回州以后，立刻联络普洱府，相机进剿。如果穆索珠郎要是违抗，就给他个格杀勿论。吴礼领到这样一个口谕，立刻胆子壮了起来，回头到了普洱府，与地方上一联络，竟说是奉谕办理呢。

这果然是吴、樊二人，人面兽心，一个图财，一个贪色，便硬将一个清清白白的穆索珠郎，拉下了十八层地狱，闹得家破人亡，但如不是甘氏一时妒意，自掘坟墓，吴、樊二人，又何能下手？这正是物必自腐，而后虫生呢。只可惜穆索珠郎自幼受了大觉禅师的教育，不但武艺精通，便是处世接物，也处处显得彬彬有礼，他的缺点就在成功以后，不思再有作为，一意以声色自娱，收藏珍宝更是他的致命伤，所谓匹夫无罪，怀璧其罪，不然，就不致启小人觊觎之心，致自讨杀身之祸哩。

第二章　困死英雄木棱中

穆索珠郎自从功成名就，虽年事不高，只五十岁的人，却已一意退归林泉，自从得了千娇百媚的娇凤，更觉人生晚年之享受，温柔一事实是不可或缺的，这倒并非专事男女爱欲，便是早晚饮食起居，以及一切家庭间的享受，全都靠这一些儿熨帖来安慰自己的余年，因此他除了和几个有限的亲友，偶做一次叙会以外，总是挈了娇儿爱妾，拣那山水明秀处徜徉遣兴，自觉其乐无穷。

这一天正携了娇凤、玉骢从近处游玩回来，却见贴身长随送过一张请柬来，一看才知是吴礼、樊宗敏二人，在车里宣慰以西的九龙打罗之间一所祠堂里的约饮，那地方算是苗地一处名胜，凡一班官僚官绅饮宴酬酢，常常借用那地方使用，因此珠郎看了，并不为奇，再一看日期，正是明日，估量从猛连骑着快马，一大早出发，至迟到日落后，黄昏前也能回家了，当时便吩咐明晨一大早上打罗祠堂，随带八名卫士，六名长随，二名贴身小健，预备妥了。

到了次日，珠郎早起，用罢早膳，那时娇凤兀自睡着未起，珠郎走进房中，揭起罗帐，见娇凤尚自香梦沉酣，便不想去惊动她，放下罗帐，只将随身宝剑挂在腰间，正要一足跨出房门，猛听娇凤自梦中哭喊了几声“去不得”，心中陡地一惊，还以为她是在向自己说话，忙又回到床前，揭起罗帐一看，哪知娇凤一个欠伸，似乎刚从梦中醒转，睡眼蒙眬，望着珠郎说："你是不是上打罗赴宴去?"珠郎点头答应，娇凤皱着眉说，"我看今天不去也罢。"珠郎笑问何意？娇凤嚅嗫着说："我方才梦中见到你被一伙人捆绑着，关在一间小屋内，好容易我偷偷地等人走后，到小屋将你放了出来，你却握了一柄刀，重又向那一伙人赶去，我怕他们人多，你去有危险，便拦着不让你去，你一百个不听，我就急了，高喊'去不得'，哪知这一声才刚喊出口，那伙人立时又回来，到底将你捉了去，我也就在此时吓醒了，醒后还直是心跳，回忆梦境，如在目前。所以我劝你今天不用大远地赶去吃这一顿吧。"

珠郎听她说出梦境，哪里会放在心上，只说了句："这是不相干的一个梦，况且今天的主人，正是吴、樊二位，那是我磕头的把兄弟，向来交情最厚，你不是不知道，这又担什么心呢?"说着便又放下罗帐，转身要往外走。

娇凤躺在床上，眼看珠郎要走，不知怎的，猛觉心里一阵惶惑，自己也不明白这是为了什么，好像立刻与珠郎就要生离死别一般的难受，自己也知道不过是一个毫无意义的荒唐梦境而已，但是不知怎的，竟会发生此种奇异的感想，这是为向来所无的，当时一边惶惑，一边自以理智来克制自己的感情，但是不知怎的，眼中竟会流下泪来！

可是她此时内心的苦闷和惶惑，珠郎竟不知道，走到房门口，只回过头来向娇凤说："我大约黄昏前可以回到家来，你如疲倦，再多睡一会儿吧。"说完早已一脚跨出房外。

娇凤躺在床上，望着珠郎后影，直到看不见了，才悠然叹了一口气，翻过身来，不知不觉从目中掉下两行热泪来，正在这时，玉骢正咿咿呀呀地拉了保姆一只手，向娇凤床边走来。娇凤一见玉骢，不由一阵联想到珠郎，她立刻自问自地说：“倘若珠郎一去不回，抛下这个小小的可怜儿，又将如何呢？”这想得远了，又止不住心里一酸，一伸手将玉骢拉到床边，搂在怀里，一语不发，只是流泪。

珠郎带了从人卫士，一行共是十七人，十七骑，一路从猛连北走，从丙河沿岸入山，再沿了漫路河，迤逦向打罗山中行来，尚未走到打罗，那里有一山谷，名唤飞鸟渡，乃是个双峰夹峙的险要路口，离猛连宣抚已有二十余里。

飞鸟渡形势幽险，左边是小打罗山峰，右边是九龙山的尾脉，名曰白打峰，两峰壁立千仞，下有深谷，一望无底，上面只有一条羊肠曲径，走到两峰相距处，约有五六丈距离，全凭一架石梁通着。石梁左右，古木参天，仰不见日，地形十分幽旷，石梁下泉声潺潺，可是一些也看不出泉在何处，此处因其山势狭窄，地形险要，只有飞鸟才能渡过，故名飞鸟渡。

珠郎等十七骑放开趟子，直从羊肠曲径中向那道石梁飞驰过去，珠郎马居第一。他是有惊人本领的人，又经驰骋疆场多年，哪里会为区区曲折的山径所慑，所以虽处如此险地，仍视同平原似的放辔疾驰。这也一半因为这地方向少人迹，偶有几家山居村民，也都住在梁下山谷中，这样高峰上，轻易见不到行人，所以才放胆跑开马。

万不料正当放开了跑过去时，忽见数十步外，已到石梁，石梁正中，却站着一人，眼看转瞬就上石梁，这人非被自己快马撞到不可，当就猛喝：“快闪开，马来！”

可是口内尚未喝完，那匹马已一时收不住缰，直向那人立处冲去。

珠郎心中一惊，自己知道这一下非撞死人吃官司不可，正在惊惶无措之时，说时迟，那时快，那人起初听见喝声，仿佛不曾听见，竟充耳不闻，站着一动不动，直到珠郎马到面前，珠郎心中以为这一下还有命吗？哪知马前倏地起了一阵旋风，连那马匹跑得好好的，都会陡地起一个胡旋，足下竟缓了下来。珠郎再看那人，却已形迹不见，正自奇诧，认为眼花，回头一看，见从骑正纷纷赶到，便在马上说："你们方才可曾看见石梁中间站着一人吗？"

从人中第一匹马的便答说："似乎看见有一个人站在那里，但离得太远，马又快，一转眼就不甚清楚了。"正说着，忽地目视着珠郎的前胸，失惊说，"主人前胸是什么？哪里来的字条？"

珠郎被他一问，忙低头一看，不由大惊，原来自己心口衣襟上，粘着一张三尺来长的字条儿，忙用手一把抓来，就着手中一看，见是"衔命送别"四个大字，心想墨迹未干，分明不是什么妖异，那么方才那个人是特为找我来的，怎说是送别，又说是衔命，送谁呢？又是衔了谁的命呢？珠郎此时，不禁十分疑怪，觉得自己出入戎马，从未见过如此怪事，再说那人马前一闪，便已不见，向我胸前粘上这一个字条，我一点都不觉得，这人的身手可就了不得，幸而他不是来刺我的，如要行刺，方才那一手不早就完了吗？自己觉得半生闯荡，无论汉苗人物，也见过不少，几时见过如此的人物，可见人外有人，天外有天，那荒山深谷中，不知隐着多少异人！一时想得出神，呆呆地坐在马上，拿了那张字条，不知怎么好。

珠郎忽地想起一个无聊的主意，便命所有从人一齐下马，分向各山谷深处，去找方才那个人。众人也不曾看清方才那人是个什么样儿，一路乱寻，几乎连飞鸟渡的树木都翻了过来，可是哪里有个人影。珠郎无奈，只得策马前行，一路上，他不由想到今天出门时娇凤从梦中突醒，拦着自己不让来，如今石梁上又遇到这么一件奇事情，莫非我穆索珠郎眼前有什么祸事吗？既而一想，自己向来待人和蔼，素无仇家，便是当年三十五猛的檀台兄妹和龙金驼等，先前虽有并吞我之意，后来都成为好友，十余年来，他们对我不但恭敬，而且确是真心相交，已成莫逆，哪里再会遇到凶险？

毕竟珠郎自恃有万夫莫敌之勇，不是一般人可以对付得了的，当时虽遇这样的怪事，依旧丢过一边，一心去赴吴、樊二人之约，便仍催马前行。一路上什么凶事也不曾见到，珠郎更不将方才之事放在心上。

到了打罗祠堂，吴、樊二人早就在门口恭候，三人见面十分亲热，又说又笑地走进了祠堂后面的一座揽翠楼。那座祠堂本是随山建筑的，这揽翠楼就盖在后山石坡上，利用它地处高势，自然得以看到普洱府各猛的河流，与普洱的城垣。

珠郎上楼一看，座中虽有几位他客，可是一经请教，才知都是吴、樊二人署内僚属，这一席酒无疑的是专请珠郎。珠郎因与吴、樊二人都是联谱兄弟，苗人重信义，是以一些儿也不曾防到二人会有诡谋，一时宾主交欢，直饮到日晡申刻，才兴尽而散。珠郎惦记娇凤临别之言，本想即回，怎奈吴、樊二人再三留住，说是要游览九龙山的名胜，便拉了珠郎向九龙山里面游赏了好一会儿，忽然来到一处，乃是一座诸葛武侯祠，建筑得相当讲究。

三人进入祠内一看，庙貌如生，倒像新近整理过似的，走到前院中，迎出一个老道来，向众人打个稽首，向客堂里让座。大家正走得有些乏力，便随着跟进就座，那老道当就捧来香茗，三人用过，便又走向正殿中游赏了一会儿。珠郎回身吩咐从人，赏了老道一两银子，三个人就走出武侯祠，向西边山头一看，早已落日衔山，珠郎便说要早些回去。

宗敏在旁向吴礼偷偷使了个眼色，便说："我陪了大哥，一同回到猛连，因为今晚我在那边还要办些事情呢。"

珠郎听说宗敏同行，便说："如此我们热闹些，今晚你到了猛连，就歇在我家吧!"

宗敏口内称谢，腹中暗笑，二人便与吴礼别过。宗敏带了两个武弁，与珠郎的人合在一处，整整是二十人，时当上弦，斜月已上，众骑纷纷向归路上赶去。约行三十余里，人强马快，并不需要多大的时间，早已将到飞鸟渡的石梁前面。

珠郎白天在此遇见过一个怪人，此刻马到此处，不由又想起白天的事，他生怕那人此时再来与自己打照面，心想我不如加上几鞭，一马冲过也就算了，于是他双腿一使劲，陡地加上两鞭，那匹白驹马本是随从珠郎出征多年，指挥如意，已通灵性，此时骤然吃了两鞭，知道主人意在速渡此桥，便一撒嚼环，扬鬃翻蹄，啪啦啦一口气跑了下去。离着石梁也只剩了二三十步的远近，快马驰骤，如此远近，正是瞬息即到，后面便是樊宗敏，他毕竟是个武官，骑得一手好马，随着珠郎，也正放开腿，任马跑去。

眼看快到石梁前面时，忽然珠郎乘的这匹白驹马，一声马嘶，前足正要踏上石梁，它却后足骤然站住，前足竟掀将起来，马立而旋。珠郎不曾防它会来这一手，猛地一惊，忙将双手拢住马鬣，双腿紧扣马鞍，才算不曾跌落，一面呼叱，一面加鞭催马前进。谁知打死它也不肯前进，直在桥边打转，打几个转，然后仰首长嘶，其声凄厉，静夜深山闻之，令人毛发而立。

此时珠郎不由又想到白天那个留字的人，莫非此人作祟，便下马走到石桥上仔细搜查，竟一无所见。宗敏随着问他搜查什么，珠郎便将日间之事说了一遍，宗敏闻言暗惊，只是脸上绝不露出，等到珠郎回到桥下，重又跨上马背，加鞭前进，那马依然在桥边打转，死也不肯过去，如此三次，竟将个穆索珠郎闹得束手无策。

宗敏一看时机到了，便乘机向珠郎叫了声“大哥”，随用手将珠郎一把拉到路旁，背了众人，向珠郎低声说：“大哥，此事我早已知道，只因是传闻，所以总不敢向大哥明说，不料今晚事情在此发作，我倒不得不说了。”

珠郎闻言，不由惊异，忙问：“什么事？你要对我说？”

宗敏叹了一声说：“我早闻李军门帐下某某二将，与兄不睦，屡屡在军门前进谗，说大哥依仗能为，异常跋扈，早晚必要谋反，求军门早为防备，多亏吴礼吴同知一力担保，才算没事。最近我又听说二将买嘱你猛连的苗人，在军门前告下大哥，所以这几日军门派下健卒多名，正在图你，今晚看来就是这个兆头，你要防着。”

珠郎一听，登时哈哈大笑说：“军门对我，十分知得清楚，想不至此，也许是二将忌能，有暗害之心，但谋反这事，必须有真凭实据，断不能凭一句话就能定人以罪。事已至此，我倒要看看什么人和我过不去！”说着，唰的声掣出腰间宝剑，月光下寒光闪闪。

宗敏见了浑身一惊，忙止住珠郎说：“大哥不可鲁莽，自古道，千金之子，坐不垂堂。好在今在这荒山中，他们还不知道我们身藏何处，我们暂忍一时，万不能拿性命和这些不相干的人去拼，依我说还是计出万全的好。”

珠郎毕竟粗豪成性，到此还不曾看出宗敏等是何居心，还当他是好朋友，便问：“如何谓之计出万全呢？”

宗敏便说：“此时对方行迹未露，我们切不可莽撞，我意先命大哥随从们回府去传集卫士，另牵好马两匹来，我与大哥就在此等候，为的是人少容易隐藏，这匹劣马不妨命他们牵回去。”珠郎也是命该如此，一时未及思索，皆因总当宗敏是好朋友，绝不防他的诡计，以致至死不悟。

当时珠郎与宗敏找了一个隐僻处，暂时坐下，当命：“从人驰马回寨，传集卫兵，预备好马，来此接我们回去，要速去速来。”

那从人们不知他们葫芦里卖的什么药，既不敢问，又不会出主意，只照了主人吩咐的话去做。

那些从人这一走，宗敏可就立刻起了花样，他忽然问珠郎说："大哥，你听听，这是什么？"

珠郎一听，只觉东北角上，似有无数人声，正在吆喝，吆喝什么，可是听不真，便问宗敏说："你说这是什么？"

宗敏面露惊慌之色，跑向石梁正中，向东北角上一望，珠郎见他刚看得一看，立刻"哎呀"一声，跑了回来，气急败坏地向珠郎说："你还不快跑？"

珠郎便问："你这样惊慌失措的，究竟为了何事？"

宗敏结结巴巴地回说："这四面八方已经都叫军门围上了。"

珠郎不信，宗敏立又拉了珠郎，一路转弯抹角，向峰上边走去，走到一个较高处所，宗敏站住了，用手指着东、西、北三面说："你……你看……看！这几处灯火刀枪，不是来逮你，是为谁来的？"

珠郎闻言，就着暗淡的月光，向他所指的地方看去，果然人影幢幢，刀枪如雪，月光下看得颇是真切，不由也着慌起来。他抱着这一身本领，本不怕这些乌合之众的官兵，为的是他已有了声价，家财豪富，妻子相依，不管自己是不是造反，常言说："贼咬一口，入骨三分。"经不起人说你造反，你就得吃官司。等你官司打赢，纵然不死，也得去层皮，所以从来无声价的人不怕吃官司，有声价的人却就怕吃官司。珠郎此时，也正是这种心理，亲眼见到这般光景，哪料得到这正是樊、吴二人预定的计策，还当真是李军门派兵来捉拿自己，便也不由得慌了起来。珠郎武功虽高，但胸无城府，这时便心慌意乱，一个人只要心一慌，任你一等好汉，也一样地没有了用处，当时就如木头人一般，一意听樊宗敏的调度。

宗敏暗暗心喜，便故意对珠郎低声说："我们不能在此坐着，这里的路我是最熟悉，你且随我来，我保你找到一个安全无虞的地方。"

于是珠郎空有一身本领，愣柯柯地只跟着宗敏左转右转，转到一条山沟旁，听了听，果然离前面人声叫喊处远了，灯火也看不见了，人声也不甚清楚了，宗敏刚刚说出一句“这算逃出了”，便听离二人立处约有二三百步远近的山坳里，一阵吆喝，喝的什么虽听不出来，可就将宗敏吓得拉了珠郎就跑。

一口气跑出半里路，见道旁疏林掩映，月夜中茅舍静寂，正有三五间草房子，却是灯光全无，宗敏上前叫门，叫了半天，才听到一个老人出来开门，嘴里骂骂咧咧，很不愿意，等到一开门看见宗敏，好似认识的，立刻笑逐颜开说：“我道是谁？原来是樊大老爷，你老这般时候不在公馆里安歇，跑到我这荒山野地做什么？”

谁知那老人正自说着，四面人声兀自向近处吆喝过来，宗敏也顾不得再和老人多说，一手拉了珠郎就往屋里跑，那老人跟在后边，口内连问：“樊大老爷为什么这样惊慌？”

宗敏一声不哼，跑到屋里，东西一望，见屋角上正放着一只大米柜，乃是山居人家存米谷的，便回头向珠郎说：“来！来！大哥！快在这里躲过一时再说。”说着，故意做出惊愕万状的神情，拉了珠郎，走将过去，揭开米柜盖子，意思是叫珠郎入柜。

珠郎毕竟在百万军中杀进杀出的人，哪里会将这些乌合之众放在心上，此时见宗敏叫自己藏入米柜，不由冷笑一声说：“老弟何必如此胆小，我还怕他们吗？”

宗敏一听，心中暗暗叫苦，口内却故作不然地唉了一声说：“我还不知道大哥的能为吗？但是你要明白，与我们为难的不是山苗土匪，乃是李军门部下，他们的题目是奉命剿捕反叛，你如与他们对抗，你本人当然逃走得了，可是你想想，家中大嫂子和阿玉怎么办？所以我主张今天暂避一时，免得一露面，铸成大错。到明天我陪了大哥，同投李军门部下，向军门解释清楚。军门本来深知你的，这回准是误信人言，到那时真是真，假是假，就不难剖白了。”

珠郎一听，宗敏所说确是实情，自己果然不怕他们，可是他们捕不住自己，定到家中骚扰，那时娇凤、玉骢岂不可虑？没奈何为了家中人，只得暂时忍气避过一时，便向宗敏点头说：“老弟说的话有理，我就听你的。”

宗敏闻言大喜，忙揭着柜盖，故作无可奈何的神态，叹气说：“大哥这才是明白人，得了，别耽误时间了，来吧。”说着便让珠郎向柜中跨去。

珠郎无法，叹了口气，便真个老老实实地钻进了米柜。

宗敏一见穆索珠郎居然被自己骗进柜去，知道大功告成，那一份高兴也无法形容，立即将柜盖向下一盖，回头向屋外伏着的老人招了招手，老人忙一步抢到宗敏面前，将一柄大铁锁递与了宗敏，宗敏就暗暗地套在柜盖的铁钮上，还不敢造次上锁，故意在柜外叫了声“大哥”，仿佛听到珠郎在内答应，他便故意大声对他说：“大哥暂受一时委屈，我也要找个地方躲一躲。”说完轻轻地将铁锁咯噔一声，捏上了簧，就一直跑到外边，命那老人将预备之物取来。

不一时，老人从屋后取出红灯两盏，宗敏帮着老人将灯点起，站到屋外一方巨石上边，两只手高举红灯，左右乱晃，果然不一会儿听得茅屋四周，渐渐人声趋近，不大工夫，便见吴礼带了二百余名壮健官兵，一齐来到茅屋门首，宗敏跳下大石，迎将上去，叫了声“老吴”。

吴礼忙问：“那人何在？”

宗敏立刻说了句：“随我来！”

二人便带了兵勇，走进屋内，一面向着大众摇手，勿令高声，一面在吴礼耳边说了几句。吴礼大喜，立刻挑出二十名最壮的护勇，叫他们各人准备好了手中长矛，随着宗敏行事。宗敏此时也从一名兵勇手内取来一支锋利的长矛，带了这二十名护勇，一齐掩到屋角米柜四围，一声令下，宗敏自己首先下手，照准了木柜中央靠左这一边，下死劲就是一矛。这一矛从木柜外直透柜中，正扎在珠郎的心胸上，在这同时，还有二十支长矛，也就一齐向木柜四周纷纷戳进。当时宗敏第一次戳进木柜，只听柜内一声惨叫，接着木柜就震动得摇晃起来。宗敏深知珠郎武功了得，怕他一拼命将破柜而出，便大呼："大家一齐动手!"

于是众兵士手中长矛，就齐向木柜扎去，立见二十杆长矛从木柜四面深深地扎入。哪知木柜早已成了刺猬，始而尚有碰撞挣扎之声，既而但闻呻吟之声，木柜也不再摇晃，眼看柜内的珠郎已被收拾得差不多了，不过吴、樊二人还不放心，重又命众兵士二次再扎一番，直把个木柜扎成马蜂窝一般，细听里面，一丝儿声息都没有了，这才觉放心，但究竟还不敢开柜启视，只有仍让他睡在里边过夜。

吴、樊二人见大功告成，便略事商议，此处留下二十五名兵勇看守木柜，二人却带了余众，星夜赶到猛连珠郎家中，以奉谕剿捕反叛家属为名，将珠郎全族人等俱行逮捕收禁，便连三岁的玉驄，也逃不了囹圄之危。可是其中却有一人，不但不曾逮捕收禁，反倒舒舒服服地叫她做起官太太来，这便是珠郎之妾刘娇凤。

吴礼为了一顶珠冠和穆索家的财宝，樊宗敏为了娇凤，二人一为贪财，一为好色，竟利用了甘氏这蠢妇鹬蚌之争的机会，他俩竟定计要坐收渔人之利。

最初是向李军门处告密珠郎谋反，却被李军门识破，不肯答应，吴礼便与宗敏商议，宗敏才想出了一个更不光明的办法，便是预先准备了宗敏游击衙门的一部健卒，各带长矛，听候调遣，一面与吴礼在飞鸟渡附近谷中买通一家山民，借他的茅屋，和他家祖传的一只榆木大米柜，作为结束珠郎生命的坟墓，所以白天以约饮为名，将珠郎诓到飞鸟渡，故意使他看到许多逮捕他的兵士，假说李军门前来剿捕，宗敏自己又假充好人，故意遣回他的随从马匹，劝他目前勿与计较，暂避凶锋，才藏入那具早已布置好的困虎木柙。这是因为深知珠郎武功了得，不如以暂避搜索为词，将他骗入木柜，使他束手待毙，不然，自己与吴礼绝不能逮住他，何况要置之死地？况且说他谋反，本来毫无凭证，李军门本就不信，纵然将珠郎逮住，如留下活口，事情必有个水落石出，那时还是害他不死，必须这样糊里糊涂将他诓入木柜，再用长矛将他刺死，即使李军门知道，只说他畏罪，自匿民家木柜，一时逮他不住，只得格杀勿论，这是个死无对证的高明主意，不过太残酷了些。所以当众护勇持矛扎柜时，由宗敏第一个先动手，这正是他的深谋远虑处。

原来他先前骗珠郎藏入木柜时，早就留上神，看准他头在哪里，脚在哪里，何处可以致命，因此他这一矛下去，正当扎入珠郎心胸要害，一中之后，即已无力再为抗拒，要不是宗敏下此毒手，以珠郎之力，恐还不难破柜而出呢，所以要论害人的招儿，这吴、樊二位皆可算是首屈一指，而宗敏害人，更为精到，真是辣手狠心，招招俱到，此种人可称得是恶人的模范，奸宄的典型了。

第三章　害人害己造惨剧

吴、樊二人将珠郎扎死在木柜中以后，便率领百余名兵勇，连夜赶奔猛连宣抚穆索的家中。其时还刚刚天亮，穆索家人一看吴、樊带着这许多人来，将宅子团团围住，正不知怎么一回事，主人珠郎又一夜不曾回来，家中除了甘氏嫡庶与小孩玉骢外，大家都吓得战战兢兢。其中只有甘氏听说普洱府派了元江州吴同知来搜捕反叛，心中明白，便是自己的那话儿发作了，心中好不痛快，以为眼看着仇人娇凤便可送入囹圄了，她哪里知道谋反有灭族之祸，连自己也要饶在里面呢！她当时闻讯，兴高采烈地迎将出来，一心要会会这位吴同知。

吴礼心狡意狠，这时一看珠郎嫡妻甘氏迎奔出来，深怕她说出不是人话来，揭破了自己的诡谋，当就向带来的兵勇高喝："凡是叛逆的家属，一起打入囚车，解省听候省里发落！"接着手指着甘氏，向近身一兵勇说："那个妇人是叛逆的嫡妻，先把她锁上！"说完就回身离开。

那兵勇便从袖内抖出一根铁链，哗啦一声，一上步便向甘氏头上套去。

甘氏大惊失色，惊得直跳起来，大哭大喊地叫说："我跟你们吴同知说好了的，只是想法子摆弄小老婆刘娇凤的，怎么你们这么混蛋，连我这个原告也拉上了？”

那兵勇闻言，才知道这家子这件灭门大祸，正是这个女人自己招惹出来的，心中不由又恨又气，当即冷笑一声说：“你想摆弄你家小老婆？可惜你连自己也摆弄上了！咳！这一大家子全让你吃醋给吃完啦！”

原来这个兵勇，年纪已有五十多岁，正是个老营务，当年李军门平吴三桂时，他也在征南将军穆占部下当一名护勇，因此平吴一役，他虽不曾冲锋陷阵，却也是身当其事。当年没有穆索珠郎，破不了铁索桥，平不了吴世璠，他身在军中，如何不知道这件事？所以那时全军没一人不崇敬穆索珠郎，说他是平吴役中第一个功臣，自然对于穆索珠郎的印象，只有好，没有坏，便是此番忽然听说穆索珠郎要造反，才派了二百名弟兄来围捕他的家属，一面由吴同知与樊游击定计，将穆索本人诓入木柜，生生扎死。这些事自己虽是奉命差遣，可是明知穆索珠郎不是造反的人，心中老大的不愿意，知道准是吴、樊二人正捣鬼害人，自己既做他人官，便受他人管，不得不听他们调遣，也管不得许多，但正不知这内里情由究竟因何而起？此时一听甘氏不打自招，心里的气可就大了，心说原来是你这个不成才的妇人，为与小老婆吃醋，才害得自己的丈夫死得不明不白，一家老小还要灭门，这种妇人，漫说穆索氏的亲宗饶不了她，便是如今到了我这老祖宗手里，也得给你点苦子吃！

那老兵越想越恨，忽地口内喝了声：“该死的贱妇，你自害自身，还想活命吗？”说罢举起手中铁链，狠狠地向甘氏腰上唰的一下，抽得甘氏一声怪叫，腰疼如裂，早跌倒在地上。

老兵又喝了声：“装什么鬼脸？还不快起！”说着手举铁链，作势一比。

甘氏怕他再来第二下，忙忍泣应说：“我起来，我起来，你老不要再难为我了。”说罢，挣扎着一跷一拐，走向前厅，原来这一铁链竟将甘氏的腰子打碎了。

甘氏忍痛挨到厅上，这时吴同知正在指挥众兵士，搜劫珠郎家中的财物，甘氏见了，心中才觉上当，有心去责问吴同知，又怕死不敢上前。一会儿只见吴同知带了十余名健卒，向后院而去。不大工夫，见家中箱笼什物，早已打个稀烂，那些人一包包地往外拿，只留着空箱，贴上封皮。一会儿又见吴同知笑嘻嘻地亲手捧着一个包袱，约有二尺来方圆，正怀疑这里是什么东西，忽见他后面有两个健勇，抬着一只黄金箧子，那正是盛放丈夫平生最心爱的那顶珠冠，也正是自己为了这顶珠冠，才起意要灭了娇凤的，眼看吴同知手中的那一个包袱里面，定是那顶珠冠了。甘氏到此，才暗暗切齿，痛骂兄弟甘坝办的好事！珠冠本已许了吴同知，他拿去倒也没的说，怎的连我也当反叛，披枷戴锁地要往官里解，我这不是自找死路吗？可笑甘氏一时妒意，竟至造成灭门惨祸，不但穆索全家完了，连自己也都要饶上，这正是应了害人害己那句老话了。

甘氏立在厅前，眼看家中财物均被吴同知搬取一空，只留空箱上贴上封皮，心中又悔又恨，又看那顶珠冠不放在黄金箧中内，单用包袱包了，不解何意，要知这正是吴礼聪明的所在。大凡查封之物，非箱即箧，自己用包袱将珠冠包了拿走，便左右看了，也不知里面是什么东西。如果仍放在金箧内抬出门去，岂非明明告诉人说，这珠冠是由我吴同知偷走了，所以吴礼走到厅上，指着那个包袱，回头向几个心腹说：“这一包是反叛谋反的文书信件，这是重要的凭据，你们收好了。”说完将包袱交给了心腹。那人却早已心领神会，轰应一声，假模作样地接过包袱，扛了就走。

这里众兵勇只留下娇凤一人，已将甘氏、玉骢以及穆索家几个族人、亲戚等人，一齐捆缚驱出。甘氏眼看自己一番计划，造成这个结果，也不由悔恨起来，竟赖在地上号啕大哭，口口声声要见吴同知评评理去。众兵士不知就里，便一声吆喝，鞭笞齐下，直将个甘氏打得直立起来，一歪一扬的，跟着兵勇向外走去。

娇凤自从珠郎昨晨去赴吴、樊二人之约，至今未回，心惊肉跳的一夜未曾睡着，不料天还未亮，珠郎带走的从人牵马回家，却不见珠郎回来，不由惊疑万分。回来从人备述了白驹马在飞鸟渡的桥边，忽然停蹄不进，兀自仰首长嘶打转，主人三次加鞭催马，不肯过桥的话述说了一遍，又说主人与樊大老爷全在一处，命我们赶回来召集卫士，另备马匹再去接他。娇凤听了，好生不解，觉得珠郎为什么自己不赶紧回家，反倒在深山中等他们另备马匹，再去接他呢？又听说和宗敏在一起，她素觉宗敏目光邪视，见了自己，说不出的一种令人讨厌的态度，自从漫路河中救过自己之后，对他才发生一些好感，此时听说有他在旁，还以为他既能救己，必与珠郎交厚，定多一个照应，便稍稍放心。

哪知卫士们去后不大一会儿，便听门外人马喧闹，十分嘈杂，先还以为珠郎回家，后来小丫鬟匆忙进来报说："外面来了一二百个府里的大勇，将屋子团团围住，口口声声不要放走了叛逆的家属。"

娇凤不由大惊，正在进退不知所可之时，忽闻房外人声鼎沸，一班仆妇大啼小喊，闹成一片，正想出去喝问，只见从外面拥进一班兵勇，手中刀枪矛子，亮得怕人，儿子玉骢正由保姆抱着，一见那兵勇拥来，就大哭起来。

那些兵勇见了玉骢，齐发一声喊，说："在这里了，快将这个小反叛逮住，别叫他跑了。"边喊边将玉骢一把抢了就走。

娇凤一见，心中大惊，一上步想去掠回玉骢。谁知旁边又过来一个兵勇，拿着手铐来锁自己。娇凤一见大怒，抬起玉腕，冷不防伸掌打去。那兵勇倒真想不到这个美人儿还能会使掌打人，一掌着胸，立脚不住，就仰翻在地，旁边立着尚有三人，一见娇凤打人拒捕，便合围上来。娇凤挥动双掌抵抗着，但这时娇凤见爱子被抢去，心中一急怒，神志就乱，没斗上几合，被左边一个兵勇，枪柄扫中左脚踝骨，当就摔在地上，被娇凤击倒的兵勇，这时已爬起身来，过来就给她上了手铐。娇凤眼看着儿子被人拉去，自己又被手铐困住，心如刀割一般，又不知珠郎身在何处，怎的这时还不见他回来，正自忧惊，旁边兵勇哪还容她独坐在此，便一把牵了她出去。

娇凤被牵到大厅阶前，向厅上望去，只见一家大小，全都上了刑具，立在堂下，又向上面望去，原来正是自己丈夫的磕头盟兄弟吴礼吴同知，正自指手画脚，指挥众兵勇搬这样，搬那样，他简直是来搜括财物来了。正自又惊又气，忽觉身后有人用手搭到自己肩上，忙不迭闪过，回头一看，正是珠郎的盟弟樊宗敏。

正要问他珠郎今在何处，只见宗敏凑到自己耳边，低声说："嫂子不要害怕！你且等等，我来设法救你！"便跑到厅上，向吴礼交头接耳地说了一会儿，转身向众兵勇，喝声："来！"

立有一个护勇走到宗敏面前，垂手听命。宗敏昂着头说："快将那位女眷的锁开了，没有她的事！"

那护勇领命，忙将娇凤手上的铐子除下，这时宗敏面带笑容地匆匆走下阶来，拉了娇凤的一只手就走。娇凤本待将手甩开，可是既而一想，此时在他们势力范围以下，又不知珠郎何在，自己家倒是犯了何事，有许多事还要仰仗他，便不敢得罪他，只得跟着他向外走去。

宗敏一直将娇凤带回她自己住屋内，娇凤正要动问珠郎下落，哪知宗敏好像怕与娇凤谈话的神气，只说了句："嫂子安心仍住在此，绝没有你的事。"立即匆匆掉头而去。

娇凤追出去时，早被两名护勇手持大刀将她拦住，没奈何只得退回房内，方才心中惊慌过度，故而也忘了悲伤，此刻坐将下来，远远听得仍是人声鼎沸，自己院内却是静悄悄的，只有两名护勇，什么骚扰也没有，自己坐在床上，前后细想，既不知丈夫今在何处，又不知儿子被他们弄到什么地方去，听方才兵勇之言，说我家都是反叛，这是何意？莫非丈夫已被他们害了，还是已经捉到官里去了？此时娇凤痛定思痛，不由忧急万分，便放声大哭起来，哭了半天，也没人来理睬，直到晚间，才有人送进饭来。

吴礼、宗敏二人事先本已说定，吴得财宝，樊得美人，此时自然照办。

宗敏只将娇凤拉进内室，别的不再过问，只押着一干犯人，匆匆向普洱府去会了公事，然后返回来可以与美人成好事。

吴礼等犯人解走，他自己重又关上大门，尽情搜括，分出三大部分，第一部分，最值钱的自己留下；第二部分，理出来再作三股分派，一股分赏给那办案的二百余名官兵，一股留给分送省里的官儿与幕府，一股却留在穆索家中，贴上封皮，保存起来，算是穆索珠郎的全部财产，另命几个心腹幕僚，连夜造成一本假册子，以便具册向官家呈报。

诸事妥帖，吴礼这才得意扬扬带了那一股财宝，赶往省城，以备遇事弥缝，免得省里挑剔，这些都是做官办案的法门，吴礼是个老州县班子，还有什么不知道的！因此他这一次办得非常漂亮，草木不惊地便将这样一个素负盛名、威震三十五猛的人物，容容易易地做了个干净，真所谓匕鬯不惊，立除巨憝。

不久上面公事下来，对于吴礼此次办案，十分嘉奖，何况穆索珠郎的那一股财宝，先已入了省城各官的手内，此刻吴礼手中，又不比过去那样寒酸，所谓做官已经有了本钱，只掏出他昧心卖友得来的财宝千万分之一，便已足够应酬这班足以左右自己前程的人物，其中最重要的一个，就是云南巡抚署中的总文案。

此人也是个府班，老奸巨猾，爱财如命，吴礼与他拉近，跟他拜了把，又送了他一笔大大的财物，此人知道吴礼这次办理穆索一案，所得的油水不少，自也乐于与他结交，换谱以后，果然不出此人所料，吴礼竟送他这笔财物，此人自然随时随地在大帅前替吴礼说好听的。吴礼又一再许他一笔好处，希望调一调省，过一过班。

所谓过班，便是由同知升任知府的意思，这是前清时的一种官制的调动，吴礼的希望过班，便是希望升官，这是一种做官人普遍心理，不足为奇，但他好容易在云南本省内，将各方官吏都应酬好了，何以又想调省？这不是去熟就生，多少于自己是不方便的，但这些正是他的狡猾之处。

他想那穆索珠郎在滇南一角，已有四十年的声望，当初收服三十五猛苗寨那一档事，至今犹脍炙人口，知他在滇南诸猛中死友甚多。此次之事，如果是珠郎谋反，朝廷明正典刑，自然罪有应得，什么话也没得说，但此次之事，全是自己与樊宗敏二人，一个贪财，一个好色，才一手遮天，做下了这件事，毫无凭证却硬生生诬赖他是谋反，将他骗入深山，乱矛刺死，后来抄家之时，宗敏又名目公开地将珠郎爱妾娇凤，要列入自己的专房。

常言说，如要人不知，除非己莫为，何况穆索家的珍宝，除了少数入官以外，其余全被自己一人侵占。事毕之后，就听见传言中，说有穆索的朋友，要替穆索氏报仇的话，这还不过是一句传闻，自己还不甚在意，最使吴礼担心的，军门李国梁因事先拒绝吴礼逮捕珠郎，及至穆索全家被捕，谋反成了定案，李军门当初因拒绝会办此案，便有了故纵的嫌疑，不久他竟降调为本省总兵，在李军门降调时，曾对自己说，将来要算这账，因此便亟亟想离开这云南省，为此不惜花费他害人劫来的财物，运动调省。

自古财能通神，果然不到一月，吴礼已经调升四川茂州府，虽然地处川北，离滇不远，究竟隔了省份，已不再怕李军门报仇雪恨了。

娇凤自从宗敏到后，将自己救出网罗，心中自然感激，本想细问宗敏此事的前因后果，可是宗敏将自己从前厅拉到后院，一句话不曾说，竟又匆匆走去，娇凤自然不便拦住问他，只是心中奇怪，为什么宗敏的态度如此，更不能放心的，便是珠郎始终不见回来，究往何处而去？昨夜随从回来，分明说宗敏是与珠郎在一起的，怎的此刻宗敏到此，珠郎仍未回来？心中愈想愈疑，一时又想到昨晨珠郎临走之时，自己正从梦中惊醒，那梦境十分蹊跷，当时虽曾劝他别去赴约，究以妖梦无凭，后来也就随他去了，如今他一去不回，难道真应了梦境？

娇凤一人坐在房内，既念珠郎，又念玉璁，恨不得再到前厅去看看玉璁如何光景，默念珠郎如有好歹，自己果然不愿独生，玉璁三岁孩子落于人手，更为可虑，想到危急处，便不顾好歹，立起身来，便向前厅跑去。

哪知还未走出院门，早见一个中年妇人，带着三个仆妇模样的女人和两个护勇，正好走进院来。娇凤一看这几个女人，不是自己家中的仆妇，竟一个也不认识，不由站住了，要问他们从哪里来。

尚未开口，那中年妇人却先开口说："二奶奶，你老别上前边去了，请回到自己屋里去吧。"说着，竟向旁边那三个妇人一努嘴，就将娇凤拥回房内。

娇凤虽然不愿，但是没法抗拒，只得随了她们架弄，这时又回进房来，尚未落座，就问说："你们都是哪里来的？为什么拦着我不叫出去？再说你们到我这儿来做什么来了？"

中年妇人闻言，向娇凤笑嘻嘻说："你问我是哪儿来的？实对你说吧，我们是奉了樊游击樊大老爷的命来陪伴二奶奶的。”

娇凤才知道是宗敏派来的，心中暗想宗敏与珠郎昨夜同在一处，今晨只宗敏到过我家，我家出了这样天翻地覆的事儿，怎的珠郎既不回家，又不见下落，一家人连甘氏大娘与玉骢小孩儿，听说全都被押走，怎的不见珠郎呢？宗敏虽将我救了下来，怎的不与我细细地说一说这事的经过呢？

娇凤到此时还不曾看出那宗敏的鬼蜮，而只知此事是吴礼的主谋，还以为宗敏是肯为她帮忙的呢，所以她这时，很想将他请来，问一问这事的内容，和珠郎父子的安全问题，因此便向中年妇人问说：“樊老爷怎的自己不来？我有许多话要和他商量呢。”

哪知中年妇人一听，当即眉开眼笑地说：“可不是吗！你想念樊大老爷，樊大老爷也一样地惦记着你呢。”

娇凤一闻这妇人说出此话，还以为乡下妇人不会讲话，以至说得那样不中听，便将脸色一沉，说：“你先别说废话，他叫你来，还有什么事吗？”

中年妇人闻言，眼珠一转，立即又是一笑，低言俏语地向娇凤说：“难怪你的，我打量你对于你府上的这件儿还不大明白，不如由我来告诉你个一清二白，免得你心挂两头，樊大老爷那边，也是怪着急的。”

娇凤闻言，心中十分嘀咕，忙应说：“好吧，我正想找个人问。你既知道，你就说吧。”

中年妇人便干咳了两声，才笑盈盈地说：“只为李军门昨天晚间，忽然吩咐下来，说这里的穆索土司谋反有据，派了一百名标下弟兄们，由元江州吴同知带着，在飞鸟渡半路上截杀土司。幸亏土司遇见了樊大老爷，樊大老爷才将土司藏在一家山民老魏家的米柜中，也就是躲过一时之意，不料仍被吴同知搜出，当场命众兵丁将米柜扎了个稀烂，可怜穆索土司就被扎死在柜内。樊大老爷一见土司死了，忙着赶回来，想给你送信，没想到吴同知比他还快，樊大老爷来时，吴同知已在府上各处搜查，并且已将二奶奶也收押起来，樊大老爷这才和吴同知好说歹说，才算放了二奶奶你回家，其余你家大奶奶和小少爷，还有几个穆索的族人，一起都已连夜解往省里，听候巡抚大人的处置。樊大老爷虽然着急，也没法搭救，樊大老爷那个人是最热心不过的，二奶奶大概也知道，他因为如今土司也去世了，小少爷也押解进省了，撇下二奶奶一个人，自然心里难过，特派小妇人到此，一来陪伴二奶奶，二来……”说到这一句，忽然脸上透出一层神秘的微笑，两只眼睛望着娇凤，欲语不语的，似乎等着娇凤的答话。

哪知娇凤自闻珠郎在飞鸟渡被众人扎死在米柜中，头顶上好似打了个霹雳，轰的一下，仿佛魂灵出窍，神志已有些不大清楚，中年妇人说后半截话时，她恍恍惚惚的并未听真，又似乎听到玉璁同被押解省城，可怜他这一点点年岁，便受此磨难，别问他以后的生死，就是眼前这点苦，玉璁也再受不了，因此娇凤此时，心中已乱到极处，哪还有心思听那中年妇人说那些废话，只瞪着一双大眼，什么话也问不出来。

中年妇人哪里识得她此中痛苦，还在盘算如何替樊宗敏进挑逗的说辞呢，谁知她正自盘算，忽然娇凤哇的一声，早就痛哭起来，中年妇人才慌了手脚，便一面慰劝，一面就乘机替宗敏下说辞，说宗敏向来如何地深爱娇凤，如何地想来安慰娇凤，又怕娇凤面嫩，怕不好意思，这才派了自己前来，解说他的一片痴情，是如何地希望娇凤能与他同心合意，噜哩噜苏，一边替娇凤抹胸揉肚，一面自得其乐地说个不了。

娇凤最初因伤心过度，一心只在悲痛珠郎的横死与玉璁的被拘，也绝无心思去听妇人的唠叨，所以一个只管说，一个只管哭，简直一句不曾听进去，后来妇人说得多了，娇凤无心中偶然听到她一两句，似乎觉得语气不对，分明是宗敏怀了禽兽之心，叫这妇人来做说客的，这一留神，便往下听去，这一听，她就觉悟出他们诡谋来，当将过去事实前后细细一想，才恍然大悟，知道此事全由吴礼与樊宗敏这两个人头畜鸣的东西，故意设好圈套，只说请珠郎饮酒，却将他引入深山，谋害了性命，一面妄报谋反，乘机劫夺我家财产，一面便打上了自己的主意，真是既思夺其产，又思占其室，只恨珠郎不识奸谋，枉自送了性命，还害了个三岁的儿子，也遭到了反叛的罪名。此刻的娇凤倒一些儿也不觉得悲伤了，只是浑身气得冰冷，觉得一口凉气直往上撞，一时双目一阵发黑，两耳嗡的一声，一口气缓不过来，竟自急怒攻心，气死过去。

也不知经过多少时候，才听得耳畔有人叫唤，睁眼一看，自己早已躺在自己平日睡的床上，除了床边上坐着那个中年妇人，正在叫唤自己醒来，床前还站着一人，定睛一看，那不是别人，正是自己的切齿仇人樊宗敏，但是娇凤此时成竹在胸，面上一些不露，只微微向他望了一眼，就闭目不语。

宗敏等见娇凤已经醒转，倒也放心，当即坐在室中，有意无意地说几句鬼话，想试探娇凤的真意。娇凤何等聪明，早知其意，一时偏不对他做何表示，这真个将急色儿熬得如热锅上的蚂蚁一般，不知怎么好。

一宿无话，到了次日，中年妇人见娇凤不哭不言，神情似较昨日和缓，一面悄悄告诉宗敏，一面在闲谈中，重又替宗敏下了说辞。娇凤一听口气，越发断定此次之事，确是宗敏与吴礼二人同谋陷害，并无别情，自己目前亡夫子散，孑然一身，自然不难一死以殉夫子，但似此血海深仇，何年何日，由何人来替珠郎父子报复？眼见得这报仇二字，便应落在自己身上，到那时死了才不冤枉呢。

要知凡是一个人，平常或是生来胆小，或是生来娇弱，这些多一半是环境造成的，其实每一个人都有他生来的一股勇气，不过这种勇气不易发挥出来，如果不逢到那种环境，不受到那种刺激，不遇到那种压迫，也许一辈子就是那样平平稳稳地过去了，再也显不出他的勇气来，这是因为处境始终是平凡的，才将这个人也平凡地过了一生。

如今娇凤处到如此拂逆的环境，受到如此的刺激，不由得从她的个性中，鼓励出刚毅坚韧之气，要想叫自己不要白死。于是当时听了妇人的话，默默地考虑应付此事的办法，一时便不再去问这妇人，也不再悲伤哭泣。那妇人本是三姑六婆之流，她们的本领，只是会用如簧的巧舌，捏造事实，去引诱一班意志薄弱的人，头脑却仍是简单的，一见娇凤自从知道了夫死的确消息，反倒不如先前那样悲伤，所以还认为女人流水般的情形，对于那位游击老爷樊宗敏具了同情，心中暗暗欢喜，觉得自己粲花妙舌，竟已发生了效力，便暗暗替樊宗敏打主意，如何能够得到美人的心许。

到了晚间，娇凤见端进房来的酒菜非常丰富，心中更看透了几分。不一时，果然见宗敏笑嘻嘻地走进来，做出十分关切的神情，向娇凤问长问短，等到酒菜上来，便一再地劝娇凤略进饮食，免得自己身体受损，并且自己执壶旁立，又再三地劝娇凤就座同饮。娇凤对此情形，更料定他不存善意，但自己正想借此机会报仇，便也不甚拒绝，只是不敢过于露骨，因知宗敏奸狡，怕他怀疑，被他看出自己假意接近的意思，那就什么都完了，因此娇凤对于他的劝慰，只是淡淡地若即若离，故存着矜持之态。果然宗敏不是一个好对付的，他在最初也怕娇凤含着别的用意，后来见娇凤对自己仍是不甚搭理，心中才暗暗释去怀疑，这疑心一去，又变成亟亟的渴想，在这时候，娇凤对他稍加颜色，他就乐而忘形，一切都不再疑惧了。

娇凤就是这样若即若离的态度，过了三天。宗敏在此一过程中，虽说疑虑尽释，可是意马心猿，却再也忍耐不住，但自己觌面还恐碰了娇凤的钉子，仍命那妇人二次再做说客，探听娇凤的真意。

娇凤闻言，知时机已至，便对那妇人正色说："樊游击将我从危难中救出，总算救了我的性命，人非木石，谁能无情，就是樊游击的这番意思，我也都明白，不过我虽是一个妇人，也懂得纲常大义。我随穆索土司也已数年，况又生下玉骢，过去那一点夫妻情义，也不能不顾，虽然我孑然一身，此后生死祸福，都凭樊游击一句话，但是樊游击也应替我想一想，我也有我的难处，我也有我的意思，如其樊游击真心爱我，我还有许多心腹话，必须对他当面讲明，所以希望他能与我来面谈一次。"

妇人听了，早笑得花枝招展地说："你如何不早说呢？樊大老爷巴不得要跟你当面谈谈心呢，这有什么难的？从我这儿说起，就不许他不答应，准保今天晚间就来。"

娇凤当即点头说好。宗敏听了妇人的传话，只欢喜得他心痒难搔，等到天黑，早就踅向娇凤屋里来了。

第四章　血溅灵帷酬故主

娇凤此番怨毒既深，真所谓处心积虑，自然事事都考虑周密，处处都准备周详，此时早已净面整容，却并不施以脂粉，只是淡扫蛾眉，略梳云鬓，但是已觉得容光照人。

宗敏举目一看，见娇凤头上随便绾了个髻儿，髻边什么也不插不戴，只是漆黑的头发衬着玉雪般的面庞，愈显得黑白分明，雅洁到无可形容，比那些浓妆艳抹的妇女们，别具一种清秀绝俗之态。再看她身上穿一件半旧月白罗衫，下系玄黑长裙，飘然风致，清雅宜人，真如映水芙蓉，一尘不染，立刻禁不住目定神摇，愣愣柯柯地向娇凤叫了声“凤姊”。

娇凤听他竟不像平时呼嫂子，改了凤姊，心中那一股愤怒，可就大了，但面上丝毫不露，只略略带了些羞赧之色，口中嘤咛了一声，也听不出她还叫的句什么。

二人便对面坐了，旁边那妇人怕他们有体已话儿要说，自己候在这里，颇有不便，就悄悄地溜了出去。宗敏与娇凤在珠郎在日，本是常来常见的人，向不拘束，可是今天的宗敏不知怎的，竟会觉得有些局促起来。娇凤看了，心中说不出的恼恨，但不敢叫他看出，只好假作观看他物，略略侧身避过。

正在此时，宗敏却已忍不住，先开口说：“我听说凤姊有话要对我面谈，因此特地亲来向你请教，现在房中更无外人，你不妨说吧！”

娇凤此时，真是满腹酸辛都向肚里咽下，只有用了柔缓的口气说：“不错，我因听了那妇人屡屡劝我，说你对我十分关切，你的意思，我也尽知，但是我也有我的苦衷。两人之间，绝不是凭了那个妇人能通达彼此的真意的，所以我请你来，想和你觌面一谈，就是为此。”

宗敏此来，本是怀了绝大的野心的，此刻又听娇凤委婉诉说，真如流莺巧啭一般，哪里还遏止得住心中蕴蓄许久的那腔邪念，不自觉倏地立起，走到娇凤身边，伸过一只手，意思要一握纤手，稍抒爱意。

娇凤见他突然有此举动，心中的愤怒陡升，恨不得立刻用刀将他劈成几段，但这是不可造次的，只得忍气遏怒，忙向后面一闪，躲过了他的轻薄，装出含羞带笑地低声说：“你这是算什么，别叫人看了笑话。”

宗敏虽不曾握着她的纤纤玉手，但目睹她嫣然娇笑中，更带几分羞赧，芙蓉面上立刻透出一丝红晕，早就见色心迷，和傻了一样，张着口，一句话也答不出来，略一停顿，似乎又清醒过来，忙退了一步说：“好，我退得远些，免得你害臊。”

娇凤也不理他，只向他问说：“想我如今是个未亡人，理应随了故夫而去，多蒙你念我可怜，才救了我的命，这自然使我感激你的大德的，但你留下我这个薄命人，究竟真意何在？我先还不知道，直至你派来那妇人对我说了你的意思，我才恍然你留下我的真意。我如不允，也不过是一死，况且你于我两次有救命之恩，我一个女人，到了这个时候，本也只有一个死，既蒙你看重我，不但救了我，更想收留我，我自然也无话可说，说不到替丈夫守节那些好听话。

但是我与珠郎，名分上虽是个妾，却已生有一子，珠郎相待，也素不以妾媵视我，如今我纵不能为他守节不嫁，可是不能草草地就这样苟且从人。因为这个缘故，我觉得非请你来，与你面谈，不能解决，所以不顾羞耻，对你开诚布公地说了我心中的真意，你如真心爱我，就得听我一句。”

宗敏此时为色所迷，心中哪里还有主宰，听娇凤的口气，似乎感激自己两次救命之恩，对于嫁给自己，本无问题，不过不能草草，心想只要你肯嫁我，什么事都能商量，便带笑说：“凤姊，你说吧！什么事只要你一句话，就是要我的脑袋都行，只要你肯嫁我。”说完了两目灼灼，露出贼光，望着娇凤直笑。

娇凤不由面色一红，略一低头，旋又抬头向他微笑了笑，问说：“你说的是真的吗？”

宗敏说：“如何不真？”

娇凤毅然点头说：“好！如此你要答应我三件事，我才能答应嫁你。”

宗敏侧着头问：“哪三件？”

娇凤说：“第一件，我与珠郎，已有几年的夫妻情分，如今他死了，是他命中注定，我也不怨别人，不过与他夫妻一场，如任他死无葬身之地，我却不忍，必须要让我找到他的尸身，好好地用上等棺木，将他盛殓以后，择地安葬，这样我也总算对得住他，也就可以另嫁别人。”

宗敏问：“第二件事？”

娇凤又说：“第二件，在棺殓安葬期中，你必须准许我尊礼成服，穿三天孝，以尽我心。”

宗敏又问：“第三件事？”

娇凤又说：“第三件，便是你我婚期，不能草率，必须在与珠郎戴孝、办丧三天之后，重择吉日良辰，正式成婚。在尚未成婚以前，不许你到我房中来，免得将来贻人口实。”

宗敏一来是急于求她答应嫁给自己，二来听她所讲各节，都在情理之中，三来知道为期甚暂，只要忍过三天，人就归我，而且事到如今，她虽会点武艺，但自问尚有制住她的把握，纵然过了三天，也逃不出自己手掌，再说她要求的事，也实在于自己的进行，毫无妨碍，落得大方，得一个爱她的好名儿，也好买得她的欢心，因此听完之后，立即慷慨地说：“你所说的，句句是人情，句句是道理，就是你不要求我，我也要叫你这样办的，如今你说了更好，我没一件事不依你就是。”

娇凤听了，暗骂声：“好个口是心非的恶贼，你既答应，好叫你识得你姑奶奶的厉害。”当时心中一宽，立即以笑脸相迎，赞说，“果然你的义气如云，珠郎死在九泉，也要感激你的情义。”说着立起身来，便有送客之意。

宗敏还想猴上一会子，嬉皮笑脸地向娇凤说：“你怎么这样狠心赶我走呀?”

娇凤闻言，一腔怨怒，重又勾起，但只得强忍心中悲愤，强笑着低声说：“别这样性急，教人看了说闲话，你既爱我，还不能体谅我吗？三天之后，你爱怎样就怎样，以后的日子，不全是你的吗?”

宗敏一听这几句话，真是连骨节都酥了半边，便不得不强忍着心头欲焰，垂头丧气地别了娇凤而去。

这一夜，娇凤翻来覆去的不曾合过眼，心中尽自打算着除这恶贼的主意，这样一宵过去，她已成竹在胸。第二天黎明，暗窥四外房屋，已不见有监守自己的人，暗自欣幸这色鬼果堕彀中，她当就找到珠郎部下的苗兵，说明了到飞鸟渡那民人家中，去探听主人移尸的地方。自己亲自骑了马，带了珠郎的心腹从人，将尸首找到，这一看到，不由娇凤痛得死去活来。原来已认不出面貌，只见浑身枪痕累累，血污模糊，惨不忍睹。再一找到那具盛尸的米柜，竟和马蜂窝一般，四面俱是枪矛扎通的窟窿。

她便带了二十名苗兵，悄悄赶到那个老人家内，一拷问他前后情形，才知道是由樊宗敏买通这一农家，因为这老人之子本在樊宗敏营中当名伙夫，所以由樊买通，将珠郎诓到此处。娇凤恨他同谋害人，吩咐苗兵将这老人杀死，放把火连房屋全都烧了，也算报得一节仇恨，然后将珠郎尸首盛殓起来，就择了飞鸟渡石梁前一块高地上葬了下去。

娇凤一面叩头，一面泪如雨下，默默祝道："妾身娇凤，不能为君报仇雪恨，不敢偷生人世，天幸樊贼将假手于妾，誓必扑杀此獠，聊申君九泉幽恨，泉头不远，妾将踪君而来，死而有知，再图良晤。"祝罢伏地不起，哀哀欲绝，经帐下头目名安定墙、朋坨二人劝止，才悲切切回到猛连，换上了孝服。

这时已夜深人静，娇凤唤进安定墙、朋坨二人，哀声说道："土司一生英勇，不幸误交匪类，以致平地风波，祸延宗祧，不但土司被害，就连玉骢三岁孩子，也将蒙冤被戮。妾虽女子，敢不为土司报仇雪恨，为此与诸君妥筹熟计，等到三日后，樊贼到府来时，求诸君念土司在生之情，帮同将这恶贼除去！"

那安定墙原是穆索金环手中的旧人，今年已经七十余岁，朋坨随珠郎多年，平时倚为心腹，所以二人皆甚忠心。此番珠郎骤遭吴、樊陷害，安、朋等因力薄，不能有所作为，又因吴、樊乃以奉命诛讨叛逆为名，苗人无法与他们反抗，但内心却无一刻忘了报仇，此刻听娇凤这样一说，二人心中大为感动，忙跪下叩头说："某等受土司两代厚恩，虽糜血捐躯，亦所甘心，愿誓死听从二主母的指挥，共约帐下健儿杀此恶贼，以慰土司在天之灵。"

娇凤一面落泪，一面点头，闻言便说："既如此，君等今日退去，与帐下健儿，约定时日，三天之后，贼人准备的吉日良辰，我们正好借此除之，好在贼人到此，绝不提防，你们尽数披甲带剑，分为五股，两股伏在屏后与左右厢两处，一股伏在仪门，一股伏在二门，一股伏在头门，专等樊贼到了厅上，我以掷杯为号，屏后与两厢之人，将他围住，格杀勿论。如樊贼逃出大厅，仪门上的弟兄应起而力击；如樊贼逃出仪门，二门上的弟兄，再起而力击；万一樊贼再逃出二门，头门上的弟兄，再起而力击。如果天不佑贼，我想他武功虽然了得，终不能逃出这层层罗网。此事全仗诸君忠义，妾虽死亦甘心瞑目矣。"说罢，翻身跪拜于地，哀哭不已。

安、朋二人慌忙扶起娇凤，叩首流血说："小人等敢不肝脑涂地，以报故主之恩、夫人之义。"

樊宗敏好容易等了三天，挨到第四天一大早，还等不到天亮，就已起身穿着整齐，事先约请了许多亲朋，到时观礼，一面游击衙内的护勇十六名，备了一匹马，马头上扎着大红彩球，马尾上也挂上大红绸条，金鞍玉辔，双踢胸，外带十三太保的钟铃，自己全身吉服，骑着马，一头招摇过市，引得路人纷纷指点。当地苗人，谁不景仰穆索珠郎，一旦被吴、樊害死，还要占他的眷属，旁人也自不服气，背后议论的人就多了，可是樊宗敏却是若无其事，真有笑骂由他笑骂，好官我自为之概。

一时马到穆索家门，众护勇纷纷上前，向门上吆喝开门迎接。偌大一座穆索府，今天却是静悄悄的，什么人都不见，只有一个老苗仆跌跌冲冲地出来开大门。宗敏进门一看，见府内静悄，并未悬灯结彩，心中虽觉不悦，碍着娇凤，不好意思说什么，心想也难怪她一个妇人，丈夫才死没几天，便要嫁人，自然也想不周到，也只索罢了。又想那门内门外，前日来时，虽说已经抄了家，可还是有许多珠郎的旧日苗部，进进出出，怎的今天反倒一人不见？

宗敏下了马，由护勇接过缰去，便向那老苗仆问道：“今天为何静悄悄的不见一人?”

谁知老苗仆向宗敏唉了一声说：“游击大老爷有所不知，这一班土司旧部，听说二夫人今日嫁给你老，大家一赌气，都跑了个干净，因此今天竟一个人都不在了。”

宗敏听了，好不懊丧，面子上尤觉难堪，但是无可奈何，只暗骂了一句：“好奸刁的臭奴才，待老爷慢慢地一个一个来收拾你们。”边想边往里走，倒是远远望见里边正厅当中，摆着香案，再一抬头，不由吃了一惊。

原来珠郎死后，本来设灵挂白，自然娇凤与宗敏约好了戴孝三天，这才设灵挂白，像个丧事人家。但在宗敏之意，今天乃自己与娇凤的吉日良辰，纵不悬灯结彩，原来的灵堂白幔总已拆去，谁知到此一看，从两廊一直到正厅，什么白灯笼、白帐幔，白绣花桌沿、椅垫等类，依然未拆，他一看，心想这倒不错，今天哪里叫我来成婚，简直是吊孝来了。他心中不悦，不免有些怒形于色，可是从外到内，虽是一片雪白，却看不见一个人，自己想向他们发几句话，简直都没有人听，这一来宗敏倒有些窘了。论理此种情形之下，宗敏素称奸狡，早应该看出一点形迹来，但是他为色欲所蔽，专往这一面看，却没有往那一面想，简直死到临头，还一些也不曾觉得。

正当他左顾右盼之时，忽见里面正厅上似乎有人声，他侧耳一听，正是娇凤与人谈话之声。他忙不迭穿过一座敞厅，再走过一座垂花门，其时他已经到了正厅的院中，可是外面一重重的院门却全已关上，将宗敏十六名护勇隔断在外。这所院落的正厅后边，正是六扇大屏门，院落两边，正是左右厢房，原来他早已走到最后一进屋内。

他到了院内，抬头一看，不觉又是一惊，原来见娇凤全身缟素，挺立中厅，面色凛若冰霜，罩着一层肃杀之气，竟不似前日那副情景，宗敏毕竟是个刁滑之徒，一看这副情景，忽然猛地心中醒悟过来，暗说一句："不好。"也不再向娇凤搭腔，立即回头就向外走。

此时娇凤站立珠郎灵前，正自执杯暗暗祝告，忽见仇人宗敏已到院中，尚未见娇凤有所举动，见他忽地掉头向外便走，娇凤知他已经看破，心中一惊，暗想如被兔脱，报仇二字岂不成空？说时迟，那时快，立即一声猛喝："恶贼留步！"随说随将手中玉杯向宗敏头上掷去。

只见宗敏一闪身，咣啷啷一声，那玉杯落在院中地上，立刻四面轰雷也似一声吆喝，但见先从左右两厢跃出四十名苗兵，后自屏后闯出二十名苗兵，娇凤也举剑赶来。此时宗敏已经跑出院去，已到前敞厅以内，还未站稳，一回头，早已从屋中跃出许多苗兵，手执明晃晃刀枪矛戟，一齐拥到自己身后，只恨自己忒也大意，总以为今天是吉日良辰，用不着刀剑，竟连防身宝剑都不曾带得一口，但他终是个武官，见一个苗兵一枪向自己刺到，立即翻身一避，伸手一捞，将枪杆握住，正要去争他的枪。

殊不知，珠郎手下的苗兵、苗卒俱都精选、精练过的，此刻动手的人，正是朋坨，力大勇猛，一见枪杆被宗敏握住，他便怒吼一声，猛地将枪向怀里往回一抽。宗敏握不住枪杆，转身想往空隙处夺围，娇凤已迎面截住。这时娇凤怨愤填胸，举手中剑，直奔宗敏腰间刺来。宗敏一翻身，两脚使劲，向后翻纵出去，闪开了娇凤这一剑，但朋坨的苗枪向他下盘刺到。宗敏虽非弱者，但手无寸铁，又被这许多苗兵团团围住，朋坨苗枪刺到，他脚还未站稳，万难闪避，唰的一枪，刺中左腿，身躯晃动之际，娇凤一个"白蛇吐芯"，一剑直刺到宗敏胸口，哧的一声，已进去四五寸。宗敏五官一挤，一声惨叫，往后便倒，旁边的苗兵你一刀，我一剑，立刻将宗敏全身砍了个七零八落，宗敏此时，已是奄奄一息，却还不曾咽气。娇凤当就吩咐苗兵，叫门外的弟兄先将宗敏带来的护勇全数活捉了，不许杀害，又令人将半死的宗敏抬到珠郎灵前，作为太牢祭奠。因院宅关系，后面虽如此喧嚷，头门上十六名护勇竟一些也不知道。

当樊宗敏受伤倒地之后，众苗兵一齐将他横拖倒拽地拉到珠郎灵前，娇凤挺立灵右，柳眉倒竖，杏目圆睁，咬牙切齿地喝问宗敏说："你这丧良无耻的恶贼，土司待你俨如兄弟一般，你竟丧尽天良，下此毒手，害了他全家，还以为未足，竟想侮辱到我的头上！可笑你这恶贼，也有今天，这也是土司在天之灵。如今没有别的，当了众位弟兄们，你且将你与吴礼二贼如何定计，如何动手害死土司，一一招供，也好叫大家知道你今天的收场，是你应得之报，快说！"

此时宗敏本已昏沉待死，如今见娇凤让他说出如何害死珠郎，饶你多奸的恶人，自己当众说出阴谋，总还觉得有些羞愧，所以迟迟不语。

众苗人一见，立时发怒，纷纷喝道："你这东西要是不肯直招，别怪我们临死还要叫你吃苦！"

宗敏还是不语，一个苗兵立即用刀在宗敏的腿上哧地扎上一刀，宗敏立时大叫起来，连喊："我说！我说！"

娇凤便喝道："众位且住，听他说来。"

宗敏于是一边喘着气，一边将甘氏与甘坝为了抢夺珠冠，如何定计委托吴礼，要害死娇凤。吴礼这才起意谋财，先向李军门告密，说珠郎谋反，军门不信，吴礼无法，来与自己商议，自己因看中娇凤姿色，正恨无法可想，便与吴礼约定，事成之后，他取穆索之财，我收穆索之妾，这才一面由我买通飞鸟渡一家山民，一面与吴礼联名约请珠郎到打罗小饮，谯罢归途，用计遣回珠郎随从，故意将预先埋伏的元江同知衙内护勇百余名指点给珠郎看，假说是朝廷派军门密来逮捕，又再三劝珠郎暂且躲入那山民家一只米柜内，然后再招呼了吴礼，带了这百余名护勇，到了山家，欺珠郎已为米柜所困，就大家用长矛一阵乱扎，竟将珠郎扎死在米柜中，这是因知他身怀绝技，不施此计，如何弄得他死？等他一死之后，吴礼立到猛连，抄他家中财物，全数入了私囊，自己为的是娇凤，所以什么也没有要，只要娇凤嫁给自己，便心满意足，也是一时大意，竟中了娇凤之计，如今想来，还是害了自己，倒便宜了吴礼。要说此事起因，祸根还是甘氏，不必埋怨外人云云。

此时不但众人听了惊骇，便是娇凤听了衅起于甘氏的妒意，与珠冠的招祸，不胜感叹悲痛之至，便命众苗兵速将贼子处死，剜心活祭土司。

一声令下，朋坨第一个将一柄尖刀握在手中，嘶的声撕开宗敏衣襟，正要动手，宗敏早与杀猪似的高叫起来。娇凤深恐惊动外面，转生枝节，忙命人将宗敏的口鼻用棉布扎住，使他叫唤不出。

朋坨二次正要动刀，娇凤忽地柳眉竖立，高叫："且慢！"从朋坨手中取过利刃，先向众苗兵说："今日得获此贼，剖腹祭灵，正是土司暗中护佑，我想土司死得太惨，不能便宜了此贼，待我剜出贼心，就请在场的众弟兄，一人赏他一刀一枪，稍泄土司身死米柜的惨痛。"

众苗闻言，轰应了一声，一个个拔刀持枪，尽等动手。好在宗敏此时早已吓得魂灵出窍，人事不知，娇凤说罢，重又握了那柄利刃，仰天悲号，痛泪如雨，眼望着珠郎的灵位，叫了声："珠郎！妾身不祥，实为祸水，今幸仇人到手，妾亲剖其胸，亲剜其心，以告君灵。"

此时早有四个苗兵分执宗敏左右手，敞开他的胸膛，送到娇凤面前。娇凤猛一咬牙，纤纤玉手举起利刃，对准宗敏前胸，下死力地向里一扎，只听扑哧一声，一柄利刃整个儿插入膛内，就在宗敏狂喊一声之际，咬牙切齿地，把插入宗敏胸膛内之利刃，向他下面的肚腹一直剜去，这一下噗的一声，胸腹间一股热血，又弗的一声直喷出口。娇凤虽会武艺，却不曾杀过人，哪懂得杀人的主儿，应当侧身避开血溅，因此这一阵鲜血，整整喷了娇凤一头一脸，好在娇凤此时心中早定了主意，便将宗敏尸身一脚踢开，早有人将宗敏的一颗血心，从腔内生生拉了出来。

娇凤满面被血，也不洗涤，一回手，将宗敏的心接过，双手捧到灵前，向桌上正中一供，然后一言不发跪倒灵前，连叩九个头，站起身，回过脸向大众高声说："众位弟兄，今日你们为土司报了仇恨，怎的还不下手，一人赏他一刀。"

这话娇凤原先已经交派过，只因见了娇凤亲自摘心祭灵的神态惨切，连这些平日杀人不眨眼的苗人都看得毛发悚然，十分敬畏感慨，便将此分尸之举给忘了，此刻经娇凤一提，众人又轰应一声，立刻动手，你一刀我一枪，片刻之间，宗敏的尸首，早成为满地肉片，将一个大院子流成了一院子红水。

娇凤望了望灵位，又看了看宗敏尸身，猛地仰天大叫："珠郎！珠郎！妾刘娇凤身为祸水，害了你穆索全家，无颜立于人世，也随你去了。"说到"去了"二字，手中剑刃猛向香颈前咽喉上使劲一横，哧的一声，只见一线鲜血，飞溅出丈余远去，娇凤身体也就在这时颓然倒地。等到众苗看得清楚，赶前救护，哪里还来得及？早已香消玉殒，横尸灵帷，总算达到了她复仇之志，成全了她尽节之心。

第五章　千古惨剧的结束

吴礼自从将穆索全家人犯解进省城，猛连这边情形与宗敏图谋娇凤的事态，他已无从知晓。因事不关心，他也就不去过问，好在自己此次的事办下来，不但官囊充裕，就是云南全省的官绅，从此谁也没有自己这样豪富了，所以欣欣得意，一心只在办案上，随身带了许多查抄来的金珠宝贝，分赠省中大小各官。

常言说，有钱能使鬼推磨。吴礼这一一分馈，自己就大大占了便宜，元江州吴同知办事精干的名头，简直已传遍了滇、黔两省，不但抚台对吴礼另眼相看，就是云贵总督也知道了吴礼这么一个干吏。吴礼一到省里，自然从制军起，一直到昆明府知府为止，都算是他的上司，除了依例禀见参谒以外，又各个分馈那一票自己以诈力得来的珍宝，制军、中丞以至方伯、廉访（注：总督、巡抚、藩台、臬台之别称，此为前清官阶）等，竟无一人不夸赞吴礼几句，吴礼自然是青云之路，已在目前。

这一天，他到了巡抚衙门的总文案那里，去打听穆索一案审奏的情形。那文案便是他的老把兄，自然十分关顾他，就对他说：“详文已经下来了，得旨将穆索珠郎全家就地正法，其余远近族人亲属，姑念事在谋叛中，尚未至揭竿之时，一概从宽，各依情节轻重，分别发落，毋枉毋纵，这真是皇恩浩荡，最圣明之举啊。”

吴礼闻言，才将一颗害人害彻的心放下，因为这些审讯行刑既已解省，都算是昆明府的责任，从此与自己无干，便在向上峰禀辞的时候，特备了一份厚礼，亲自送到昆明府，请他早日结案，以了此事。昆明府自然领会他的意思，好在他已送有代价，得人钱财，与人消灾，自然一口应允，次日吴礼才兴高采烈、踌躇满志地回返元江原任。

本书写到此处，忽然要提到一个人物，这个人便是当年穆索珠郎力平三十五猛和大破吴世璠众于铁索桥的两次战役中，给珠郎做过大大的膀臂的馨儿。馨儿虽系苗种，但他的母亲却是汉女，他原名叫安馨，因而安馨为人机警，性情极良善和平。他原是生长在穆索家中的世仆，自从平吴之役以后，安馨本人也因功绩官至参将，记名副将的职位。

后来穆索辞官，家居纳福，因为就家财豪富，可以不必做官自给，安馨究与珠郎不同，所以在珠郎辞官以后，他便在四川理番厅任那参将，不久又调驻扎在小金川，那也是个汉苗杂处的地方。晃眼十余年，在那一带处理得番汉各安生业，甚是平靖。他因事务纷繁，责任重大，也就不能常离汛地，除了逢年遇节向珠郎请安问候以外，平时不到猛连去。此次珠郎家骤遭此变，因双方隔了省境，安馨并未得到消息，这虽是当时交通不便所致，但因珠郎死后，全家被逮解省，不几日娇凤也自尽灵前，众苗兵便也纷纷四散，谁也不曾与安馨送上一个信，所以安馨一点也不知道。

这时已将近中秋节，安馨正打算备了禀帖，买些当地著名的土产，专差赍送猛连，向穆索家馈礼贺节，尚未起程，就在上一天夜间，正与他的夫人龙氏在计议明天派人赍了礼品上猛连的事，忽觉窗外树影闪动，似有足踏落叶之声。安馨自幼随了珠郎，练了一身好武艺，自然不是外行，便是他夫人龙氏，也是龙天祐之女，拳术武功得自她祖龙金坨之传，也是一个高来高去的人物。这时安馨一听窗外窸窣之声，早已一个箭步，抢到窗口，用手推开窗户，向外一望，只见窗前虽一点形迹没有，但当安馨推窗之际，明明看见有一条人影向院前墙上一闪，便已寂然，身法甚快，既看不出他是跳出墙外，也看不出他是跳进墙内。

安馨不敢大意，立刻回到床头，提起一柄剑，跟着向窗外纵去，也望方才人影一闪的那一带墙头上飞跃上去。到了墙上，四面一看，但见夜静月明，四周垣屋排列，静荡荡的什么也已看不见。

正自徘徊考虑之际，忽又见离自己存身处的墙垣，约有两箭路的地方，又有一条人影，正从一株树荫中跃下，到了地上，回头向自己站的地方望了望，然后一耸身，斜着身向西边一株大树上又飞跃过去，两处距离有几十余丈，那人影真如飞鸟似的，毫不费劲飞了过去，这真叫安馨暗暗吃惊，心说这人的轻功到此地步，如要赶上他，可就有些不易，但心中虽有此估量，勇气仍在，就一连两三个箭步，纵身到了那株大树之下，正想向树上跃去，不料那条人影倏地又从树上飞到外院墙角上，回身向着安馨一招手，便如风叶一般，飘落墙外。

安馨大惊，心说这分明是引我到墙外的意思，倒要看看他究竟是何意！边想边向墙外追去，越登墙外一看，果然月光下在百步之外的广场中立着一个人，远望去不辨面目，只见手中并无兵器，笔挺地立在那边，仿佛是等候自己的神气。安馨此时也顾不得再加思索，飘身落下墙去，就向那人立处奔去，直到身临切近，才看清那人是一个二十余岁少年，月光下见他五官周正，英气勃勃，一身衣着尤为特别，原来头上戴一顶软胎秋坤帽，上身穿一件四镶四嵌大袖子天青缎马褂，下着一条单叉裤，后面系着一条战裙，足蹬薄底快靴，这副形状，既不像官，又不像兵，更不像买卖人。此时安馨已经走近，那人向着安馨似在微笑。

安馨见他并无恶意，便上前一步，抱拳说："尊驾请了。"

那人便也拱手还礼，低声说道："尊驾可就是安参将?"

安馨应是，那人便说："在下宝祥，与猛连穆索土司是同门师兄弟。今因穆索师兄被吴、樊二贼诬陷，说他有谋反朝廷之事，本身已在飞鸟渡涵风谷被害身死，全家妻孥也均已解入省城，昨日京师回文已到，三日内便要将他妻甘氏、子玉骢在云南省城大校场就地正法。我师父大觉禅师命我专程来访尊驾，不为别事，便是要设法抢救穆索土司的后人。因知尊驾为穆索土司旧部，胜如家人父子，且平生义气干云，武功出众，故特领师命来见尊驾。"

安馨一闻此言，正如晴天霹雳一般，震得浑身发冷，一句话说不出来，半晌才问说："此事当真吗?"

那宝祥听了，微微一笑，似乎不悦，接着便说："我焉能凭空来哄骗尊驾!"

安馨自知失言，忙道歉说："不！不是说宝兄所说不实，因我这里一点都还不知道呢。"

宝祥似乎不耐，便又说："如今且先漫说没要紧的话。如今连头带尾，只剩三天，究竟如何抢救，因我对川滇之间的道路不甚熟悉，还请尊驾从速定计才好。"

安馨闻言，一时也想不出怎样抢救，就要让宝祥到家中商量，宝祥却摇头说："此事贵在机密，我如到了尊驾衙内，便恐有人知道，使对方加了准备，那时倒费事了，尊驾去是不去？好在片言可决，我们就在此一言为定吧。"

安馨发急说："我安某世受穆索厚恩，如今他家遭此奇祸，主人又只此一线嗣续，我不去救，何人去救?"

宝祥闻言笑说："既如此，我们此时暂别，我明日清晨便动身入滇，尊驾对外不妨诡称卧病，悄悄动身就道，我们就在西南上打箭炉官道上见面，尊驾逢着酒饭铺，但看墙上有白粉写着宝字者，就请入内找我。至于一切办法，一路同行，再慢慢商议，话已说明，我却要告别了。”

一句话刚说完，不容安馨再说二句，早已身形一晃，便飞出三四丈远去，又一晃，踪迹已渺。

安馨痴立半晌，才匆匆走回，仍自墙上跃到内室，见了夫人龙氏，便将所遇之事说了一遍。二人又是伤感，又是惊奇。安馨自得此讯，哪里还睡得着？龙氏便乘夜将安馨所需兵器物件都收拾停当，安馨稍稍在床上闭目休息了一个更次，等到五更过后，天尚未明，安馨为避免本署人众耳目起见，已自别了夫人，匆匆越墙而出。

这里龙氏等天亮了，便传出话去，只说安参将夜来偶感宿疾，卧病休养，一面叫部下备文向上峰请假七日外，一面吩咐门上，凡有往来参谒拜访同寅僚属，一律挡驾不见，俟病愈再去谢步。这一来，一位堂堂参将溜出省去，居然没有被人知道。

穆索珠郎谋反的公事回文一到云贵总督衙内，便由督抚全街布告穆索的罪状与逮捕的经过，择定了八月十六日将穆索嫡配甘氏及伊子玉骢，一并在云南省城大校场就地正法。这消息一经传出，一则因为清初自“三王造反”以后，朝廷以高压镇住了人民，关于图谋起义一类的事，已成凤毛麟角，忽然又出这一档继三王而后的事，便觉生面别开，自然轰动全城（按：三王即平西王吴三桂、平南王尚可喜、靖南王耿精忠，三人皆明臣降清，旋又图复明举义者，事皆不成，清季民间，遂有三王造反之谚）。二则穆索珠郎，威震滇南，统属三十五镇，在苗族中具有极大的威信和盛誉的，一旦说他谋反，苗人就个个传说，人人慨叹。有许多人也知道内容，知系被人图财所害，这班人益发抱着不平之气，更要去凭吊一下他那受难的妻儿，尤其他那儿子，不满三四岁的婴孩，竟也受这一刀之苦。于是一传十，十传百，到了行刑那一天，大校场地址虽然宽广，却已人山人海，挤得水泄不通，周围墙上、树上、房上、屋上，都挤满了看杀头的人们，从天刚亮就耗在那里，专等看这一出好戏，这样正是表现封建时代的人民，闲着没事做的人最多，稍有一些新鲜些的事儿，大家便能成日成夜地守着，费去了宝贵的光阴，来看一看毫不相干的稀哈儿，因为他们根本吃饱了饭，就无事可为啊。

闲文少叙，此时正是八月十六清晨八时，在那时候，还没有钟表可记时刻，所以只能说是清晨辰刻，可是距离行刑的正午时，足足还有两个时辰，便是四个小时，监斩官还陪着太太睡在被窝里，该杀头的犯人也还在监里吃长休饭、永别酒，所以此时教场上除了看杀人的闲人外，并无官中人在彼。

距离大教场前门不到三百步远近的大路边上，有一家坐北朝南的小酒饭铺。它的屋址离着教场前门虽远些，可是它的屋基却又紧靠着教场的东墙，楼上有一间小屋，开着一扇西窗，那扇窗却又紧贴着教场东墙上面。其时时候还早，饭铺中炉火尚未升起，却已走进两位酒客，来喝早酒。

这两人走上酒楼，便进了西首一间小屋，酒伙只得跟进来招待，便向那二人说："二位今日在这屋里喝几杯，倒是见得比别处惬意。回头一到正午时，向窗口往教场那边一看，正好看个一清二白呢。"

那两个酒客相对互望了一眼，却摇头说："我们哥儿俩走到这里喝几盅，谈一谈一椿跑海洋的买卖的，谁管他校场里的事。他爱杀谁就杀谁，与我们什么相干？"

酒伙计原以为这两位也是来看杀头的，才这样凑趣说了两句，不想竟碰了一鼻子灰，也就搭讪着走了出去。他临出去时，两位酒客又对他说："伙计，你把该送的酒菜送了上来，不必再来，因为我们哥儿俩正在商量着买卖，不愿叫人进进出出的来打扰，耽误了谈心。”

伙计一听，便说：“你老放心吧！算我没睁开眼，还当两位是来看杀头的。既这样，我就遵命了，不奉呼唤，我就不进来伺候，少时你老可别怪我招呼不周。”说完了，憋着一肚子好气，自顾自下楼招呼座儿上的买卖去了。

时间过得相当慢，自辰而巳，自巳而午，一到巳末午初，大街上渐渐热闹起来，就听到众护勇们挂着腰刀，拿着皮鞭，一路赶着闲人向两边让出道儿来，可是爱看热闹的主儿，任你如何用皮鞭子唰唰地抽得震天响，他却依然毫不在意，仍是一个劲往前挤，直到监斩官押着犯人，鸣锣喝道地进了教场，大街上的人，又一个劲地向大教场里面灌，一边挤，一边看，一边议论。

这个说：“你看多可怜，只有一个女人，一个小孩子，怎说他们会造反呢?”

一个说：“你真糊涂，造反的人早已砍死在当场了，这是造反人的老婆、儿子吓。”

又有一人说：“别看这一个小孩，这么一点年纪就要砍头，这都是前世造的孽。”

又一个说：“听说这女人就是原告，告他丈夫谋反。如今丈夫已杀死了，她也免不了一刀，这真是何苦，还连累了自己的儿子。”

另有一人又说：“敢情这个娃子，听说不是这个女人生的。有人传给我听，根本就没有造反那件事，全为大小老婆吃醋，才闹出这档子事来的。”

此时便有一个老者叹着说：“这都是取小的榜样呀。”

这时又有两个苗婆在旁嘀咕，一个说：“穆索土司谁不知他是个忠心耿耿的，怎说他造反呢？难道这些皇帝（按：指诸官），仅听了官（按：指吏目公役）的话，也不打听明白了再办？再说京师老皇帝也不能这样糊涂呀！”

另一苗妇叹道：“京师老皇帝想杀谁，还不是一句话，更是我们的人，他们看着更不当个人，比宰只狗还稀松平常呢。”

不言观众纷纷做些不彻底、不了解的批评，再说教场中自监斩官一到，形势登时紧张起来。可怜甘氏与玉驄押在一处，甘坝与另外两个穆索的近支族人押在另一处，此时校场上万头攒动，专等正午一到，号炮一响，便可看这幕悲惨的活剧。一时人声嘈杂，众兵役纷纷将闲人赶开，匆匆地跑到一边，先将甘坝与穆索族人带到上面演武厅台上，不一会儿又将甘氏与玉驄也带到厅上，演武厅距离众人较远，听不出说些什么。

只见上面正中摆着一张公案，案前坐着两人，左边一个就是监斩官儿，右边一个是本城守备，乃是责任到此防卫的。犯人带到案前，远看似乎问了几句话，官儿便举起一支笔来，向着犯人背上插的那面纸条儿上画了一笔，两边兵役一声威喝，便将犯人拉了下来。

此时甘氏、玉驄二人，俱已由监斩官画过斩条，立即在吆喝声后，吹起呜嘟嘟的杀人号来。可怜这一个妇人、一个小孩，到这时哪里还能走得一步，便由四名兵役架着两只臂膀，一路飞跑，直向校场靠东面的空地跑去。原来这时甘坝等三人，却在西面场中用刑了。那时东西两面场中，各有两个刽子手和四名护勇，手执飞快的钢刀，挺着大肚子，耀武扬威地站在那里，仅等犯人从演武厅画了斩条，送到这里，便好动手。这时全场观众，也好比到了戏馆里看到大轴戏那样紧张有趣，全都聚精会神，睁大了眼，张开了嘴，专望着刽子手的那两只胳膊，此时场中的人情，可说已达到最高潮的边层了。

忽听半空中震天价一声炮响，这正是午时三刻的行刑炮，随着又是一阵呜嘟嘟的杀人号，号中便有咚咚不绝的催命鼓，和锵嘟嘟断续敲来锣声，互相交织成一片，这也是“封建时代杀人民”特有的色彩。

就在这几锤锣，几棒鼓，几呜炮，几声号的中间，刽子手一声吆喝，刀光起处，众人眼看着甘氏一颗人头滴溜溜滚落在地上，两名刽子手一上一下，练好的手法，相互为用，便是一拉一拐一踢一摔。这一拉是将犯人的脖头向前拉出；一拐是用刀横在胳膊后面，向犯人脖子上这一刀拐下去，人头便自落下；一踢是当人头砍下时，立刻要将尸身向外一腿踢倒，如此死人头腔内的鲜血才不溅到刽子手身上；一摔是先前拉人头的那个副手，等人头落地时，便双手一摔，将人头从自己手中摔出，那一摔得摔得是地方，不然一下摔到监斩官的身上，可就糟了。所以说，以上所说的四手活儿，乃是两名屠手的联手艺术，也算是东方古国特有的杀头艺术。

这时甘氏人头已落，尸身也被刽子手一脚踢倒，人头也被摔出，哪知正在一摔一跌之间，几万个观众的几万只眼睛，忽见从校场东边墙上飞下两条人影，直和燕子一般，飞快地向甘氏行刑之处跑去。这是因众人站得远，看得远，但刽子手和护勇却还不曾看见，直到两人已经到了面前，一声吆喝，慌忙间见来者二人，其中一人一张又灰又黄的死人脸，好不怕人，方才如梦初醒，“呀”了一声。

哪知来的两人，更不与他们客气，还未等到众人来得及惊叫，早已一人起手一剑，便即将两名刽子手完全砍倒，旁边四名护勇与八个押犯人的公役，这才惊叫起来。有几个护勇，年轻胆壮些的，还想拔刀向前，只见那飞下来的两人中，一人手提宝剑向众护勇、公役一声叱咤，剑光下登时砍翻了五六个，那一人却走到玉骢身旁，因其时旁边押解的人，早已逃散，便容容易易地将小孩子一手一提，连捆绑的绳索都来不及解，早已与那人呼啸一声，双双仍向东墙跑去。

等二人去后，众官兵才纷纷发一声喊，预备追上去，可是一看人家一剑就能砍翻五六个，眼见不是人家对手，又真不敢上前，只好站在场中空喊，一时演武厅中的守备也知道犯人被劫，忙不迭跑下厅来，吆五喝六，叫人快备马追赶，等到守备的马匹备好，那两人劫了玉骢，早已走得无影无踪，但是众兵役此时见劫法场的人已走了，才大呼小叫起来，说那劫法场的两人是向墙东跳出去的，这一来教场东墙外面的住家店铺，却都倒了霉，官兵们挨家去搜查，真是贼出关门，闹了个乌烟瘴气，什么也没搜出。

从法场上飞落来的两个人，便是早间在靠教场东墙小楼上饮酒的酒客，两人不是别人，正是乔装的理番厅参将安馨和大觉禅师的弟子宝祥，那救人的是安馨，旁助的是宝祥。两人救出玉骢以后，商量之下，因安馨衙内留养玉骢，易于泄露，便决定由宝祥带了玉骢，投到哀牢山大觉禅师处，一面避祸，一面学技，以为将来复仇地步。

要知后来玉骢长大，如何为父母复仇，如何与吴礼钩心斗智，玉骢几乎又为吴礼所害，结果玉骢以一生所学，荡平川北松潘、雅州两属番夷，经过石破天惊的许多悲壮事迹，才得手刃血海深仇，这种可歌可泣的情节，尽在第三集中叙出。

注：本集 1951 年 1 月正华书店初版。

第 三 集

引　言

二集下部叙刘娇凤在自己府中，埋下苗兵，手刃恶贼樊游击，摘心祭灵后，以刺贼利刃横颈自刎，达到复仇尽节之心。同时珠郎师弟宝祥，奉师大觉禅师命，赴小金川告警，邀劫法场，抢救穆索一线嗣续，小金川参将乃珠郎旧仆，自然义不容辞，于是连夜乔装赶奔省城，酒楼中会合宝祥，两人飞身落校场，施绝技砍倒刽子手和护勇官兵，救走小孩玉骢。

第一章　卑污阴险的道儿

小金川参将安馨，大觉禅师门徒宝祥，以他们二人的武功，抢救一个三岁的小孩，自然伸手成功，那班专会欺压良民的护勇官兵，如何能拦捕？自然不费吹灰之力，一无阻碍地离开了云南省城。两人在行路上商量安置玉骢的办法。

安馨本想带回自己任上，既而一想，自己究是一个朝廷命官，不问穆索的谋反是为人所陷，但在未能昭雪以前，名义上总是一个叛逆之子，何况又是从法场上劫走的逃犯，因此便将这层意思与宝祥说了。

宝祥一听，甚是有理，便慨然说："我与穆索师兄在他生前虽未会过，但究竟同出师门，况此来本奉师父之命，师父虽未说明将此子如何安置，但我想你我一力保全此子之意，一半虽为了穆索门中的一线嗣续，但一半正是为日后好使大仇可报。然而报仇二字，非同寻常，少不得此子稍长，便应学习武功，这件事师父虽尚未说到，我想师父既能救之，也必要教之养之，那么我们不如直截了当，送到师父那边去吧。"

安馨一听，连声说："这才算成全了这孩子。"

二人计议已定，便在一个三岔路上分道扬镳，馨儿自回小金川任所，宝祥却挈了小孩玉骢，向哀牢山奔去，回见师父大觉禅师。

大觉禅师本是四川黄牛峡大觉寺的当家方丈，乃是少林名宿无住禅师的门徒，武功已臻化境，因爱哀牢山风景秀丽，在三十年前便在哀牢山绝顶碧霞丹岩隐居。

这碧霞丹岩本是师叔滇南大侠葛乾荪隐迹之所。那时葛乾荪下山去云游那四海名山胜迹，临行说不能返回哀牢山，叫他移来碧霞丹岩居住。这碧霞丹岩高耸入云，真是个灵奇奥秘所在，大觉禅师自然欣悦，便就此在这个碧霞丹岩长居下来，一年中只回到大觉寺一次，此外便在这碧霞丹岩修气练功。二十年前因往点苍山去采草药，回途中经过哀牢山西南的葫芦野夷界，走至猛连寨，见到穆索珠郎天生矫健，资质尤为纯厚，是个可造之材，一心想将自己一身所学传授给这珠郎，不料珠郎学技不到十年，在返家探视双亲的时候，竟被父亲阻住，不让珠郎再上哀牢山去学技了，那时珠郎虽则内外武功已达于上乘，但尚未到灵气相连之化境。珠郎下山后，不久便收了宝祥为徒，宝祥也是苗人，这时武功也已得大觉禅师真传，大觉禅师见珠郎建功以后，便以声色为事，虽说是家资富有，但为人不应如此享受，尤其对于珠郎广收珍宝这件事，耳有所闻，心不谓然，觉得他终究脱不了愚愎任性的脾气，故而一别二十余年，师徒们从未通过闻问。

及至珠郎被吴、樊诱致之时，大觉禅师知他骄盈奢僭，所以招来此祸，大数已定，无法逃避，因此竟不救援。但是师徒情深，又念他本性纯良，并无大恶，仍不肯坐视不问，深知此种祸事，非自悟自觉，不能挽救免除，这才命宝祥赶往飞鸟渡，专候珠郎马到时，拦马寄柬，以“送别”二字来暗暗点醒他，谁知穆索珠郎气数该当，竟而不悟，在那石梁上当路而立的，便是他师弟宝祥，可惜珠郎不知。饶是如此，宝祥还想再示警于他，所以在珠郎回路上，再过石梁时，宝祥以擘空掌三次惊马，不让他们过去，因知石梁以西，正有吴礼等率众埋伏着，偏偏宝祥只知其一，不知其二，宗敏在山民家中安排米柜，预定的瓮中捉鳖之计，却不曾知悉，在白驹马临崖惊阻之后，反倒助成了宗敏引诱珠郎入瓮之计，这又岂是宝祥始料所及呢？因此宝祥深知师父对于穆索师兄这一番拳拳之意，这才断然地挈了玉骢回到哀牢山碧霞丹岩，将与馨儿计议之意禀明大觉，大觉自然将玉骢抚养起来。要知那时朝廷对于穆索后裔被劫逃匿，倒还不怎重视，唯有那万恶的吴礼，已料知玉骢一经遇救，长大必欲报仇，他便注意玉骢的去处，所以明求暗访得甚是积极，若非大觉禅师收藏，玉骢正还难逃吴礼的逻缉呢。

那只手遮天陷害珠郎全家的吴礼，在元江州任上，已得娇凤在穆索府中埋下苗兵，将樊游击杀死在灵前的消息，接着又得到有人劫了法场，救走珠郎之子玉骢的事儿，心中越想越害怕。他明知穆索在普洱、元江一带的威望，苗族中对他奉若神明，深知此番自己和宗敏做的这件事，忒也歹毒，事后深恐结怨苗族，便少不得有人出来替穆索报仇，如今果然玉骢被劫，这显然是苗族中有人在替穆索打算，那么对于自己的安危，也就十分可虑了。

吴礼是一个诡计多端，工于心计的人，知道此事与自己生命有关，由此打算好离开云南的主意。因此他就狠狠地花了一笔钱，馈送本省巡抚和署中的总文案，求他在巡抚面前好言几句，将自己立刻调到别的省份去，以便早离这是非之地。果然钱可通神，不到三个月，吴礼早已以平苗乱有功为题提，升了知府，正赶上四川茂州府出缺。茂州地属川北，与松潘、理番等地毗连，正是川夷接壤之区，四川总督正想物色一位熟悉夷情的人物，恰巧与云南巡抚一经谈到，云南巡抚便以本省元江州同知吴礼保荐过去，川督便将吴礼传到省里和他一谈，吴礼本是天字第一号的谄谀高手，川督自然大为赏识，就与滇抚说妥之后，奏调吴礼升署茂州府知府，到任之后，因他熟谙苗族风土人情，便又命他兼摄理番厅同知之篆。吴礼为要在川督面前显些能为，便联络了松潘厅同知杨仁冲，对于川边松潘、理番一带的苗民，主张安抚，这一来，松潘、雅州所属各土司，便纷纷与吴、杨有了交往，苗人究竟比较汉人忠厚老实，到任不久，果然让吴礼收服了几个，但是也有狡悍跋扈的，吴礼这样与彼一联络，那些狡悍的苗人便为所欲为起来，日久势力长大，吴礼简直不敢过问，这一来，川边的情况便不堪闻问了。

四川茂州府，北与松潘厅接壤，西与雅州府毗连，松潘、雅州两处素为苗人的大本营，各地土司良莠不齐，那犷悍野蛮的苗人，自然志同道合地与吴礼连在一气。吴礼的做官，谈不到为人民服务，也并非想忠于王室，简直志在升官发财，因此他为便于自己的私行为起见，一到茂州任内，便一意结交松潘理番以及雅州各地的番夷酋长土司之属，以便与他们上下其手，联合起开，剥削汉苗人民。

土司们谁不爱钱？不过如果京师老皇帝派来的那些小皇帝（意指各地官长而言）人人清廉自守，他们也就不敢明目张胆地搜刮，如今吴礼与他们沆瀣一气，那些土司们自然个个胆大起来。吴礼更以示好于他们，作为拉拢交情的方法。他们自然也不会不向吴知府点缀点缀，因此吴礼到了茂州，不上半年，腰缠早又不止十万，当初运动调省的那笔花费，此刻早已捞回本钱，还加了三分重息呢。

这一天，吴礼与理番土司岑胜武偶然闻谈，谈到本省各营武将，有多少苗人在内，岑胜武无意中便提到小金川参将安馨，正是云南猛连的苗人。吴礼一听云南猛连，陡地想起了穆索珠郎，便又提到当年自己只手消弭穆索反谍的那一套奇计，正在自诩功能，不防岑胜武悄悄地向吴礼说："小金川的安参将，与当年的穆索土司，那是最亲近的人，据说自幼他就在穆索家长大，二十年前平定吴三桂一役也有安参将的功劳。他与穆索土司，一个南进十里铺，一个北进春岩渡，才能夺了铁索桥，破了吴世璠，这段功劳，我们苗人中，简直人人都觉得露脸的，故而人人都知道些儿的。”

哪知岑胜武这几句不相干的掌故说了出来，竟使这位吴知府大大吃了一惊。

自从吴礼得知小金川驻守的参将安馨与穆索珠郎有很深的关系，心中一直在怀着鬼胎，担心安馨要替珠郎复仇，同时又想到前番大教场中，穆索玉骢的被劫一事，难免不与安馨有关。他自从留上这一份心，便想刺探安馨的隐事和近来的行动。

常言说得好，若要人不知，除非己莫为。安馨当日与宝祥会面，以至共同进行营救玉骢，同劫法场，在当时二人虽系化装了江湖上人，而且安馨还恐自己现任官职，虽然隔省，仍怕有人认识，所以在劫救时，临时却戴上一副苗族中流行的人皮面具，那便是前文劫法场时所说二人中一人的面色，又灰又黄，和死人脸子一样难看，那正是安馨戴了人皮面具的缘故。可是，在当时虽然如此谨慎秘密，忽然家里不见了主人，对外却又说因病请假谢客，此种破绽，如何瞒得过安馨贴身的婢仆呢？不过其时总以为贴身婢仆，不啻自己家人父子，尚不致泄露，谁知事情真有出乎意料的。

安馨治家甚严，偏偏的他夫人的贴身侍婢阿环，与伺候签押房的贴身小使吾宝儿二人勾搭上了，有一天被安馨无意中撞破，于是男女各笞责了一顿，一齐赶出衙去。吾宝儿本是茂州小金川司的苗人，自然仍在茂州一带找生活，也是凑巧，偏偏吾宝儿又投到了茂州府衙里，也是伺候签押房。

有一天因为吴礼要整饬署中差吏仆役的职司，便命各人开一个详明履历上来，以便看了他们的经历才能，再决定去留，这一来，竟知道吾宝儿本是安馨的贴身小使，心中登时一动，自然仍命吾宝儿伺候签押房，便不时假以辞色，结以恩义，日子久了，吾宝儿对于吴礼真是感激得五体投地，吴礼便假作闲话，随时问些过去他在参将衙门的情形，吾宝儿当然尽自己所知的事，全都贡献给这位新主人。

吴礼对于别事都未在意，独独听了安馨在某年某月，假称患病，人却离开小金川汛地，三四天之久，不知何往，便是吾宝儿等贴身侍候的人，也只知安参将私上云南，而不知上云南干什么。吴礼闻言，暗暗地一查时日，正与穆索全家正法、玉骢被劫的日期相符，不过小金川与云南省相距不算很近，在平常人一往一来，非十天八天不可，安馨只离汛三四天，这一点似乎又不像是他做的，既而一想，曾听人说，有武功的人行路极快，一口气能跑出七八十里，三五十里都不算事，看起来劫法场这件事，不是他干，还有谁干呢？从此吴礼就一心想要打安馨的主意。

以当时官阶而论，参将三品，知府却只四品，但彼时重文轻武，以从一品的提督军门，都应听正二品的巡抚节制，所以吴礼以茂州府的地位，要算计一个属境内的参将，实不是件难事，可是他也得有个正当的理由。吴礼是一个天字第一号的阴谋家，上次连李国梁都吃他的亏，由军门降为总兵，手段可见是够厉害的，何况安馨区区一个参将，又在吴礼辖境以内？他想了三天，居然给他想出了一条卑污阴险的道儿。

在四川西陲的雅州府，群夷杂处，民风最是犷悍，那地方正与茂州理番厅为近邻，雅州加罗土司沙春，因自己豁境远在边陲，各属土司，时有向自己境内来侵占田地等事，便想投到中国大官门下，拉上交情，可以自保。吴礼有财可得，自然不会拒绝，就此与这个加罗土司沙春，互通声气，拉上了交情。后来从吾宝儿口中，得知小金川参将安馨，即是劫法场救玉骢的人，就格外联络这位沙土司。

沙土司哪知吴礼用意，自然非常感激高兴，苗人究不及中原人那样奸狡，心眼也是直的，觉得吴礼以一大员身份，对自己如此爱护，便不由得一心一意对吴礼怀下了忠忱，常常向吴礼说：“只要知府大人有用我之处，粉身碎骨，是在所不辞的。”

吴礼听了这话，便记在心里，此时要打算摆布安馨，他就想到了这位半开化的加罗土司沙春。他先向沙春说了安馨多少坏话，然后暗约沙春，以小金川守军强奸掳掠雅州边界上的苗人为名，叫沙春径向庆宁营、绥靖屯、抚边屯、崇化屯四处进兵。如果怕安馨在这四处有防备的话，自会将这四处的防卫军情，事先告诉沙春，包管他对这四处可以唾手而得。安馨汛地失守，不但功名不能保住，自然还有处分，而且一定派茂州府绥抚乱苗，那时便可将这四处的守卫责任交给沙春，如此沙春除了加罗土司辖境以外，还可得到庆宁、绥靖、府边、崇化四处地方上的油水，到那时吴、沙二人各分一半，岂不是又去了安馨一个心腹之患，又可与沙春利益均沾吗？

吴、沙二人密商已定，就分头各自进行。这里暂时不说吴礼，先将沙春的行动记述一下。

沙春驻地加罗，乃在楚套河之东，敏尔雅克山峡之西，倚山靠水的一个地方。离小金川不远的西边，有一处山市，名唤章谷市，地处雅州与茂州交界之处，虽处于万山丛中，但到市集之期，汉苗二处人民都纷纷来赶集做买卖，自然有许多逛集的人们到那里游玩，这一来章谷市便成了雅、茂两府的要冲。沙春就借了这个赶集的机会，密派部下苗人能通汉语者，扮作小金川驻兵模样，到赶集日，在市上混在小金川驻兵里面，强买硬赊，调戏妇女，一面却又派出部下，到市上弹压，故意与假扮的驻兵械斗起来，事态闹得很大，就借为口舌，要求小金川参将安馨赔偿。

安馨一查部下并非此等情事，自然据理驳复，那沙春已受吴礼奸策，自然成竹在胸，全不听那一套，立即以小金川驻军压迫苗民为词，激动部下，径自向绥靖屯、崇化屯二处进兵。安馨闻讯，原拟亲向沙春解释，万没料到这是有计划的步骤，焉能容你解释？安馨尚未及往访沙春，接二连三的报告已来，原来绥靖、崇化二屯已在此时先后失守。安馨闻听事态紧急，只得一面与茂州府联络，一面也派兵向绥靖、崇化二屯推进。哪知沙春更来得神速，他一面从绥靖屯进攻庆宁营，一面从崇化屯进攻抚边屯，不到半日工夫，四处汛地都已被陷，要说安馨武功得自穆索珠郎传授，也已得少林真传，他又是一个平吴一役的名将，怎的会如此不济？

原来四处守兵与加罗土司本非敌对，也万想不到他竟会来攻占，防备果然是疏些儿，但因乃加罗土司也是朝廷管辖，并非生苗，所以不防他们会猝然生变，正是一方是准备完全，一方却是莫名其妙，同时安馨与吴礼联络时，吴礼又故意一力主张不用武力，还说沙春绝不会不讲理，边衅万不可开，因此安馨就成了一个只让人打我，不许我打人了。及至四营失守，报到府里，吴礼却悄没声地向省里报了上去，大约说安馨不能驭下，以致部下在汉夷交界惹出事来，激动苗民，虽经沙春一再责询，均置不理，苗部遂致哗变，连夺四处汛地，安馨一筹莫展，实属有亏职守等语。上峰照例是只有耳朵，没有眼睛的，听了茂州府的一篇大道理，立刻将安馨撤职查办。

第二章　象鼻冲麓除凶苗

加罗土司沙春，照吴礼奸策办到后，便要吴礼实行诺言，便是要保举沙春防守绥靖等四处汛地。吴礼只得设词保举上去，可是省里的大官，虽然颟顸，究竟还不至于如此荒唐，他们觉得苗人叛变，对于朝廷汛地竟然攻占起来，结果有罪不罚，反将汛地交给他，这不是赏叛吗？于是将吴礼的保举驳了下来，另调越隽总兵移驻小金川，以镇边夷。这一来可就恼了沙春，他不懂得朝廷的措置，他以为是茂州府卖了他。他白白地得罪了安参将，临了自己还是一些好处不曾得到，从此沙春与吴礼便又变成了仇人。吴礼虽也向他解释，但是苗人却不懂那一个理，怏怏地退出了绥靖等四处汛地，回到加罗，这也是吴礼自找的麻烦，树下了这样一个仇敌，将来自然有他的报应。

安馨自从被吴礼陷害之后，丢官事小，查办结果，落了个革职永不录用的处分，好在安馨自从鉴于穆索珠郎的惨死，深感汉人的心思忒也歹毒，事后又经多方探听，才从沙春部下方面探出事由吴礼而起的原因，自觉与吴礼素无冤仇，为什么要陷害自己？初还不信，后来才渐渐明白，乃是因为穆索一案的原故，才想法将自己挤走，心中十分恼怒，苗人性情极执，一经知道为吴礼所害，誓必要报此仇，当时带了家眷，回到云南猛连故乡，安顿了家属，便想独自到川南茂州府，杀死吴礼，替穆索报灭门之仇，消泄自己胸头之恨，当时就来与夫人龙氏言明。

龙氏是苗族中的巾帼英雄，人极机警多智，这时一听丈夫单身要去川南，杀死吴礼报仇，她就正色说："恶贼吴礼，惯施阴谋陷害旁人，岂没有防人报仇之心？何况那川西、川南的凶悍恶苗，都被这恶魔笼络，日夜不断地在他室内，密谋着剥削人民、害人的主意，除这班恶苗外，更有几个守府的武士，你武功虽然了得，究竟双拳难敌人多，依妾主意，还是先上哀牢山，去与大觉禅师商量。大觉禅师是有道的高僧，求他伸手除这种奸险恶獠，料想不会拒绝的，何况穆索土司又是这位禅师的门徒，穆索家的血海深仇，想总不能不管！"

安馨听了夫人这番话，自知个人前去行刺，固然是十分危险，只可咬咬牙，强抑着不平怨气，照着夫人办法，上哀牢山大觉禅师处，求教除恶报仇的办法。

安馨谨受阃教，带剑骑马，离了猛连寨，泼剌剌放辔疾驰，直向哀牢山奔去，转过几道峰脚和险恶曲折的山径，不久已奔出二十余里，已经走入陡峭的山道，马前峰峦叠叠，山影重重。安馨从小就奔入深山穷谷猎小兽，这一带的险恶峰岭，很是熟悉，认出是已到了与哀牢山山脉衔接的大雪山东麓，从这东麓到哀牢山，虽也只有二十余里路，但这一路的山道，尽是突兀的顽石，两旁层峦叠嶂，形势非常险峻，今又绝不停蹄地驰出二十余里路来，见马已遍体汗淋，再难奔驰那种峻险的山道。安馨暗忖着，眨眼间，已奔到陡峻的峰峦前，看到峰峦左面，有一块五十步方圆的草原，立时勒马停蹄，坐在马上抬头眺望，见那草原左首尽头，矗立着一座尖锐高岭，形势峻险，岭巅尖锐，高插云霄，岭腰以上，便被蓬蓬勃勃的云气遮住，这个高不可测的岭巅，只能从缥缈中看出来。这高岭面积虽然不大，但四周尽是陡峭的山岭，重重叠叠，衔接着这座高耸入云的尖岭。挨接这尖岭的一座高岭，也有八九丈的高，岭巅平坦，三面千仞峭壁丛环着，形势峻险，安馨骑在马上，观望半晌，知道这座险峻怪形的高岭，名叫象鼻冲，岭北便是异龙湖畔的南畔，那异龙湖的西畔，却亦矗立着一座高岭，岭巅尖锐，形势险峻怪奇，是一模一样，这两座高岭，在异龙湖畔西南两侧矗立着，故名叫象鼻冲，这一地区实是南徼蛮荒中风景之区。

安馨在义愤填膺之际，虽无兴赏游，看到马已遍体汗淋，意欲叫牲口在草原上喘口气儿，遂提缰转入峰侧，向左斜奔过去，到得那高岭山麓的草原上，翻身跳下马来，松了嚼环肚带，抬手甩在岭脚下，任它自由地啃草。安馨趁机想登岭赏览一回，便走近岭麓，双足使劲，一个“旱地拔葱”，蹿上了三丈高的陡峭岭壁上，远眺四处山景，观了半晌，蓦地听得岭北似有马嘶人语，不由惊疑，当就双臂一晃，几个飞纵，已蹿过几重峰岭，又用个“燕子飞云纵”轻功绝技，眨眼间，已蹿到高岭上，立时悄悄奔到北首岭头，跳上突出的陡壁上，俯身伏在壁上，伸脖俯瞰，只见那岭腰间的陡壁上坐着两个人，虽然离有三四丈远，安馨眼光尖锐，依稀看出二人形状来，长得均是腰宽背阔，貌相凶恶，一眼瞥到异龙湖畔前的一株古柏树，见拴着两匹棕色骏马，半晌，蓦听得坐在岭腰峭壁上左面一个凶苗说：“我们一定是走岔道了，渡过那漫路河，不是说离猛连不远么？怎么奔了这半天，跑到这样险峻的荒山里来了？”

这人说完后，右面的一人说道：“我们从茂州老远奔到这里，看到这种山高水秀的胜境，即便岔了道，也不白奔呀，哪怕姓安的和那小鬼逃出手去！”

在这万籁沉寂中的异龙湖畔前的高岭上，安馨依稀听得很逼清，心中瞿然惊动，暗忖那万恶吴礼，竟然赶尽杀绝，派出苗匪来暗算自己和那玉骢，不由怒眦欲裂，赶忙立起身，施展轻功，接连几个翻身，已扑到侧面岭下，立时蹑足潜纵，走到岭麓前一株古柏树前，借树蔽身，抬头向岭腰看去，已看出二人面貌来，见左面一个年约四十左右，漆黑的脸，鹰眼虬髯，高颧钩鼻，身后背着一柄长剑；看到右面的一个，长得更为凶恶，年约三旬，脸色也是漆黑，蒜头鼻子，厚嘴唇，两个大暴牙露在唇外，兀像妖魔，背后斜系着一个狭长包袱，腰上系着一个豹皮镖囊，两人俱是有蓝色短衣苗装，紫绢包头。

安馨正在窥视，猛见右面那个虬髯凶苗侧过脸来，如血般的一双怪眼，朝着自己藏身的古柏树闪烁着，安馨慌忙缩头掩蔽，只听得那凶苗喝说："朋友！鬼鬼祟祟地偷视人，有胆量显出树来！"

安馨悚然一惊，自问自己悄悄潜藏，绝无声息，离得又这么远，看来这人内功已到火候，这人既为自己而来，劲敌当前，倒要小心应付，看这人双目如火，两太阳穴鼓起，其武功实远超个人，那露牙凶苗，相貌奇怪，武功自也不弱，自知绝不是敌手，幸喜碰巧被自己暗地听得机密，还能容个人做一准备，为今之计，只有用诡谋来搪这强敌，如能使这二个凶苗分离开，然后攻其无备，虽则也是冒险，但除此别无良策可免眼前祸患。安馨天生机灵，在这大敌当前，立时打好主意，神态安详地踱出树来。

这时那两个凶苗，早已飞身落在岭麓，向自己大步走来，一看安馨身后背着一口剑，当就扬脸向安馨上下打量。安馨走到二苗丈余远，正想启口搭讪，那露牙凶苗张着两只鼠眼，大声喝道："你是干什么的？窃听大爷们说话，意欲何为？"声色凶暴，咄咄逼人。

安馨早已打好主意，反而和颜悦色地编出一番话，分辩道："在下是猛往寨人，因猛连寨出了一个姓安的恶霸，他仗着做过几年参将，竟时时欺压我们猛往的人，在下与他是冤家对头，今天俺骑着牲口出来，意欲打猎几只野兽，不料竟与这恶霸狭路相逢，他竟仗着一身武功，竟用内家拳法，向俺后心击来，在下自知不是他的敌手，只有逃避，所幸马上功夫比他要俊，伏身逃开他的掌风，没命地奔驰逃跑。这恶霸竟一味地追赶，在下恐被追上，逃到这座高岭南麓，只得舍却牲口，翻越过岭来。”说到这儿，手指着虬髯凶苗，一本正经地说：“尊驾的相貌，远看与那恶霸相像，在下在树后窥视，正是为此，但刚到树后，就为你老发现，两位说些什么，在下实没有听见。”说完了这遍谎话，神色惊慌，回身抬头望上查看，好似真怕有人追来似的。

那两个凶苗，平素狡猾异常，武功更得高人真传，这时竟被安馨一遍谎话瞒过。那虬髯凶苗，初尚疑信参半，后来一看安馨神色淡然，又知他确实是才掩到树下，故也深信不疑。

原来安馨翻下高岭，潜纵到树后时，侧面日光晃动一下，已被那虬髯凶苗见出人影来，他转过脸来看时，已知安馨避在树后，这凶苗鬼灵异常，讵知自己情状已露，已落入安馨的圈套中，那露牙的凶苗，听了安馨的话，忖想自己要找的主儿，就在高岭背后，不由精神一振，当就问说：“那姓安的恶霸，已追你到这岭后吗？”

安馨点头说：“这时想在搜寻俺了。”

那露牙的凶苗又说道：“俺来替你除这恶霸。他如已返回家去，你带领我们到他的住处去！”声色狂傲，鼠眼闪烁。

安馨肚内暗笑，却故意装出怯怯的神情，那凶苗一声狂笑，又说：“到时只要你指出他的门户，你就可跑开，干吗这样害怕？”说着双肩一晃，已拔身飞起，竟施展“一鹤冲天”轻功绝技，疾如飞鸟腾空，已落在三四丈高的岭腰陡峭壁上。安馨吃了一惊，怪不得这么狂傲，端的身手不凡。

那虬髯凶苗跟着纵起身躯，也施展“一鹤冲天”的绝技，斜飞上去三丈来高，他竟不落在岭腰落脚，只见飞身到半空，腰里一叠劲，变为“燕子三抄水”的绝顶轻功，眨眼间，直飞上那平顶岭上。

那两牙露口的凶苗，回头俯身向安馨一望，说了句：“你也翻过岭来呀!”双肩一晃，也飞向岭上去了。

安馨见两人先后飞上那平顶岭上，立时向西侧岭边蹿了上去，蹿到在刚才窥听二苗说话的峭壁下面，探首向岭上一瞧，然后翻上岭来，长起身形看去，见那虬髯凶苗已不在岭上，只有那个两牙露口的凶苗，却站在岭边的峭壁上，一会儿俯首，一会儿扬脸，正在四下里察观着。安馨不由暗喜，慌忙悄悄飞身到西侧一个峭壁后面，隐蔽身形后，片晌，只听得那凶苗自言自语，说：“这个废物，怎么这样胆小，还不翻上岭来?”接着听得唰的一声，一股劲风从蔽身峭壁过来。安馨知他飞向岭北，去唤自己翻上岭来，当就侧脸望来路瞧看，只见他俯身站在岭头，看神色似在惊愕。安馨一看机会已到，杀机陡生，掣出背上宝剑，立时双足一点，纵身过去，两臂一合，劲贯剑锋，一个“白蛇吐芯”，疾如流星，劲足势疾，直向凶苗后心刺去。

那凶苗飞上岭来，向岭南察看了好久，非但并无心目中的主儿，连自己同来伙伴，竟踪影不见，狐疑一阵，正欲飞下岭去，想到带路人的安馨来，回身一瞥身后四处，见安馨还未上来，当就骂了一句，重返岭北来，探身向岭下俯视，陡然一惊，只见已无安馨的踪迹，远望下去，却见有一团蓝影与一团灰影混合着，中间夹着一道剑光，来回地滚动，正在惊疑愕神之际，猛觉身后一股劲风袭来，慌忙闪身侧避。

安馨武功已得珠郎所能，身手利落，在这强敌当前，自知两苗武功远胜个人，今趁他在愕神当口，猝不及防地遽下毒手，凶苗武功虽然绝顶，但安馨这一煞手，势疾劲足，凶苗又在惊愕之际，等到觉出来，剑尖已到，虽闪开后心，但左腰已着，嘶的一声，已刺入左面后腰，立时血往外飙，一声惨叫，斜倒在岭上。

好厉害的凶苗，身受致命重伤，身躯栽倒，磔叫一声，右掌按住左腰伤口，左掌贴地一使劲，倏地一个“鲤鱼打挺”，耸身跃起，接着右手一探镖囊，掏出一个长形铁桶来，扬手一扳机簧，发出一支银色小针，向安馨胸部袭来。

安馨刺倒凶苗，总以为无能为力，正要上步去了结凶苗，万不料凶苗栽倒，当即跃起身来，还能发放暗器，眼看一支银色小针当胸袭到，知道这类纤小钢针，用毒虫恶草炼成，一时惊慌失措。在这危机一发当口，猛听身前啪的一声，堪将袭到的细针，陡然落到脚前，安馨在惊慌中，不由又是一愣，诧异得出了神，直呆呆地立着，不知怎么一回事。

那个两牙外露的凶苗，被安馨一剑刺入左腰，自知性命已完，仗着内功精湛，强忍着剧痛，运动内劲，跃起身躯，掏出独门暗器“追魂梅花针”，暗用内功，发出尽命的追魂梅花针来。这种暗器极为歹毒，中人身上，毒行全身，除出他的秘传解药，无药可治。放射这种暗器，内功不到火候，不能施展，凶苗得自家传，已练得百发百中，当者极难幸免。眼看这一针发出，足致仇人死命，不料斜刺里飞来一石子，将个人的梅花针击落，不由陡然一惊，侧脸向石子飞来处查看，却一无所见，想起在岭头上俯视时，所见到岭下一团滚动着的灰蓝影来，恍然惊悟，不由怒火中烧，脸色更为凶暴，咬牙切齿，恶狠狠向安馨盯视着，安馨悚然心悸，竟呆若木鸡一般。

半晌，这凶苗两臂一圈，暗地一使劲，抬手又发出第二支梅花针，不料强持已久，气功已散，手已发颤，针出筒口，当就落地，凶苗自知再难运劲力，报仇无望，眼看要束手就戮，怨愤更烈，一声怪啸，厉声喝道：“鼠辈！俺跟你素不相识，无怨无仇，干吗暗下毒手?”声音桀厉，面目凶狞得更为骇人。

安馨惊醒过来，知他冤气冲天，死得不明不白，遂说道：“俺就是你们两位要找的人，这怨不得我安参将心狠手辣，只怨你们助纣为虐，替那恶官吴礼到滇南来做那行刺杀人的勾当，但是天理昭彰，不容恶人逞凶，鬼使神差，到象鼻冲岭来送死，如今话已说明，死得不冤吧!”

凶苗听着，气冲牛斗，面如喋血，双眼通红，扬首狞笑一阵，说道：“想不到我飞虎星，阴沟里翻船，丧命在一个无名小辈手里!”声已战颤，凄厉骇人，双眉紧挤，恶狠狠向安馨看了一眼，怒吼一声，陡然头向天一仰，双足微微使劲，仰翻着往后跌去，一个倒栽葱，便滚落岭下去了。安馨早已惊骇得怵目动魄，愣兀兀呆立着。

原来，这两个凶苗是川南苗疆中的匪首，被安馨侥幸刺死的凶苗，名叫吾星子，外号飞虎星，内外功已到火候，惯使独门秘传“追魂梅花针”，人极阴险狠毒，死在他这种歹毒暗器下，不可胜计，横行川南一带，也是恶贯满盈，竟被安馨侥幸刺死；那个鹰眼虬髯凶苗，武功更为精湛，叫作飞虎岑龙，擅长轻功提纵术，手上一柄剑，得自峨眉玄门真传，剑术神奇，横行川滇，无人能敌，狡诈多智，手底下十分毒辣，与飞虎星是结义弟兄。他二人同恶相济，杀人越货，伤天害理，川南一带的人民闻到这“两虎”之名，俱皆惊心动魄，连苗匪亦闻名丧胆，此番来到滇南，正又是恶官吴礼起的毒心。

吴礼自用诡谋造成了安馨革职查办后，想到安馨不除，总是祸患，又料定珠郎之子玉骢也是安馨藏着，吴礼狡诈多谋，知道将来祸患无穷，因此日夜打算着斩草除根的毒策。

一天，与那互通声气的恶苗闲谈，说起川南一带有两个厉害匪首，武功精湛，远近绿林道也闻名丧胆。吴礼听到耳中，已打定了害人的主意，过了几天，秘密嘱托平素联手的恶苗，请到这二个匪首到吴礼密室，赏重金派遣到猛连寨，取安馨全家与玉骢的人头。两个凶苗本来是杀人魔王，一方面也想与汉官联络，更有重赏可得，当然欣然应诺。这两个恶苗仗着一身本领，去办这种暗杀人的勾当，更不当一回事，本来只有吾星子一人去办理，岑龙因未到过滇南，他想去游赏一回，故一同来到滇南，也是安馨命不该绝，这二个凶苗竟会岔了道，更得世外高僧帮助，得脱杀身灭门之祸。

凶苗倒栽岭下去后，安馨惊魄才定，想起凶苗跃身立起，冷不防发出银色纤细暗器，自己在惊慌失措当口，是不易闪避，不料堪将袭到胸口，斜刺里突然飞来一石子，将这支小针击落，此刻思索起来，明白暗中有人搭救，方自庆幸这样凶恶厉害强敌，被自己侥幸中除去，猛然想起首先飞身上岭，而失去踪影的鹰眼虬髯凶苗来，不由又惊惶起来，暗忖这个凶苗的功夫，较那个死去的凶苗，更要精湛，只看他飞身上岭，所施展的轻身提纵术，实已到炉火纯青，这时不见，万一单独找上自己家去，一家人性命就难逃命了，想到这里，心神历乱。

正在这样忧急当口，猛听得岭北尽头，一座陡峭壁底下，有人说道：“那个最厉害的鹰眼老虎，已替你除去了，还这样呆怔着，等待什么呢?”声若洪钟，音震岭谷，好似在自己耳边说话一样。

安馨听得惊神，慌忙耸步，奔到那峭壁上，探身俯看，只见一团灰影，陡从自己站身的峭壁底下飞下岭去，势如脱弦之箭，疾速得不能辨出人来，一团灰影落地，显出是个须眉朗目的僧人。

这时只见他立住身形，仰首向自己说道：“安檀越的磨难已脱，何妨翻下岭来，老衲有话和你谈呢!”说毕，一阵哈哈大笑。

距离有八九丈高的岭下，而谈笑的声音如在身边，安馨知道这声音是由丹田中调练气功发出来的，但内功造诣到这样，实是登峰造极了，又看他飞下岭去的身手，较那个虬髯凶苗，还要精纯，听他说话，并无恶意，当就翻下岭去，翻到岭麓，已看清那僧人面貌，只见清瘦的面庞露出慈祥的笑容，两目深陷，却有两点寒星的光芒，颊下一缕银须，穿着灰布僧衣，腰索黄丝绦，脚穿白布高袜，灰布僧鞋，这种脱尘绝俗的神态，又有惊人的功夫，知是一位空门异人，世外高僧。

安馨人本机灵，打量之间，已恍然醒悟，料定岭上暗中搭救个人的人，定是这位高僧了，他说已替我除去了鹰眼老虎，说不定就是那个厉害凶苗哩，思索着，人已奔到僧人面前，立刻躬身长揖，口中说道："岭上承蒙老禅师伸手相救，得脱危难，此恩此德，没齿难忘，老禅师的法讳，不知怎样称呼？命弟子下岭来，有何吩咐？弟子特来恭聆教诲！"说罢，便纳头下拜，老和尚右臂微伸，安馨身子不由自主，已被扶了起来。

老和尚扶起安馨，同时笑吟吟地说道："安檀越，何必如此多礼，济困扶危，是我们出家人的本分，何况我们还有渊源哩。"说到这里，闪烁如电的两目，向安馨脸上端详了一回，正色说道，"你的心意，我已明白，但是你们的仇人吴礼，狡诈多谋，他自用诡谋害死珠郎，自知已伏下祸根，在这一年余中，他已笼络了不少武功高强恶苗在衙中守卫着，你想单身涉险，去暗刺吴礼，这不是自去送死？君子报仇，十年不晚，何况还有一个身负血海深仇的玉骢呢！

"你世侄玉骢，天赋聪慧伶俐，资质纯厚，今在我碧霞丹岩上，由他的师叔宝祥教他识字，传授他初步武功，虽然只有五岁的小孩，教授于他，竟已能领悟了，照他的禀赋，再有十一二年的工夫，武功就可能有根基了，那时也已到弱冠年龄，要想手刃父仇，上慰亲心，大约不至十分为难了。依老僧主意，你且等待十二年，到那时你到哀牢山来，会同玉骢，前去复仇，现在你非但不能达到复仇之志，还须谨慎防备，防他派遣能手来暗下毒手呢！”说着抬手一指高岭，接续说，“刚才你总尝着厉害了？那个凶苗，虽被你侥幸刺倒，但若没有老僧赶到，你早已丧命在他的追魂梅花针下了，并且还有个比他更厉害的凶苗呢。这个凶苗的内外功，实已达到炉火纯青，倘我武功稍差一点，就难胜他了，但是现在总算替你除去这个魔障了！”说毕转身，抬手向岭麓指着，笑说：“那块怪石上面躺着的，就是横行四川西北的匪首。”

老和尚一口气说了这许多话，安馨侧耳静听，心里感觉着喜、幸、愤怒、感激。喜的是，眼前说话的慈祥高僧，原来就是隐迹碧霞丹岩的大觉禅师；幸的是，玉骢天赋异禀，穆索家门的血海深仇，报复有人；愤怒的是，吴礼赶尽杀绝，还要来谋取个人和玉骢的性命；感激的是，大觉禅师不但救了自己性命，还替除去了魔障祸患。这时安馨睁眼向老和尚手指处看去，只见岭脚怪石上，仰躺着一个人，走近去细看，果见是那个失去踪影的凶苗，但是看不出由何处致命，只有两只鹰眼突睁着，黑脸变了青黄色的脸罢了。安馨看得惊异，暗想这个凶苗，明明是飞上岭去，怎会死在这里呢？何况他飞上岭去，那个凶苗也跟着上去，离开了不过刹那之间，这个凶苗失去踪影，那个怎会不觉察呢，这不是有点邪门儿？

安馨心里迷惑不解，却忘了还未拜见过救命恩人，沉默半晌，陡然醒悟，惶惶恐恐地躬身长揖，口内说：“恕弟子有眼无珠，老禅师原来就是隐居在碧霞丹岩的大觉禅师，弟子蒙老禅师慈悲，留有命在，今又替弟子除去了这个凶苗，弟子全家得脱磨难，弟子等此后余年，都是老禅师的恩赐！”说毕，屈膝叩头，立起身来，又说道，“玉骢侄儿幸蒙老禅师慈悲教养，穆索家门传宗有人，弟子的主人也感大德于地下了。弟子今决意遵照老禅师的教诲，十二年之后，到碧霞丹岩来，带领玉骢下山，同去报仇，但是今天弟子想跟老禅师同上哀牢山，去看望玉骢一次，万望老禅师俯允!”说毕，又躬身一揖。

大觉禅师见安馨机警勇谋，资质纯厚，心颇器重，今见他义气干云，不忘故主旧恩，要求同上哀牢山去看望玉骢，自然欣然应诺，便命安馨将黑虎星的尸首搬移到这块怪石前来，与飞天虎的尸首放在一起，自己便到岭腰上，将那个梅花针筒找到，返回怪石前。

安馨手指岭脚下一个包袱道：“老禅师，这个兵器包袱是从这个黑虎星身上取下来的，弟子已看过，乃是一柄很锋利的大砍刀!”

大觉禅师笑说：“这柄刀是你的战利品哩，收下吧!”

安馨听了，深觉这位有道高僧，竟对个人说笑话，心里感到荣幸，恭恭敬敬地谢了一声，便将包袱背上，然后两人各拖一个尸首，搬移到岭左的重峰叠峦间，将两个尸首抛掷在一个双峰对插绝涧中，那个恶毒的暗器筒，也随着抛掷在绝涧中。

两人跑回岭麓，安馨还想翻过岭去，找自己的牲口去，大觉禅师笑了一笑，说道：“噫！那湖畔前的一株古柏树上不是拴着两匹棕色骏骑？你那匹牲口又未拴好，时已过久，说不定已跑走了，这时日已西斜，哪有这样闲工夫，我们赶紧奔路吧！我是坐不惯牲口的，但是这两匹牲口倒还不差，弃之可惜，我们一人一口，骑上赶路吧!”说毕，向湖畔走去。

安馨一听，暗忖自己太愚蠢了，耸身奔了过去，解下马来，于是两人翻身上马，一抖缰绳，箭一般沿异龙湖畔，向哀牢山绝尘而去。奔过西首象鼻冲岭，走入陡峭的山道，安馨略一控纵，施展马上骑术，疾驰飞奔，但是安馨骑术虽精，总落在大觉禅师的马后，两人一先一后，眨眼间，已离开象鼻冲二十余里。

大觉禅师和安馨两人，马不停蹄，一口气又奔出二十余里，踏上了哀牢山，只见马前峰峦重重，连峰叠嶂，风景清丽，两人放辔缓行，欣赏四外景色，这时正值中秋相近，月色照得分外光洁，两人坐在马上，身畅胸舒。

这时两人并骑缓进，赏览美景，大觉禅师兴致勃勃地谈起除去飞天虎的事来了，他说：“这两个凶苗，一个叫作黑虎星吾星子，一个叫飞天虎岑龙，乃是四川西南出名的双虎，横行川西、川南，心狠手辣，内外轻功都有很深造诣，故得任意横行，以至于绿林中人也闻名丧胆。我到鄂北黄牛峡，必须经过川南，但每次经过，这双虎的恶迹必有所闻，当时我就想替川西、川南除去这两个恶魔，因此对于两人的面貌，打听得很仔细。

“三年前我又从黄牛峡回来，路经川南龙武县，突然遇见了飞天虎，当时远未能认定，故先用话试探，走近他的身边时，自言自语地说了一句：‘哪里是飞天虎，兀似一只鹰眼虎！’

“那飞天虎听了，突然鹰眼圆睁，知道没有错认，当时我装出惊吓神情，暗展身法，向城外飞奔去，飞天虎喝了声：‘好个和尚，竟敢骂太爷，真是不要命了。’边喝边追地飞赶过来，如此一先一后向城外奔去，沿路的人惊异着闪开，眨眼间跑出十余里路，到了城外旷野。

“我脚刚站定，他竟掣出背上剑来，喝一声：‘看剑！’语音未绝，一个箭步，向我当头刺来，身法奇快，便知这个凶苗，果然武功高妙，一侧身闪开，他就暴喝一声，一迈步，踏中宫，一个‘猿猴献果’，雪亮的剑锋，从下而上，向我的咽喉点来，这凶苗二次立下煞手，我不由大怒，一个‘犀牛望月’半翻身，闪开这一剑，借势抬起右足，向他下盘踢去，一翻身，双臂一错，展开三十六手少林擒拿。

“不料这凶苗果非弱者，闪开了我少林弹腿，使一招‘游蜂戏蕊’，剑花如流星赶月，敌住我一双肉掌，剑光上下飞翻，这样战了个把时辰，竟不能胜他，留神他的剑术，竟是峨眉玄门风雷剑法，不由暗地一惊，怪不得这凶苗横行无忌了，原来身手不凡，已得峨眉真传，论这凶苗功夫，当今武林中能与交手的，实没有几人，这时我也施展本门绝技，双掌一合，‘莲台拜佛’往上一分，把三十六路擒拿，用空手入白刃招术杂上点穴法，施展出来。

“对走十几招，凶苗陡然一声怪啸，施展开压底的功夫，心狠手黑，尽是向致命处下手。我不由兴起，大喝一声：‘好俊的风雷剑术。’猛然身子望后一倒，这是出于凶苗意料之外，微一愣神，我就趁势一翻身，比剑还快的身法，翻右掌向他右手脉上砍去。凶苗右脉一麻，铿的一声，撒剑落地，立即一耸步，左脚踏住他的剑。

“凶苗往后耸步，须眉磔张，厉声喝道：‘和尚报名来。’

“我就说了句：‘报名何用？今天我和尚，要替四川老百姓除害，你还想活命，妄想报仇吗？’说毕，飞身过去。

“不想这凶苗自知不是敌手，竟转身飞逃，我追赶了一程，追到森林，竟被他逃脱，只有反身上道，细看凶苗的宝剑，竟是一柄稀世宝剑呢！”说到这里，话锋顿住，若有所思地沉默不言。

安馨按辔徐行，侧耳静听，听到一场恶战故事，不由心悸神动，恶战说完，料想话要入正题了，不料突然顿住，心里痒痒的，正想问话，大觉禅师叹了一声，说道：“想不到这飞天虎，剑术已得峨眉真传，又有这样稀世宝剑，自然是横行无敌了。那是一场恶战，想起来真有点危险，我若不用巧计，使他惊愕，还不知如何结果呢！可惜身怀绝技，不走善道，所以作恶的人，饶是功夫精纯，到头来也难逃杀身之祸！”说到这里，停了一停，又道，“说起今天的事，也是你的幸运儿高，因我好久没有下山，今天偏偏想到插枪岩去采药了，插枪岩在象鼻冲东面，所以必须经过异龙湖畔，不料刚踏进异龙湖畔，蓦地听得高岭间有人谈话，立刻停身看去，只见岭腰上坐着两个面目怪恶的苗人，定睛细看，不由一惊，见坐在右首的是飞天虎岑龙，左首一个认是黑虎星吾星子，这黑虎星虽未见过，但他的脸黑鼠眼，口露两牙，与昔年探听到的无异。想到这两个横行不法的四川双虎，联袂来到滇南，绝干不出好事来，为想侦知他们的所为，当就悄悄翻上岭头，奔到两人头上的岭头，忽见十丈开外，倏高倏低，纵跃过一人来，当时我就隐蔽在左首一个峭壁内，留神你的身法，竟是少林门中轻功提纵术，所以对你也很注意，暗窥你的神情，竟也来侦听二人说话，后来两人又谈起话来，这时我听得二人竟是替吴礼来行凶，心中暗骂句：'孽障，今天要叫你们遭报了！'正想飞身到岭腰，一眼瞥见你的面色，惊骇得出了神。"

说到这里，向安馨微微一笑，接着说道："你这种神情，当时我就意想到你是何人了，后来见你面色，显出愤怒和杀气来，又见你一会儿又变成平常的神色，竟展开身法，悄悄翻下岭去，当时我以为你想去暗击，不由暗吃一惊，后来你被发现，见到你气宇深沉，编说出来一篇谎话，表演一无破绽，这时我才放下心，见你勇谋多智，与同武功，都超过珠郎。当时我已料定你的诡谋，我为成全你的心意，立刻打定主意。"

安馨骑在马上，见这位高僧兴致勃勃地讲解着，不想正说到骨节上去，好像卖关子似的，陡然又停住不说了，心中又好笑，又是着急。

沉默半晌，大觉禅师目光向安馨一瞥，说道："我的主意，想诱开比较厉害的一个飞天虎，留下一个黑虎星，这样，便可展开你的活儿了。主意打定，那个黑虎星已飞到岭腰，接着飞天虎也飞起身形，见到这凶苗施展的轻功，实已到绝顶，这时我成竹在胸，在他飞上岭头，脚未站稳之际，两足一点，跃到他的背后，双掌猝然向他两肩击去。好厉害的飞天虎，右足略一沾地，往前飞扑出去，这不过一刹那之间，我双掌落空，立刻低喝一声：‘孽障，随我来！’回身双肩一晃，施展本门轻功提纵术，朝岭左峰峦飞去，留神后面，已知他跟踪追来，不由暗喜，当就用一鹤冲天的轻功，拔起三丈多高，斜往北面高峰跃去，翻下高峰，扬首仰看，已见他跟着飞上高峰，当就笑说：‘飞天虎，变成飞山虎了！’

“只见他怒得鹰眼现出血丝，暴声喝道：‘原来就是你这贼和尚，哼！当心狗命！’喝喊着，人已飞纵下来。

“这飞天虎身手惊人，右手挈剑，人在半空，一个‘燕子掠波’，双臂一合，‘玉女投梭’，疾如流星，直向我当头刺到，心里不由一惊，双足使劲，身形斜刺里纵出二丈远。

“那飞天虎已立住身形，凶睛圆睁，怒喝道：‘今天不是你，便是我！’语音未绝，纵步进招。我是成心引逗，他还未踏进中宫，我早已转身飞跑，翻过两个小岭，直向异龙湖畔飞去，到得高岭岭脚，立住身形，他已跟纵赶到，一声不响地举剑进招，施展峨眉派风雷剑术，剑花如瑞雪飞舞，剑术绝伦，连着施展煞手，我如功夫稍差一点，早已搪不住了。当时我气纳丹田，展开一生所学，把三十六路擒拿，七十二短打，施展出来，闪展腾挪，两只肥大袖飘舞着，飞天虎施展开峨眉派剑术秘奥，身法轻快，剑术变化无方，用尽绝招，依然得不到半点便宜，二人飞来翻去，打得难解难分。”

大觉禅师说到这里，慈祥的面目竟是变色，微微叹了一口气，马也行得慢了。

安馨听到这场凶恶搏斗，竟自心悸身战起来。他们两人本是并马而行，这时却是一先一后了。安馨顿时觉出并骑同行的大觉禅师，话锋突又顿住，马已落后，诧异着回身一看，见出大觉禅师面色有异，慌忙跨马等候，恭恭敬敬，叫了声：“老禅师！”别的话却不敢多说。

大觉禅师应了声，仍按辔徐徐行来，安馨也就放辔同行，大觉禅师叹了口气，缓缓地说：“飞天虎的剑术，实已到登峰造极地步。说句狂话，我的拳术已得少林门之精奥，内外双修，少林门一切绝艺，尽已到了火候，想不到施展所能，竟战不下这个恶苗！”说到这里，停了一停，又道，“当时我想这样血搏着，兀是无休，打算用诡计引逗他火起，等到机会，乘隙狙击。想到这里，暗中已打定主意，霍地两臂一抖，一个‘健鹘凌空’，倒纵出去一丈多远，双足一点，宛如脱弦之箭，飞向右首一带峰峦纵去。飞天虎万想不到，在这血战当口，胜负未分，我会形同疯狂似的疾奔飞去，当时我立在峰后看他，见他仍在岭麓，神情惊愕，后来见他也飞奔过来，我却隐着身形翻身奔回，越过几个峰峦，已飞纵上高岭。那时我的主意，引逗他疲于奔命，经过横跃竖跳，野心暴发，气暴神疏之时，猝不及防地下煞手，正是蹈空乘隙的办法。我是成竹在胸，见他尚在岭左搜寻，由此趁机来看你！因我知你绝不是黑虎星的敌手，更知他惯使追魂梅花针，你虽机灵过人，但你绝不能避开他这种歹毒暗器，不意我到得高岭，陡见黑虎星翻身跃起，面如喋血，两眼火红，咬牙切齿，形如魔鬼，端的凶恶可怕，留神你的神情，却已目瞪神呆，怔愕着出神，看得我几乎笑出声来。”

第三章　碧云丹岩的树屋

大觉禅师说到这里，话锋突又顿住，消去惶恐的面色，又现出慈祥恺恻的笑容来，转脸向安馨笑说："我看你怔愕出神地立着，又见那黑虎星一张凶丑的脸，凶狞得比厉鬼更为可怖，这时我已看出他强运内劲，料知要发独门秘传追魂梅花针，那时我原可蹿身过去，了结他性命，不意飞天虎陡然从岭下飞身上来，他身未沾岭，人还悬空之际，我慌忙闪身在峭壁后，身形蔽住，随势右臂一圈，施展金刚指，在峭壁上抓下一块石块，抬手发甩出去，只见他一个'鹞子翻身'，纵向岭外去了。这不过是一刹那之间，当时我以为他尚在岭左搜寻呢！不意飞天虎狡猾机灵，大约已被他看出我的诡计，立刻也返回高岭来。"说到这里，向安馨笑了笑，又说，"那时你惊愕出神地呆立着，如被他踏上高岭，岂还有你的性命在？我发出石块后，随即转身向你们一看，见黑虎星探手镖囊，当时又展金刚指，抓到一块小石子，看准他手势、运用手法，使劲发出，双方不先不后，可说同时发出，我身虽离远点，但势比他疾，眼看一石击中梅花针，见他双足已踉跄，知他劲功已散，同时知道你的命已无问题了！"

说毕，含笑向安馨瞧了瞧，又说道："这个飞天虎，端的身手不凡，我用小石子救你脱险，不过片刻间，不料他身形突然又到了岭头，我立刻纵步迎上，他脚还未站稳，我就双掌翻动，施展本门进步撩阴掌第三招‘横身打虎’的绝招，右掌向外，猛向他腹部击去。好个飞天虎，双肩提劲，身形升起，双膝微曲，一个‘怪蟒翻身’，飞下岭去。我这一手本门绝招击去，势疾劲足，他双脚又未着实，满以为这一掌可制他死命，不料这凶苗功夫惊人，在这险境中，竟能施展身手，被闪开致命处，掌风只扫着他的左足，只见他脚着尘埃，身躯晃动一下，就卓然立住。

“这时我两袖一边一张，一个‘健鹞搏空’式，奔向岭下落去。他见我也飞下岭来，早已仰头扬剑，待机迎击。我身在凌空，见他双足点地，拔起三丈高，右足向左足垫劲，一个‘举火烧天’绝招，腾身向我下阴刺到，我慌忙一哈腰，双脚微曲，一个‘燕子凌波’式，疾如飞鸟向异龙湖畔前，一株二丈余高的古柏树落去。

“不料飞天虎泼胆如天，竟也展开轻功绝技，向我存身的树上落来，凌空一个筋斗，‘金鸡独立’单足点着右首树枝，庞大的身躯竟屹立不晃，他一声怒喝：‘凶僧！鬼鬼祟祟，躲躲闪闪，当得什么?’语未落声，扬剑一个‘苍龙入海’，向我右肩刺到。我是在左首树枝停身，气沉心闲，胸筹巧招，他的剑尖堪将着肩当口，暗地双足一滑，身躯落空，右手攀住树枝，一哈腰，在他撤剑当口，霍地右足向树枝隙处扫去，噗的一声，已踹着他执剑手腕，手中剑已震飞，如剑似的斜飞出去三丈余远，噗的一声落入异龙湖中。

“这时飞天虎一声怒吼，涌身跃下树去，奔向岭左飞去，我料他已有逃逸之意，知他一足一手两处受伤，剑已飞落湖中，自知已不敌，故此场面话也没交代，忍着一肚皮怨气，闷声飞逃。我更不迟疑，飞身落树，捷如弩箭，两个伏身，已到他身后，形如螳螂捕蝉，黄雀在后，脚未着地，双肩一圈，立施煞手，舒动右掌，一个劈空掌，向他后心击去。他原本想飞上高岭，料他觉出后背掌风袭到，不能腾空飞身，只有斜侧身形，往前扑去，但我这掌煞手，劲足势疾，饶他功夫精纯，终究击中右面腰肋，只听他一声惨叫，向岭左斜冲出去。这个飞天虎真是厉害，虽然受了重伤，还能咬牙运功，居然没有倒地，只见他直立地上，两只鹰眼血红瞪着，龇牙咧嘴，竟迈步踏洪门，还想来拼斗。当时我就一个箭步，立时展开掌法进招，飞天虎竟施展峨眉截手掌来应敌，他虽然掌法精奥，但是身受重伤，掌法已大打折扣，拆了不到十招，已露出破绽来，我乘隙骈立中食两指，向他左胁软骨下'气穴'点去，飞天虎已翻身望后倒去，别的一声，已仰躺在一块五尺方圆的石头上了。"

大觉禅师滔滔不绝，讲完了除飞天虎的一场血战，安馨并骑缓行，凝神倾听，听得心胆俱裂，听到血战结束，凶苗飞天虎伏诛，如吃了一帖定心丸，顿觉心神舒畅，精神奋发。

大觉禅师绘声绘色，讲完血战飞天虎经过，突然哈哈大笑，笑毕，向安馨说道："人生祸福，在乎自修自造，像飞天虎的功夫，实不在老僧之下，只为恶孽太深，致难避杀身之祸！今天与你相逢，也是你的幸运，这次望看过玉骢，返回家去，一切须要谨慎提防，今看天色将要发晓，我们走过这区峻险山道，提辔奔跑吧！"

安馨对于大觉禅师，内心感激到无以复加，今天非但救出个人性命，更以出全力替自己消除祸患，此刻又如此关切地嘱咐，感激得不知说什么好，只唯唯应诺。他们并骑缓行，这样谈讲着，不觉已深入哀牢山十余里，经过峻险山道，两人提辔，向山上奔驰。安馨抬头一望，只见天已发晓，远眺绿云如雾，峰峦含烟，近见花草丛生，幽芳扑鼻，奔了一程，只觉蹄下越奔越高，又踏上陡险山道。

两人又放辔徐行，大觉禅师说道："碧霞丹岩已快到，前面直接青冥的山岭就是岩巅，眼前山势已高，咱们跳下马来，牵着步行吧！"

安馨应着，当即跳下牲口，两人牵马步行，走了二三里路，方到岩巅脚下，安馨抬头望着，见岩腰以上，便被蓬蓬勃勃云气遮住，只见倏隐倏现地露出高接青冥的岩巅，望看之间，大觉禅师走上岩来，便把牲口拴在古树上，当即向峻峭岩道纵了上去，片时，已翻上岩腰，只见岩势平坦，面积约有几十丈方圆，中间东西两首，峙立着形如屏障的两座峭壁，相隔有三丈多阔，高有两丈，深有四丈，南北两面，排插着三丈多高的小树干，这排树干中央，有半丈来阔空着，却装有用藤编成的藤门，峭壁上平搭着树干，树干上满铺着一层层又坚又厚的树叶子，再用长藤横横竖竖地压着，藤头却缚在树干上，这种半有天然生成，半是人力造成的树屋，安馨看得诧异万分。

大觉禅师笑道："这座壁树屋子，就是老僧隐居之处，这种离世绝尘境地，将来也就是老僧埋骨之所呢!"

安馨听了，正想答话，猛见藤门内一蹦一跳，奔出一个小孩子来，边跳边喊："师叔！师祖回来了!"

安馨知是玉骢，但是比前年从法场上劫来时，已长了不少，只五岁多的小孩，看去已有六七岁的长大，见他跳蹦，身子矫捷轻灵，知道这都是大觉禅师善诱之功，留神他面目，见长得眉清目秀，心中不由暗喜。

安馨打量之间，玉骢已奔到面前，向大觉禅师躬身喊说："师祖！师祖！你怎么今天才回来，我师叔惦记着呢!"

大觉禅师笑吟吟说："孩子！怎么这样乱说起来。"说到这里，手指安馨说，"这是你的安叔叔，你安叔叔特来看望你哩，赶快上前叩见吧!"说毕，转脸向安馨正色道："这孩子聪明机灵，千万不要露出口风来!"安馨知大觉禅师心意，微微点了点头。

玉骢说完了话，一眼看到安馨，小心眼儿诧异着，仰首呆视安馨，张着漆黑一双小眼睛，兀自骨碌碌直睃，这时听了大觉禅师的话，跳奔到安馨足前，先叫了声安叔，然后跪倒叩见行礼。

安馨见到玉骢这种活泼伶俐神情，心花怒放，一蹲身，抱起玉骢来，不禁脱口说了句："骢儿你还认得我么？……"话未说毕，猛听有人叫了句："安兄请了！"

安馨抬头一瞧，见宝祥由藤门内跑了出来，慌忙放下玉骢身子，抱拳说道："宝兄！咱们分袂已有一年余了，今天小弟能到这种仙境，真是幸运不浅，但是小弟险些见不到兄长哩！"

宝祥听得不解，正想问话，只听大觉禅师说道："咱们屋里谈吧！"说了这句，向玉骢道："岩下有两匹马，很是好看，你不妨下去瞧瞧，但身子离得远点，当心被它咬上一口！"

玉骢听了，小嘴张着，一蹦一跳地走下岩腰去了。

原来大觉禅师见到玉骢年龄虽小，人却机警，在他学艺时期，如被他知道自己根底，岂不耽误功夫，刚才唯恐安馨露出口风，忙用话点醒，但是安馨见到玉骢活泼可爱，竟是脱口问起话来，幸而宝祥插言招呼，打断了他的话，这时见宝祥向安馨问起话来，唯恐安馨说出来此缘由，当即插言进去，同时用话骗开玉骢下岩腰去。这位有道高僧，见到玉骢天赋异禀，迥异常儿，竟下了极大苦心，一意要造就出一个成名弟子，完成自己心愿。

宝祥听了安馨的话，突兀不解，后来见恩师竟用话诓开玉骢，恍然有悟，知道安馨本人为珠郎事，也出了岔儿了，当就闪身到藤门口，向安馨往屋内让座。

安馨走进峭壁树屋，顿觉心神一爽，只见屋内竟布置得雅洁宜人，地下也是用树干密铺着，桌椅也都用树根雕成，床榻是用藤编成，留神屋内的器具，不是树干雕成的，即是用藤编成。安馨睹量之间，大觉禅师兴趣勃勃，已将象鼻冲一场血战和安馨的惊慌失措的神情，绘声绘色，滔滔不绝地向宝祥讲述起来。安馨也就将吴礼陷害的情形，删繁扼要地陈说明白。安馨这天本要当天返回猛连，因被宝祥挽留，一宿过去，第二天清早，拜别大觉禅师师徒，下了碧霞丹岩，仍是骑马，奔返猛连寨。

第四章　高僧恩赐朱痕剑

安馨经过了象鼻冲麓一场惊心骇魄的教训，和大觉禅师的训诰，决心等待玉骢成人，功夫到了火候，再和玉骢相偕去复仇。每年除到碧霞丹岩看望玉骢一次，和到珠郎夫妇坟墓扫一回墓，平日是足不出户，隐居家中。

这一年，已离珠郎惨死有十五年了，玉骢已到了弱冠年龄，料想时机已熟，这天又上碧霞丹岩去，见玉骢长得更为英挺秀伟，两太阳穴也已突起，满脸已罩有红光，知他武功已到了火候，不禁暗自欣幸，心神奋发，便将郁闷已有十四年的惨事，一五一十说了出来。玉骢凝神倾听，听得四肢瑟瑟直抖，眼泪像开闸一般直流下来。安馨语未说毕，玉骢已急痛攻心，晕厥过去了。安馨见他哭得这般样，也竟黯然出神。

玉骢苏过神来，竟仍大哭起来，安馨忙正色对他说："大丈夫恩怨分明，你既知道身负着父母的血海深仇，就该凭着本领，早日报仇，何必学小儿女哭泣呢?"

玉骢闻言，当即止住哭泣，应声说："侄儿本不知自己父母负着这大冤仇，如果知道，一天也待不下去，此时听了安叔的话，只觉得五内如焚，虽知本领有限，但为父母复仇，哪里还顾得许多，少时见了师祖、师叔，求世叔代为美言，我已决定明日随了世叔出山，去寻找仇人。”

安馨闻言，深觉此子天性甚厚，便点头说：“这个你且放心，少时见了老禅师，我自代你求恳就是。”

二人言定，便来见大觉禅师与宝祥等。大觉禅师一闻玉骢要即日下山报仇，便正色说：“你虽在我这里十余年工夫，武功根底虽已打好，但外面江湖上能人甚多，像你这样身手，岂能立刻便去报仇？而且你那仇人吴礼，如今已升到四川布政使司，不但既不在本省，又官位崇高，不易举动，而且那姓吴的，遍交川滇两省苗族异人，目前他署内就养着几个功夫惊人苗匪，你这点区区武功，如要去除他，真无异以卵敌石，必败无疑。要知君子报仇，不在眼前，到了你能去时，我自会叫你去的，此时何必着急？”

玉骢闻听祖师不放自己下山，自然不敢多说，但一念及不共戴天之仇，不由伏在地上，哀哀痛哭起来。旁边的宝祥和安馨，虽都不敢开口代玉骢求说，但也觉得玉骢报仇心切，难怪他如此悲愤。

此时他二人正自默然站在旁边，一句话都不说，那位大觉禅师却似已经看到他二人内心里面的意思，便缓缓地向玉骢说：“孙儿，事到如今，你既已知得你的仇人是什么人，我也知道纵然留你也是枉然，不过你须自己明白，自己武功，是否能够胜任？万一复仇不成，反落在仇人手中，又将如何？”

玉骢忽然泣答：“徒孙明知自己的能力薄弱，此去并无把握，但父母深仇，在过去这许多年，不知道不去报仇，也没有话说，如今既已知道了，如再考量强弱，计较危险，徘徊不去，致使仇人安越人世，真觉得枉生天地之间，为此不计利害，恳求恩师祖，俯念愚衷，成全我一片复仇之意，准许下山，到了四川，先去探听明白，如果难以下手，再回山禀报师祖、师叔，另想万全的办法如何？”

大觉禅师年纪高，经验深，不但武功超绝，便是明心见性之学，也自高人一等，他料到复仇之事，虽在必行，但艰险正多，但玉骢此番绝不肯不去，后来想到安馨，机灵老成，玉骢如去报仇，安馨当然同去，想到这里，放了点心，当时就叹了一声说："既是你执意要去，我也不敢过于拦阻，只是你要明白，你那仇人，目前位高势大，你千万不可冒昧动手，稳扎稳打，莫要急切，宁可迟一步报仇，千万不可过于求成，要记住'欲速则不达'这句话。"

玉骢自然谨敬受教，过了两天，便与安馨一同起身下山，临行叩别大觉禅师师徒之时，大觉禅师取出一柄短剑来，递与玉骢，郑重地说："这是一柄上品的宝剑，名曰'朱痕'。"说着唰的一声将剑从鞘内拔出。

安馨从旁看着，只觉一道寒光，冷冷的辉人眼目，从日光中细看剑脊正中，有一道鲜红的血丝，自颠至末，真如朱丝般一道，因此便叫朱痕剑。

玉骢立即跪下，双手接过，口说："多谢师祖恩赐。"转过身再拜辞师叔宝祥。

宝祥便说："我闲着无事，且送你们几步。"

于是三个人别了大觉禅师，缓缓地离了碧霞丹岩，向哀牢山出口行来。

一路上宝祥并未说什么话，直等到了山脚边，宝祥才站住了向二人说："我今不能远送了，这里有一件东西，你且收着。"说着将一只长约五六寸，宽厚全只二三寸一只竹皮编成的匣子交与玉骢。玉骢不知是什么东西，接过来一看，见匣上有一个环子，像是预备拴在带子上的，再一细看，竹匣一端有一个钱大的小圆孔，圆孔里面，正露出一只鸽子脑袋，两目灼灼，看着玉骢。

玉骢见是宝祥平时驯养的通讯鸽，立即恍然大悟，当时便说："我理会得，我到了四川，情形如何，我就烦它送个信给师叔。"

宝祥微微一笑，摇头说：“不是这个意思。”

玉骢闻言一愣，便问：“这是什么用处？”

宝祥说：“你平时的情形，不必专来告诉我，如遇不可解救的大难，就不用写一个字，只将它放回，我便能知道你身陷何处，受着如何的危险了。”

玉骢当时并不介意，谢过之后，便将竹匣扣在腰带上。

只有旁观的安馨，见宝祥巴巴地将通讯鸽送与玉骢，知他定有深意，心想莫非玉骢此去，有什么危险不成？口内不言，心中嘀咕，就山口上别了宝祥，与玉骢一同回到猛连家内。

玉骢离师下山之日，距穆索全家遭惨戮时已整整地经过了十四年。这十四年中，吴礼却已一帆风顺，官运大亨，由茂州府调升湖北汉襄郧经道，又升任本省按察使司，两年前又从湖北按察使司调升四川布政使司，论官职，全省仅下于巡抚一阶，所尚非六面之尊，却也列于省中三大宪之一，自然吴礼此时更是趾高气扬，不可一世。

玉骢住在安馨家中，二人先讨论入川下手的步骤。玉骢自三岁上便入了碧霞丹岩，莫说对于川中路径不熟，就是对于任何地方，他也是个雏儿，自然一切都由安馨做了导师。他们到了猛连，不到半月，玉骢已是迫不及待，连连催请安馨上道。安馨知道他报仇心急，便打算先领他到珠郎坟上去过，然后再悄悄上道，够奔四川成都，论理自然无人知道，哪知天下事，每到紧急关头，往往有出人意料的事情发生出来。

读者总还记得十余年前泄露安馨私离汛地的秘密的人，就是那个吾宝儿，这个吾宝儿一直跟着吴礼，物以类聚，一主一仆，居然成了恩主义仆，现在居然已是四川藩台衙门的门稿大爷了（按：前清高级官署中之接帖导客之役，亦为诸役班首，俗称门稿）。他的情人阿环——也就是安家的那个丫鬟，也做了门稿太太了。阿环是猛连人，她在安馨与玉骢双双回到滇南时，恰巧也在猛连，安家另有一个使女名唤憨凤的，性情愚笨，不明事理，面貌又丑，只是人甚忠实，因生得丑陋，自然也嫁不出去，所以至今仍在安家服役，憨凤与阿环，是当年的手帕交，阿环虽已脱离安家，却每回猛连母家，便与憨凤往还，十几年来，她们的交情依然尚在，这本与安家是无关的，偏偏此次玉骢到了安家，安馨夫妇因憨凤是多年旧人，又系性憨，什么也不明白，所以与玉骢商谈行刺报仇之事，有时竟不避憨凤，在憨凤也真不明白阿环的丈夫吾宝儿的主人，就是安馨、玉骢的目的物，她见了阿环，闲谈中当作笑话似的，竟将玉骢如何离山，如何与主人计议行刺仇人吴礼等事，全盘说了出来，可怜她还真不知道玉骢的仇人，就是阿环夫妇的恩人哩。可是言者无心，听者有意，阿环一闻此言，暗暗地吓得坐立不安，忙不迭连夜起程，赶回成都去向丈夫吾宝儿报告消息去了。

可笑安馨等自己将行藏泄露出去，还一点都不知道，可是四川省内的吴藩台却早已接到了吾宝儿夫妇的密报。吴礼是何等的机警人，他是宁可信其有，不可信其无，立刻将他门下两位护院的武师请来商量。这种武师，倒还不是为了防备穆索后人的行刺而设，却是吴礼因为近年在川鄂两省钱财搜括太多，一部分的悍苗盗首，虽都被自己的金钱势力所利用，可是难免就有一部分的仇家，要和自己过不去，所以遍访武道名手与苗疆悍勇之辈，豢养在衙中，不下一二十人之多，这一点本非安馨等所知，何况如今消息走漏，吴礼早已先做准备，在衙门内外遍设陷阱，专等人来，好一网打尽，以去后患，吴礼如此的布置，不但出乎安馨等的意料之外，也可说是自投罗网来了。

虽然吴礼这方面，早已得到了吾宝儿夫妇的密报，玉骢却一心一意地以早一天杀却吴礼为快，在他觉得自己的能力，虽不能说怎么精深，但是仅凭一个汉文官儿，再加上合衙的差役亲兵，也真不够自己的一击，何况还有安馨的帮助，但是安馨毕竟是有阅历的，知道吴礼诡计百出，不可造次，二人一到四川，安馨昔年在小金川驻扎，自然与地方上相熟，不过此时他不愿露面，只找了几个昔年有些深交的苗酋，去向他们打听吴礼的近况。他们是知道安馨与吴礼的过节的，所以安馨不便直接问到吴礼，只用旁敲侧击的方法，作为闲谈，哪知幸而有这一谈，才使安馨有了些准备，要不然，他两人此次的失败，恐更不堪设想。

原来安馨一闻吴礼署内，养着一批江湖豪客，汉苗均有，其中还有几个苗洞中著名的恶汉，专制喂毒镖箭和毒蛊邪瘴的人物，就中以二人为最难斗，其一名叫龙古贤，其一名叫安朋景，二人的武艺，自己虽不曾试见过，却俱闻名已久，都是雅州府与松潘厅的有名人物。当即便将此事悄悄告知了玉骢，哪知玉骢初生之犊不畏虎，虽闻安馨警告，却是报仇心急，依然毫不畏惧，安馨便在一天晚饭后，带了玉骢望珠郎与娇凤的坟上奔来。

玉骢一到自己父母坟前，从夜色中望到白杨萧萧，斜月半昏，天空的云层，似也和自己的心情一般的忧郁，堆棉叠絮似的将月色遮得暗暗淡淡，景象至为萧瑟凄凉，不禁心头一阵酸楚，眼泪直滚下来。他在父母死时，只得三岁，对于父亲珠郎的印象，已有些模糊，唯有对于生母娇凤，日夜伴着一处眠食，自然印象甚深，回想到孩提时的母爱，便趴在地下，哀哀恸哭起来。

安馨站在旁边，眼看着玉骢如此痛哭，也不由得回想到自己当年小时到穆索家中伺候珠郎的情形，以及后来随了珠郎扫平三十五猛，与平吴三桂的两次战争中的情景，如在目前，一时也不胜悲感，见玉骢哀哭不已，就过来劝他停休，因向玉骢说：“你不必过于悲痛，须留待有用之身，好为父母复仇。”

玉骢闻言，昂起头来，睁着泪眼向坟墓望着，朗声说：“我穆索玉骢今日在父母坟前立下血誓：如不能手刃仇人，誓不再生人世！望爹娘在冥冥中佑护孩儿，早日得报这血海深仇，那时再剜了贼心，斩了贼头，亲到坟前来告祭，以慰爹娘地下之灵。”玉骢说到最后一句，倏地从地上站将起来，目光如电，慷慨四顾。

安馨在旁冷眼看着玉骢这一副神情，活脱是珠郎当年气象英发，不可一世，不由心中又悲又喜，收了祭品，挈了玉骢，回到家里，又过了两天，禁不住玉骢日夜催迫，安馨这才偕了玉骢，一同就道，向滇北大理楚雄等处入川。

再说吴礼听了吾宝儿夫妇的报告，默揣安馨是一个有根可查的人，既是穆索之子，现在他家，想他们不久定要到四川来的，我不如如此如此，这般这般，岂不是杀了人还不显得血腥气吗？吴礼有财有势，自然就有人可使，他当即把龙古贤请了来，将安馨等的消息与自己的计划一齐告诉，便以全权委托了龙古贤，请他到时酌量行事。不言龙古贤奉命唯谨而去，仍要提到玉骢与安馨的行踪。

安馨、玉骢从普洱府猛连寨，要到四川成都府，真有相当的路程。因猛连僻处滇南边界，必须先渡过了猛连、漫路两条河道，再往猛宾群山，才到澜江沿岸，他二人就在普洱河口的澜江上了航船，这一条江路一直到达永昌府永平县，可说是兼跨普洱、顺宁、永昌三府的大河流，这一路当然是康庄大道，二人在途中，按着每天的行程，自然是平平安安的，什么问题也不会发生的。一过永平县，由黄连铺到大和也都还是大路，从大和东北出滴水河、枯木河等河流，到达金沙河下流头，那便是山岭重叠，河汉纵横的一带地方，非常难走，而且非常偏僻。

因为地近川边，正是川滇接界之处，沿金沙河南岸有白云山、楚畅山、铁鼓营、马鞍山、方山等许多大小山谷，沿金沙河北岸又有老虎山、鸡鸣山，在老虎、鸡鸣二山之间，偏又夹杂许多河流，什么三道河、大冲河、矣察河、观音河、西草海、程海之类，全是远近山涧，年久汇聚冲激，将山径平坦凹下的地方，全都变成了山中的河流，要论风景，山中带水，水中有山，自是再美不过；要讲到行路，却费了事了，不但那些地方水幽水邃，不大好走，而且地处交界，正为萑苻出没之所，平常行旅，简直不敢走。此时安馨、玉骢二人，一则行旅简单，并无值钱之物，二则两人都是一等一的武功，自然不把那些小毛贼放在心上，话虽如此，可是山径曲折崎岖，时而涉涧，时而渡岭，自然也觉得比较辛苦。

这一天二人走到白露山与铁鼓营之间，天色近暮，还不见有甚山家可以投宿，不大一会儿，又淅淅沥沥下起雨来，那雨虽非倾盆，却细密得很，又淋得二人满头满身是水，十分难过，好容易在山坡下遇见一个老年樵子，戴了顶雨笠，近面走来，安馨便向他问讯借宿之处。

那樵子“哎呀”了一声说：“客人们不知道，这一带山连山，水接水的地方，从来没有人家，只有望南走出十五里路去，那里有一座村镇，唤作白盐井，居民多半是依盐井为生的，到了白盐井，你们就能找到投宿的所在了。”说毕自去。

安馨等自然照了他指示，向南迤逦行去，约莫走了十里以外，果然渐渐看到沿路田园桑竹，鸡犬人家，安馨等大喜，急急走进村去，觉得家家晚炊，儿啼妇唤，人口甚为稠密。安馨兴兴头头地望着一家稍为整洁些的一个白板柴扉前去叩门，里面有人喝问“何人叫门”，同时呀的一声，将那对白板门开了一扇，向外边一望，安馨见是一位年约五旬以外的老者，忙向他施了个礼，说明了投宿之意。

哪知这老头对他二人周身上下死劲地看了个够，然后将一个头摇得和拨浪鼓似的说：“我们这里房屋窄小，没法留客，请你上别家吧。”

安馨哪肯容他推诿，忙又说明自己明早即行，届时定当厚谢的话，可笑那老头连听都不愿意听，立刻将手乱摇，砰的一声，竟把一扇白板门关上。安馨见了，说不出的懊丧，没奈何只得再走别家，谁知一连走了三五家，哪一家也不肯留宿，那种避之不遑的神情，竟是如出一辙。玉骢年轻气盛，早已忍耐不住，连问安馨这是什么缘故？安馨也说不出个所以然。

二人在这白盐井的那条唯一的大街上走来走去，来回走了好几遭，仍是找不着一处肯收容一宿的人家，安馨没奈何，正打算找座庙宇去宿上一宵再说，忽听耳旁有人说：“二位敢是找不到宿处？这村里可是一座庙也没有的。”

安馨听话声就在身旁，忙回头一看，哪里有个人影？他还当玉骢在说话，便问方才可是你同我说，这村里没有庙宇？玉骢闻言，莫名其妙，只瞪眼望着安馨，安馨此时忽又听到耳边在说：“客人们不曾看见我吗？我就在这里河边的柳荫下呢。”

安馨这次留了心的，一闻河边柳荫下五个字，忙回头向河边望去，果然有个老者，须发半白，穿着一身蓝布短褂裤，站在距离自己五六丈远近的一株柳树下，向安馨等二人微笑。安馨一想老者距离自己如此之远，怎的方才两次说话，竟和靠近身边一样呢？像这远的距离，非大声说话，怕还听不真呢，这真有点奇怪，可是安馨毕竟是个久闯江湖的人，心中立即一动，忽然明白过来，登时对于那个老者，就不敢轻视，忙拉了玉骢的手，趋步到老者面前，躬身说：“在下行路之人，正找不到投宿处，方才承蒙指教，非常感谢，村间既没有庙宇，不知什么地方可以通融一下，只要容许我们两个人一夜的栖身，明天一早就走，走时定要重谢的。”

那老者等安馨说完，笑答说：“凭你们二位这一身打扮，此间是没人肯留你们过夜的，这样吧！二位不嫌慢待，且到寒舍一叙吧。”

安馨闻言大喜，一面拜谢，一面就随了老者走去，一路上仿佛那些村人都有些指指点点，也不明何意。老者行有小半里路，走入一道田径中，从田径中又向一带翠竹围绕的小篱落里走将过去，走进篱落，才看清是一排三间，分为三进的高大茅屋，老者到了门口，才回头向二人客气了一句：“老朽引路。”便自走进门去。

安馨等也跟了进去，一到屋内，觉得木几竹榻，纸窗芦帘，十分雅洁。老者让座，安馨与他互一请教，才知此老复姓宇文，单名一个正字，别号剑庐，原是湖南辰州人，因吴三桂之役，率眷避入滇北，先住浪穹鹤庆山中，再迁至此，已经十余年了。老者对于玉骢殷勤讯问，好像十分爱他，安馨恐泄露了形藏，竟不敢说出玉骢的真名，只说姓张，原是上省去投考武闱的。哪知老者听了，笑而不语，安馨也不在意，一时从后面走出几个十二三岁的小童，端出两大盘酒食，放在正中桌上，老者便让二人入座，自己在下相陪。安馨看老者相待甚厚，连忙称谢，席间海阔天空地一谈，饶是安馨见多识广，只看不透老者是个什么人物，只就着方才在柳树下距离五六丈远，而说话的声音如在身旁这一点看来，便知此老不是常人，又听他说是原籍湖南辰州，益发猜到他是江湖人物。

等到大家酒足饭饱，两人称谢而起，老者就向二人笑说：“二位路途辛苦，还是早些安歇吧。”说罢就引了二人，走入第二进东首一间屋内，又向二人客气说，“寒舍简慢，不足以待贵客，二位将就住一夜吧，不周之处，万望原谅。”

安馨忙逊谢不迭，老者略坐一坐，也就告辞而去。

这里剩下安馨、玉骢二人，互相私议这位居停的人物，玉骢经历太浅，谈不到什么观察，只有安馨躺在床上，细想老者的谈吐语意，倒也不见有甚异处，只有他说“凭我们这身打扮，此间不会有人借宿的”一句话，究系何意？安馨兀自想他不出，一时他又想到玉骢此次到川，未知是否能够得手，又想自己追随穆索土司，侥幸身膺参将，也不枉了一生本领，偏偏遇见吴礼这个对头，好好一个前程，竟送在他手内，一晃眼已是十四年，看起来吴礼不但是穆索家的仇人，也是我姓安的仇人。

他一时想得远了，竟有些出神，眼前的一切景象，仿佛都不在他心上了，正当他神情飞跃之时，忽听得后院中远远地有一种喝骂之声，似乎还夹杂些妇女的声音，安馨以为隔壁邻人争吵，先还不甚在意，后来听得叫骂声中分明有玉骢的声音，不由大惊，立即跳下地来，循声寻去，果然声出后院。他跨进后院一看，空荡荡一人皆无，细听喝骂之声似在墙外，安馨此时也顾不得忌讳，立刻一纵身，跃上后院西墙上，向外一看，可不是，暗淡的星月光下，墙外广场上站着三个人，二女一男，男的正是玉骢，女的却不认识，此刻其中一女郎已与玉骢交上了手，另一女子却站得老远，似在观局。

安馨见二女俱在墙外，以为不是自己居停的家眷，见他们已经动手，倒要看看这女子是甚等人物，念头一转，便不即下去，先伏在墙头上观战，只见那个女郎在月光下往来如穿梭一般，身手甚是矫健，手里一柄宝剑，正与玉骢的朱痕剑不相上下，细看她的步法、手法、剑法，俱是上乘路子，不过此刻似乎十分愤恨，每一下都是向着玉骢下杀手锏，仿佛恨不能一剑就将玉骢劈为两半似的。安馨心中奇怪，暗想玉骢与她有何仇恨，她竟下这样的毒手？再看玉骢先还不肯怎样伤她，后来觉得女郎剑下绝不留情，似乎也动了怒，立刻一声怪吼，剑光一紧，立刻向女郎脚下卷了进去。安馨冷眼旁观，似乎女郎已有些竭蹶，时间一久，无疑地要落在下风，此时形势益发紧张，只见那女郎忽地将两只脚啪啪啪地三四步，踏着连枝步，其迅无比，真如一只小鸟一样伶俐，不由暗暗点头夸赞，见她步法踏到尺寸上，猛地一翻手腕，斜着身子，使了个乳燕斜飞式，连人带剑向玉骢迎面搠去，其势惊险奇猛，不可言喻。

玉骢先前见她踏着紧步，连退出七八步远去，就认得她这一招是武当拳法中的连枝步，凡是欲进者，必踏连枝步先退出去，然后鼓气一齐而进，便觉锐不可当，破她的招式，第一便是识得她的退步，一步不向前赶，与她离得相当远，那么她第二步的进击上，其势未免宽而且弱；第二步等她上步进击之际，自己一纵身退出若干步去，她无论如何势猛，够不到尺寸上，便一点用处没有了，等她失了效用，自己再相机进击，正是蹈暇乘隙的办法。所以此刻女郎一退出去，玉骢竟不追赶，女郎一见，忙一个斜飞式冲将过去，却不防玉骢竟一步倒纵出去两丈来远，女郎去势既急，已自收不住脚，偏偏玉骢跃出以后，立刻起了个斜步，左足居前，右足居后，啪啪两声，右足连催左足，早已斜着抢到女郎身后右肩下，玉骢因与她无仇无怨，不肯伤她，所以此时倒提右手剑，只用足左臂力量，猛地全身向右一捽身，一排足之间，左手用柳叶掌，运用丹田气功，喝声："着!"向女郎肩头上拍去。

此名排山运掌，乃少林门中一手有名的招数，那女郎本不至中人的掌击，只因过于好胜，未免心浮气躁，玉骢却是以逸待劳，二人本是平手，只差了这样一招，那一掌便正击向女郎右肩井气舍穴上。女郎真也不弱，识得他这一掌是打的穴道，更知道万躲不过去，不等掌着肩上，立即从空中猛地向左一个鲤鱼打挺，翻出一丈多远，虽然玉骢这一掌不曾打着她，可是女郎虽躲过这一掌，但这一翻出去，竟再也站不住脚，不由骨碌碌地滚出十余步去，这一来年轻人脸上挂不住了，不由因羞臊变成激怒，由激怒惹起杀心，立即从地上一拧身，跳将起来。此时场上的玉骢与墙上的安馨，都以为女郎定要二次拔剑再斗，玉骢且已站好脚步，等着她哩。

哪知女郎起身后，倏地一抬右肩，只见一道金光似的一条线影，比电还快，直对了玉骢的咽喉而来，此时玉骢与安馨虽然都已看见，而且都知道这是暗器，但觉得它的速度，简直快得使人不信它是暗器，任你如何好身手的人，也没法躲避如此快疾的暗器。

安馨不由惊出一句“留神”来，但是他叫也没用，玉骢武功虽好，自知也避不开这快的东西，说时迟，那时快，作者写了这么一大笔，事实上却只有刹那的工夫。

玉骢正在此千钧一发之际，忽然一声断喝，发自身后十余步远的地方，接着就觉在自己身旁人影一闪，那条黄金色的光线，早已被人捞去，再一看来者，正是自己的居停宇文剑庐，不由羞愧起来，窘了一会儿，正要开口，却听宇文剑庐向女郎遥喝说：“我知道你这孩子没有气度，怎的动不动就放出这种东西来？我若一步来迟，岂不是闹出大事来？”说着就走到女郎身边，似乎说了两句话，便向旁边那个女子斥责说，“珊儿怎的也不管管你的妹妹？她年轻不懂事，难道你还跟着她一起胡闹吗？”

那个珊儿本来看见女郎挥手发出金光，就要拦阻，却是已经来不及了，但她却早已看见自己父亲宇文剑庐早隐身在玉骢身旁不远，知道这一手准不会生效，所以自己也就没有出手，此时正想走过去劝那女郎罢手，恰好她父亲发话，珊儿就趁势走到女郎旁边，一手拉了她就走，口内低声说：“快走吧，连我都落了不是了，有什么深仇大恨，竟下此毒手？你也真是禁不起一些儿委屈的。”

那女郎见宇文剑庐出现，也就低头不语，悻悻而去，临走还回头瞪了玉骢一眼，仿佛余怒未息似的，随了珊儿向后面走去，一会儿转了一个弯，就不见了。

这里安馨第一个先从墙上跳下来，他已猜到这二女郎必是宇文剑庐的内眷，倒觉得怪不合适的，所以巴巴地跑到宇文剑庐面前，抱拳说："在下这个盟侄，实在荒唐，惊动了宝眷，还自己逞能，不是老前辈救他，怕他此刻早已没了命哩。"

玉骢虽还恨那女郎忒也骄狂自大，但毕竟有宇文剑庐在此，自己是个男子汉大丈夫，怎的和女孩子一般见识？自觉有些羞愧，也忙向宇文剑庐谢罪，哪知宇文剑庐毫无愠色，反倒哈哈笑了起来，一手拉住玉骢，一手拉住安馨，说了句："我们里面谈话，老朽还有几句不自量的言辞要向二位奉读呢。"说着三个人并肩儿从那前面篱外绕到安馨等的卧室中，宇文将二人让了进去，重又命小童点起两支明烛，烹起一壶香茶，三个人坐在室中，细细谈起来。

第五章　素素玉骢的结合

原来宇文剑庐是武当派张松溪的得意弟子，与叶继美、黄宗羲等号称南三杰。宇文湘人，为避吴三桂之乱，才到川滇一带，前文已叙，后见浪穹鹤庆一带山水最佳，就隐居在浪穹，近若干年，才又自浪穹移到白盐井，平日也是依盐为生，但不是放高利的，够了生活就完。他家庭很简单，除了老妻，有两子两女。长女嫁与黄宗羲的族人，生有一女，名唤素环，乳名素素，年才十七，自幼从黄宗羲学技，尽得真传，别小看她是个女孩子，久闯江湖的人物，也常能跌翻在素素手里，年纪轻，本事好，未免有些骄纵，因此脾气甚傲，平时与人比武，赢得输不得，因她母亲已故，所以一年中倒有十个月住在外祖家里；宇文次女，就是方才的那个珊儿，年已双十，尚未许字，与素素情好极笃，虽是甥姨名分，情好却同姊妹，珊儿幼得父传，自然也是名家；宇文长子宇文乔，是一位饱学书生，不图仕进，以授徒为业；次子宇文策习武，也是得自父传。在白盐井，宇文父子兄妹，素称一家三绝，那时黔滇多盗，唯对白盐井一带，不敢觊觎，就是因为有这宇文三绝的缘故。

这天晚上，宇文剑庐留下两个借宿的人，后面内眷虽知有此二客，却不清楚是什么人，当玉骢睡下以后，忽然内急，便起身向墙外去找方便的地方，方便既毕，正向回屋的路上走时，忽听墙内似有兵器击碰之声，与呼叱娇笑之声，似是妇女，玉骢到底年轻，只愿满足一时的好奇心，却忘了不应黑地偷看妇女的举动，他一看墙虽不怎高，却是甚为完好，并无颓败处可以偷窥，便一纵身到了墙上，他本人不愿让人家看见自己的行藏，所以躲在一株大树后面，但是这却不能瞒过墙内人的眼睛。

墙内是什么人呢？原来正是珊儿挈了素素，姨甥俩在月影下比剑玩儿呢。一看墙上忽然现出一个掩藏的人影，自然心中不悦，不过珊儿性情谨细，她知道近处人知道宇文家的厉害，绝无人敢来窥探，这必是外来那些不明白盐井底况的人，她想到这里，忽然想着父亲今日曾留了两位过路旅客在前院，多半是这两人吧，所以当时素素悄悄地向珊儿打了暗号，打算出手打玉骢下来，却被珊儿止住，依了珊儿，就想用见怪不怪，其怪自败的方法，不去理他，少不得他总会走的，偏偏素素不肯，立即用手向墙上一指，硬将个玉骢骂了下来。

玉骢倒并不是多事，也不是逞能，只是少些阅历，竟没想到这些女孩子也许是宇文的内眷，还当是村中乡下女孩，言语对答中，也就不甚客气。素素益发大怒，立刻要将他捆上，玉骢哪里受得了这个，便也互相对起口来，结果是二人各自摘下宝剑，拉开门户，各展开了功夫。

等到一经交手，男女双方心中同是一阵惊疑，都觉对方的剑法武功，绝不是平常武技，于是双方都留上了神，一步也不肯放松，打到一半，毕竟玉骢还算不笨，忽地心思转到宇文身上，心说此女莫非是那老头儿的女儿？从月光下暗暗偷看她的相貌，是否有些像那宇文老者，看了半天，只觉此女花月为貌，冰雪为神，无形中竟转变方才的怒气，为怜惜之意，从此便一味与她敷衍。哪知素素错会了意，以为此人心存不正，故意相戏，越发大怒起来，这才每一下都使上了煞手，这正是安馨上墙偷看之时。素素如此一逼，不由将玉骢的怒气重又逗了起来，直到宇文出现，双方才算收兵罢战，宇文剑庐却将素素的身世来历，对安馨等说了个大概，这是宇文的另一种用意。

宇文剑庐对于玉骢的人品武艺，都感到十分的满意，觉得他与素素二人，可以称为一对璧人，因此连夜间向他们谈起衷曲来，要求安馨替玉骢做个媒人，把素素许给玉骢。安馨闻言，暂时无话可答，只望着玉骢不语。

玉骢听了宇文剑庐这番话，当即正色向二人说："老前辈抬爱，晚生不但谈不到不愿意，应该感激才是，但是要知道晚生的境地，实非能谈到婚姻的时候，不瞒老前辈说，晚生我背负着不共戴天的血海深仇，至今未报，任何什么好事，别人谈得到，晚生却谈不到。"

安馨见玉骢已将自己的秘密说出，想了想，知道宇文剑庐是个身怀绝技的边荒侠隐，不但可以无须瞒得，也许将来还要借他的大力，于是就将自己和穆索珠郎过去的事迹，先说了个仔细，然后又将玉骢下山复仇之意，也说了个点滴不遗。

宇文剑庐闻言，慨然说："原来有这样一个情形在内。穆索郎君为亲复仇，不避艰险，令人可敬，只是久闻吴藩台老奸巨猾，专与松潘、雅州两处悍匪勾结，手下颇有几个亡命，如龙古贤等辈，郎君此去，还须小心在意！"说到这儿，重又向安馨望了一眼，似乎有话一时未便出口的样子。

他略一沉吟，就正色向安馨说："既如安兄所说，你与穆索家累世的交情，想必郎君之事，安兄必能做得一半主的，实不相瞒，老朽外孙女儿素素，她母早死，自幼就由拙荆领大。如今却是相打结奇缘，老朽有意仰攀郎君的门第，两家结为朱陈之好，她的人品武功，两位都已看过，也不必我再说，虽不能说怎样美丽，也还能将就与郎君匹配，将来于郎君报仇之时，也未始非一臂助，不知安兄与郎君也还不见弃否？”

安馨一闻宇文之言，心中想到方才那个女郎的人品武功，觉得与玉骢可称珠联璧合，而且玉骢父母双亡，以自己与珠郎的关系，自然也可以替他做几分主，细想此事倒也是件美事，便一面向玉骢看了一眼，一面向宇文剑庐谢着说：“此事承老前辈的抬爱，在晚生个人心中，觉得再好没有，不过我这位老世侄本人在此，我自然不能不向他问一问，好在老前辈是一位旷达的奇士，大家三对六面，开诚布公地一谈，也未为不可。”

宇文剑庐闻言笑说：“安兄可谓造于辞令，那么我先问问郎君之意，是否首肯呢？”

玉骢毕竟年轻，过去从未向心上去过，如今忽被宇文剑庐单刀直入地问起自己来，不由面红耳赤，十分羞窘，口中却期期艾艾的不知说什么好。安馨一见他这种情形，便看出玉骢对于此事，至少不至于反对，当即笑向他说：“玉骢贤侄，你年纪也不算很小了，再说双亲俱已不在，这种事须要你自己斟酌，旁人却不便过于替你做主。不过据我看起来，老前辈如此赏脸，我们第一就不应不识抬举，黄小姐的品貌武功，又是你亲眼得见的，如不是老前辈出来解救，方才老侄恐怕就要吃亏，这样的好媳妇还能说不要吗？”说罢哈哈大笑，并又回过脸去问宇文说，“说真的，方才令亲黄小姐在跌倒之后，手中放出那一条金光，究是什么暗器，怎的如此快疾，真好像鼓儿词上说飞剑侠客似的，一道金光，便将人头砍落之势，老前辈能赐教么？”说罢又大声发笑。

宇文剑庐听了，忽然“唉”了一声说：“提起这档事，真有些惭愧。舍外孙素素这孩子，自幼娇生惯养，就是好胜性急，方才比不过郎君，她一着急，竟不顾轻重地将黄宗羲老先生传授她的独门功夫‘百步金’发了出来。这百步金也是一种暗器，乃是黄色精钢炼成的细丝，每条约有半尺长短，共有五十条，每发五条，能分作三次发出。此物虽由巧制的机簧所控制，发时在筒子上一按钮捩，自能依次一根接一根地连续出击敌人，但发时手法准头非常难学，尤其不明内功之人，稍一浮躁，便发成五条参差不齐之物，绝不能连成一线。能发此器者，目前只有三人，一是黄宗羲老哥本人；一是宗羲得意弟子裘天覆，人称霹雳手裘二撩子的；再有就算是舍亲素素了。不过此器不遇死仇，照例是不许发的，宗羲老哥传授她时，再三告诫，不料女孩子家不懂轻重，羞怒之下，竟发出此器，方才我已将这器向她要了过来，因她那祖父宗羲传授时曾有戒律，如果滥发此器，不论伤人与否，均应处罚，伤了人自然重罚，不伤人也要禁止她半年内不许再携此器，因此器系老黄自制，连他只有三副呢，如今我取了这暗器来，是有用意的，一则罚她半年内不得使用，二则就想以这件东西，暂交郎君，作为订婚的信物，倒是很有意义的。”

安馨、玉骢听了，十分惊骇，尤以安馨自念闯荡江湖二十余年，又经过极大的战场，什么兵器没见过，今天听见此物，真是闻所未闻呢，足见武功一道，是没有止境的。

不言二人默揣，再说宇文说罢，便从身边摸出一支才如拇指粗细的钢管，送到玉骢手内。玉骢不由接过来一看，见钢管外面稍露一个铁扣，一端却有一个斜眼，想必就是发出百步金的孔洞，别无其他异样。宇文重又将钢管取到手中，拧开管子后面的盖子，从里面倾出十五条和赤金一般的细钢丝来，别看它细得没有分量，可是两端非常锐利，和真钢刺一般，柔中带韧，十分坚固，色泽光亮，耀眼生辉，玉骢不由连声赞叹起来。

宇文剑庐笑说："你如爱此器，将来可向素素请益，拜她为师。"说得玉骢粉面通红，忙不迭将百步金送回宇文手内，默然不语。

安馨深觉宇文不是常人，素素武艺师门，尤为世所重，便一力撮合婚事的成就。玉骢虽以大仇未复，何以为家为辞，但禁不住安馨再三譬劝，又说自己对于珠郎受恩未报，如今对于玉骢，自然要尽一番心意，只要觉得事情是可做的，即使玉骢不愿，也不敢避嫌远引，不做主张，希望玉骢要知他的苦心，而且玉骢父母双亡，婚姻之事，必须由自己做主，何必效寻常儿女羞涩之态，错过了机会呢？于是玉骢才许了订婚之约，收了百步金，又将自己身旁常带的一方玉狮坠儿交与宇文剑庐，作为订婚交换的信物。剑庐自然高兴，又硬留住了他二人盘桓三日，三日之后，才别了剑庐上道。剑庐甚是多情，一直送到五里外的三岔路口，才珍重道别而归。

玉骢、安馨别了宇文剑庐，匆匆上道，这一次是向宇文剑庐问明了进行的路径的，所以都走的是近路，由白盐井渡过一字水，经过铁鼓营，住了一宿，再沿着羊蹄江岸，经过马鞍山，到达防吉努地方。这防吉努也是一个苗人的镇市，虽然也有些市面，毕竟与一般市镇不同，而且因它是苗人广集之地，许多平常不甚经见的生番，也在此地逗留，安馨与玉骢自以为也是苗人，从不将这些苗人放在心上，哪知这里却出了情况。

在防吉努之西，有一座高山，名曰方山，因其山势奇特，四面皆方，常有峭壁直立，盘道却都在那些峭壁上，远望却是四四方方的一座山峦。那地方最易为歹徒利用的，就因它不但盘道难行，而且林木丛杂，满山榛莽，异常深邃幽寂，自进山口十二里路，全是一带密林，并无一家人家，过了这十二里，才见溪边岭侧，时时有竹楼高筑在路边上，那里都是防吉努的苗民，其中更有些悍匪的眼线，专一劫夺过路客商的，他们犯案之后，如果本身地方上来拿捕，他们就逃入川边丙谷与冈吉努一带；如果川中地方官来捕，他们就逃入滇省金沙河北岸老虎山里躲避。他们就是利用这两省交界，谁也不管谁的这一点便利处。安馨虽是苗人，知道三十五猛的情形，却不知道这一带的情形。当时二人从防吉努出发，天才黎明，却不知已经露了眼。

冈吉努一带有一个为首的悍苗，名叫安山，表面是冈吉努司的富人，事实上是一个坐地分赃的大头子，他手下派出许多的探事人，一见了过路客商有些油水的，就专在方山左近打劫，不但越货，而且杀人。安馨、玉骢虽不是什么大商人，却是穿着齐整，一望便知是富有的苗民。原来他俩的穿章打扮，仍有许多是苗人的习尚，所以初到白盐井投宿时，家家都闭门不纳，后来宇文剑庐曾说过，"照二位的打扮，此地不会有人肯留你们过宿"的话，也正是他二人尚留有苗人服装的缘故。

这天他们走到方山岭前一看，安馨不由喝了一声："好险恶的峰峦。"回头便对玉骢又说了句，"此地须要留神。"二人就一前一后向方山岭上走去。时当初冬，太阳上来甚迟，他们起得又早，带着黑就上了路，脚底下又快，走到方山一柱峰入口地方，天色刚刚大白，晨风一阵阵迎面吹来，颇有寒意。安馨遥望岭脊上与山腰间一阵黄白色的浓雾直升起来，知道山间林茂人稀，瘴气未退，玉骢便由囊中取出大觉禅师赠给的避瘴的丸药，含在口内，向前直进，看看就到了一柱峰深谷间，偏偏这座一柱峰是山里套山的一重峻岭，二人觉得非常险峻难走，就一边歇着，一边走着，直走到午刻，才将这一道峰头走尽，真是走得又饥又渴，便想找一家山家用些酒饭，可是满山尽是大林子，竟不见一间房屋。

好容易走到一道溪边，远望出去，在数十百步以外，似有一道炊烟，安馨便知有了人家，忙与玉骢紧行几步，到得临近一看，不但有人家，见一所竹楼前，挑着一个酒招儿，居然还有一家酒饭铺，二人大喜，忙走进楼下，见有一个老苗人坐在柜上，衣衫破旧，面貌丑恶，猴在柜上，目灼灼望着安馨等不语。

安馨就操着苗语问说："可有现成酒饭？"

那老苗露出一脸的奸笑，呵呵地应着说："有，有，请到楼上坐吧。"

安馨就同了玉骢，上了竹楼，向四面一看，见楼前四维都是合抱的巨竹，将一座小楼遮得绿油油的，甚是幽静，心说可惜这是初冬，如是夏日，这地方倒是纳凉胜地了。二人拣了座头，坐下向楼内一看，虽是午饭时候，却静悄悄的不见一个人影，正自顾盼，忽见从屋后竹屏风里面转出一个面黄肌瘦，二目灼灼似贼的苗人来，他如不开口，二人还真以为他是个贼呢。

那苗人走到二人面前，故意掌着笑脸向安馨问道："二位喝酒呀，还是用饭？"

安馨说："酒饭都要，有什么现成下酒之物，你只管拿来。"

那苗人登时嘻开一张口说："妙哩，我们这里自酿的'迎风倒'才有名呢！哪一个过路客人不贪它三两壶？我先给二位打壶迎风倒来。"

安馨对于酒本是门外汉，今听了这个酒名，十分奇特，不由好奇心动，便随口说了句："好，你且端一壶来。"

那苗人一会儿就送上一大壶酒来，却盛在一只紫砂茶壶里面，又从旁桌上取过两只大杯，向二人面前一搁说："我替二位斟上。"边说边举着紫砂壶向杯中注去。

安馨望着杯中，见酒色碧绿，面上浮着一层油光似的，随着他的倾注，一阵阵芬芳扑鼻，看样子这酒准不能坏，安馨本不善饮酒，玉骢更是滴酒不入，不过此时多行饥渴，只想弄些汤水解渴，见此好酒，自然不会喝的也得喝几口，所以安馨一面举杯向唇，一仰脖子，那酒直泻入喉中，觉得其凉震齿，清冷无比，连说好酒，当即力劝玉骢也喝上一口解解渴，提提神。玉骢也实在渴了，听了安馨之劝，居然也举起酒杯，呷了一口，觉得虽然酒味辛辣，不易下咽，但是那一阵又凉又冽的劲头，颇足以涤烦去困，于是素不喝酒的，也一连几口，将一杯“迎风倒”喝干。

两人喝完了这几杯酒，正待举箸吃菜，安馨第一个觉得头目忽然沉重起来，自己觉得平时虽不甚能喝，但三杯入肚，还不至于就醉，而且此刻觉得举动十分懒散，仿佛筋骨里面使不上劲来，有些软绵绵的感觉，心中忽地一动，暗说莫非这酒内下药，我们着了道儿吗？正转到此念，一抬头就见那苗人正站在门角后，睁着一双贼眼，笑嘻嘻地在瞧着自己桌上，立即暗叫一声“不好!”正想招呼玉骢，叫他不能再喝，哪知就在这时，觉得天旋地转的一个头晕，早就向后跌翻。

玉骢坐在对面，自从喝了一杯，初时口内凉爽，后来便觉头目昏然，大大不适，正想对安馨说，忽见安馨面色一变，向后便倒，玉骢大惊，忙站起来扶他，没想到一把不曾将安馨扶住，自己一个头晕，立刻合互倒在桌上，闹了个满身满袖的酒菜，心中明白，就是不能转动，两条腿和棉花似的，早就站不住脚。他虽经验甚浅，但到此时，也明白是中了酒店的道儿，心中一着急，更加一阵迷糊，仿佛在耳边听到一句“倒也倒也”，以后便人事不知地躺在桌上。

玉骢醉倒在桌上，也不知经过多少时候才慢慢地醒转，睁眼一看，只见眼前已不是酒楼，却是一所精致的竹楼，小小的一间卧室，床帐卧具，色色俱全，倒像是妇女的妆阁，自己躺在一张竹床上，身旁坐着一个苗妇，二十来岁年纪，生得薄有风姿，却是眉梢眼角十分荡冶，见玉骢醒来，便对他盈盈一笑说：“你这会子觉得怎么样？迎风倒喝得舒服吗？”说罢咯咯地又娇笑起来，一手用绢帕掩了嘴，一手却搭到玉骢身上来，似乎想抚摸玉骢，神情之间，非常荡逸。

玉骢还是一个十足的小孩子，从来也不曾接近过女人，一见苗妇此等张致，不由吓得要直跳起来，说也奇怪，哪知自己身上一使劲，打算翻身坐起之时，只觉得抬手举足非常乏力，比方才喝酒中毒还要疲软，这一来将个玉骢闹得莫名其妙，愣愣地睁着大眼，躺在床上，摊手摊脚，心内不知焦急到什么份儿！

那苗妇见了，越发咯咯地笑，浑身乱动，一歪身就倚在玉骢怀中，低声说：“我的宝贝儿子，你还想跟你妈妈倔强吗？”说着就伸手在玉骢浑身上下摸了个痛快，真把个玉骢气得啊呀呀地怪叫，那苗妇全然不理，正在一味调笑，忽听竹楼梯上有人上来，苗妇忙倏地站起，整了整身上的衣衫，已见一个长大的苗男走进屋来，一见玉骢已经醒转，先不理玉骢，只拿一双鹞子眼瞅着苗妇，苗妇此时似乎稍有忸怩之态，站在屋中，说不出话来。

玉骢看那男苗用着怀疑的目光，望着苗妇问说：“这个崽子留在楼上干什么用？”

苗妇闻言，不由面上一红，朗声答说：“我看他像我娘家一个侄儿，正在问他姓名呢。”

男苗闻言，诧异说：“什么？你娘家侄儿？我我我不信。”

那苗妇立即朗声说：“怎么不信？他不是冈吉努司的人，姓朋吗？你不信去问问他。”

苗妇此言，明明是指示玉骢，要叫他照自己所说的地方姓氏说出来，好瞒过这个男苗。玉骢此时旁边听得明白，心中虽觉得此妇替自己说谎，绝非好意，但一想此刻自己动弹不了，如要保全性命，只有照她说的话，蒙过眼前再说。

但是那个男苗却不来问玉骢，忽然回头就走，倒像想起一件什么要紧事情似的。苗妇见他走去，稍停了停，蹑足走到楼窗口向下偷看，看了一会儿，忽又回过头来，跑到玉骢面前问说："我问你一句话，你是愿意死，还是愿意答应我的事？"

玉骢虽明知她的心思，但仍作不知地问她答应什么事。

苗妇忽地坐到玉骢身旁，依在玉骢怀中，一只手臂搂了玉骢的肩膀，柔声说："他们要杀了你，取你的钱财，你如答应从此和我在一起过活，我此刻就将你送到另一个安全地方去，等天一黑，我就去陪伴你去？"

玉骢皱眉说："我走不动。"

苗妇忽地嫣然一笑，仿佛知道玉骢这句话是愿意答应自己的条件的，立刻喜气洋溢地倏地一俯身，将自己的樱唇凑到玉骢面颊上吻了一下，当即由怀中取出一个小包来，打开了，从包里取出三粒粉红色小丸，递与玉骢，又回身倒了一杯凉水，叫他将药丸服下，然后一回身走到床脚后，抽出一柄苗刀，又从床下取出一个包卷儿，玉骢一眼望见，正是自己的兵器卷儿和衣服银两，心中一喜，不知不觉翻身坐起，走下床来。

他本想就在此时将苗妇打倒，但一来觉自己两腿虽已能行，却一些儿力量都没有，立在床边，暗暗地自己运用了一下气功，简直疲软得一些也用不上来，心中知道还不能与此妇翻脸，二来正不知安馨现在何处？是否已被他们所害？不能不向此妇慢慢地打听，有此二层缘故，玉骢只得坐在床边等她。苗妇动作极快，玉骢此刻才看出她必是一个武功有根底的妇人，越发不敢随便动手。一时妇人提了苗刀和玉骢的行囊，悄悄地走到窗口，推窗向楼下望了个仔细，这才一回手拉着玉骢，低声说："随我来。"两人居然并肩挽手，悄悄走下竹楼，苗妇引了玉骢从一所柴房中穿过一所竹园，出了园门，才算避过前后门看守的人们。

二人悄悄地离开了这所竹楼以后，便由苗妇引路，向乱竹丛中直钻进去，七绕八绕，那地方十分曲折幽秘，要没有苗妇引导着，怎么样也找不到这里的路。大约走有一盏茶时，二人已走到一处岩下，苗妇又拉了玉骢的手，从岩下丛草中钻将进去，乱石纵横，榛棘遍地，真还不好走，苗妇似甚熟悉，一会儿走到了一处榛莽最密的地方，苗妇忽然站住，用苗刀一阵乱拨，拨开乱草，立时见一个方约四尺的出入口，正在岩下，苗妇就拉了玉骢进入洞内，原来那是一座久废的窑洞，苗妇佝偻着先进，玉骢也俯身而入，初入甚暗，约行百余步，渐见光亮，再进则光线甚强，与平时屋内相仿。苗妇此时甚欣喜，紧紧地握着玉骢的手，紧倚在他怀中，仰面做媚笑。玉骢正在没法摆布，忽见苗妇已走入一间小洞。

说也奇怪，洞内仿佛是人家的住宅，不但床榻桌椅件件都有，就是饮食用具也无一不备，玉骢大奇，忙与苗妇一同坐下，问她这是什么地方，何以有这多的住家日用的物件。哪知苗妇笑而不言，立刻将玉骢拉到榻边，自己向床上仰天一躺，用两臂将玉骢全身一把搂住，滚倒在榻上，此时真把个玉骢吓得魂飞天外，要走走不了，要和她用强的，又觉四肢无力，且觉苗妇搂抱之际，膂力极强，仿佛浑身被捆住了一般，只急得他口内连连叫着：“你做什么？你做什么?”

谁知苗妇准备到晚间，才来与意中人真个销魂，此刻不过是情不自禁，稍与戏谑，所谓聊以慰情而已，便抱住了玉骢，面对面，口对口地，着实温柔了一会子。苗妇面貌本尚姣好，又兼心花怒放，面上喜气洋溢，一些儿杀气都不存在了，更兼偎傍之间，玉骢时时觉得从她身体中发生一股幽艳淫荡的香气来，不由得一颗纯洁的童心，引得怦怦欲动，幸而玉骢根基甚厚，且自幼经大觉禅师教育得好，他的理智中，丝毫没有一些易于诱惑的渣滓，所以居然能在如此荡妇的怀抱中，一丝不乱，仍在细细推敲此后应付的方法。

后事如何，请看第四集。

注：本集1951年2月正华书店初版。

第 四 集

前　　引

安馨偕了玉骢从滇北入川，欲到成都府刺杀藩台吴礼，报复血海深仇。途经川边金沙河下流白盐井地方，得奇遇，逢到武当奇人宇文剑庐，宇文老人赏识玉骢人品武功，将外孙女黄素素许配，互交信物订过婚之后，两人重上征尘，不意到达冈吉努迤西方山一柱峰，竟误入黑店，两人全被迎风倒药酒迷倒。女匪骚红生性淫荡，见到玉骢英俊挺秀，起了邪念，立刻将玉骢掳到私设的窑洞中，想尽情领略温柔风味。玉骢被毒酒麻醉，四肢软瘫，无力抵抗，只有任其摆布，幸而玉骢根基坚厚，虽是处在荡妇的怀抱中，心神仍一丝不乱，仍在细细推敲此后应付方法。

第一章　天魔洞里的风光

安馨、玉骢歇脚用饭的酒饭铺，本是方山一柱峰一家有名的黑店，店主名叫甘什仔，绰号叫作长脚狼，是川南大盗飞天虎岑龙的门徒，武功已得峨眉玄门真传，自从飞天虎奉了吴礼命，去滇南暗刺安馨，一去不返，失去踪迹后，就投到防吉努匪首安山的门下，因他的武功高强，所以很得匪首安山倚重，派他在一柱峰下开设这家黑店。掳诱玉骢的苗妇，便是他的浑家，姓朋单名叫红，因生性淫荡凶狠，所以苗人都叫她骚红，是冈吉努一带出名女匪，武功比长脚狼还要精湛，所以她丈夫有几分怕她。骚红面首甚多，有时遇见漂亮小伙之过路客人，纵不被甘什仔生剥了，也叫骚红掳到自己密室窑洞内，享受肉欲去，直到折磨得他死去方休，这座窑洞，她自己题名叫作天魔洞。

当时安馨、玉骢两人，双双被那个面黄肌瘦的苗人用迎面倒药酒放倒，原本一齐打入内屠房洗剥了，做人肉包吃的，幸亏骚红见了玉骢英挺绝俗的风姿，竟至失魂落魄，凑巧那时丈夫甘什仔不在店里，她更毫不顾忌，立时便将玉骢掳到自己住房，玉骢随带的行囊也一同提走。她将玉骢放到床上，藏过他的行囊，就用解药给玉骢服下。哪知玉骢刚刚醒转，长脚狼甘什仔回到酒楼，得知她将一个幼年崽子掳回家去，长脚狼就赶到浑家房里来，当面问她为什么留这幼崽！骚红主意早已打定，硬说是自己娘家侄儿，甘什仔虽明知她的话待考，但也不敢说什么，猛然想到内屠房还拴着一个未宰呢，且去问问他，这个幼年崽子是不是冈吉努司的人？是不是姓朋？要不是的话，回来拿他开刀，也还不迟。

哪知等他赶到店内屠房一看，不由大声惊叫起来，原来板上所绑的猪崽早已不见，却换了两个屠房的伙计，一面一个，绑定在桌子腿上，四面一找，哪有安馨的影子？甘什仔明知事情出了毛病，就是看不出毛病出在哪儿，他一路暴跳如雷，也忘了先去解救那两个伙计，一口气又跑回自己家里。原来他家不是住在酒楼里面，却在离酒楼半里来路的一处竹楼中住家。他一到家中，一路高声大嚷地向楼上叫他的浑家骚红，谁知声息俱无，甘什仔心中越发怀疑，一脚跨进自己卧房，向床上一看，既不见方才那个年轻的小苗人，也不见自己的老婆在哪里，这一来更使甘什仔莫名其妙。知妻莫若夫，他未尝不知道他女人的性情，明明是看中了这小苗人，却推说是娘家侄儿，如今怎的连他带她，一齐不见踪影，难道我今天买卖做不成，还要饶一个老婆吗？

甘什仔正在张皇无主，咬牙切齿低声咒骂他那个骚红时，只见从外面窗口一闪，立刻和鸟儿似的飞进两个女郎来，一人手执宝剑，一人手执单刀，用剑一指，喝着说："大胆贼苗，竟敢在官道上开黑店，杀人性命，岂能留你害人？"说着举剑砍到。甘什仔在张皇无主当口，这一剑本是不易躲闪的，好个甘什仔，瞧来人剑尖已贴点胸口，一声怪吼，倏然斜刺里往后倒纵身，躲过了来剑，右手已将腰间苗刀抽出，脚下拿桩站定，一上步迎了上去。

执剑女郎又娇喝着说："贼苗！你把那年轻的酒客藏到哪儿去了？要狗命，快说实话！"喝说着，施展武当剑术，逼了上去。

甘什仔一把苗刀上下飞翻，招数迅疾，两人在竹楼上交手，不多久交到七八招，立刻显出强弱来。甘什仔刀法虽是纯熟，但是女郎的剑术更为神奇，已被逼得递不出招来。甘什仔自知不是敌手，立刻虚砍一刀，双足一蹬，向后窗跳了下去。

持刀的女郎始终站在旁边观战，这时见持剑女郎要跟着甘什仔向后窗跳下去，立刻一个纵步，拦住持剑女郎说："你跟这种亡命徒争什么胜负？快快寻人要紧。"

一句话似乎提醒了持剑女郎，立刻止步不追，二人在楼上楼下找遍，竟不见一个人影儿，连称奇怪。

飞进竹楼来，逼走甘什仔的两个女郎，原来就是宇文剑庐的女儿和外孙女，那持刀的女郎，就是剑庐之女珊儿；那持剑的就是珊儿的外甥女素素，也就是玉骢新订婚的未婚妻。她们两人本住在白盐井，怎会跑到这一柱峰来呢？

这里面事实经过是这样的：原来素素有一寄母，住在川南宁远府南边黑龙塘，这黑龙塘就在丙谷之北，相去甚近，所以素素与珊儿常来看望的，并且素素这位寄母是位威震三湘的女侠，武功已得武当真传，与黄宗羲是同门师兄妹，所以也可说是素素的师姑，丈夫姓俞，早已故世，本姓柳名德宗，江湖上推崇她的武功和人品，都叫她柳侠，近为年龄已高，厌倦江湖，所以隐居在川南黑龙塘。

那日素素与玉骢订了婚之后，宇文剑庐坚留两人在村中盘桓了三天，素素对于这位未婚夫的人品武功，十分惬意，因为内心惬意，所以见到玉骢觉得羞怯了，由此素素又想到看望寄母去，当于即日午后，强邀着珊儿同去。两人这次来拜省柳侠，珊儿觌面就将素素订婚之事告诉了柳侠。

柳德宗问知是穆索珠郎之子，十分欢喜地说："真是一位名家之子。我虽不曾见过这位穆索土司，可是滇南威震三十五猛的穆索珠郎，真是个了不起的人物，后来听说被人害了，所以久已不闻他的消息，如今素素得此乘龙佳婿，正可为她一贺。”

素素见寄母如此看重玉骢的家世，才知道玉骢果是名门之后，心中也就暗自喜慰。她甥姨二人在柳家住了两天，闲谈中柳侠忽提到近来川滇交界上，苗匪首领安山的事，她说安山近来在川滇一带，胡作非为，党羽日众，声势日大，自己隐居好静，不愿预问这些闲事，更不肯轻易重开杀戒。素素听了此言，记在心中，颇想在归途中查究一下，等到二人别了柳德宗，回转白盐井时，在路上素素便将自己的意思对珊儿说了。珊儿毕竟也是年轻人好事，又觉得除恶安良是行侠作义人的本分，于是二人商商量量，一路留心察看，逢到这家出名迎风倒的酒家，二人便注了意，原来甘什仔专恃迎风倒陷害行旅的事，她俩也是听德宗所说。

哪知素素等抵达甘家酒店时，也正是安馨等二人向川南进发。两人在方山一柱峰甘家酒店打尖之时，素素等是隐身岩后林间，所以安馨不曾看见，她们一见安馨、玉骢双双走入甘家酒店，暗暗叫声糟糕，自然不能不管这件事了。所以当安馨等中了蒙汗药酒，被店中酒伙捆送到屠房里来，素素等早隐在旁边专等机会，及至将两个屠人的屠夫绑在桌腿上，同时救醒了安馨，玉骢已被骚红掳走，甘什仔正赶到住家去究问骚红的时候。

安馨苏过神来，珊儿便问他玉骢的下落，安馨也是说不上来，只急得满头大汗，连说“怎生是好”，却一点办法没有。

甘什仔由住家赶回酒店，到屠房一看，不见了安馨，当时大吃一惊，那时素素、珊儿、安馨三人正在竹楼上搜索玉骢的人，在甘什仔二次赶回住家时，素素、珊儿二人在竹楼上一眼瞥见，当就悄悄跟踪了去，这时的安馨却还在酒店内搜索，可是店内除了两个屠夫、一个酒保和一个坐柜台的老苗全都捆绑了以外，什么人也再没有一个，哪里还有玉骢的影子？这真不能不使安馨急得发跳，可是纵然跳到八丈高，也是枉然。

安馨正在无计可施，呆呆地怔立在店堂中，忽见软帘一动，从外面跳进一个长大苗人，手执一柄雪亮的苗刀，乍见安馨，似是一愣，不由从口中说出一句“咦，你倒还在这里”。安馨却不知此人就是店主甘什仔，正不知此人是好人还是坏人，尚不肯冒昧动手。

哪知甘什仔一见安馨，却认识他是从自己屠宰房逃脱的猪崽，如何不怒，立即大喝一声说：“你这厮倒逍遥自在地在这里，竟敢将我的伙计给绑了起来，没有别的，且吃我一刀！”

话到人到刀到，看去十分矫捷，但是安馨哪会将他放在心上，立刻一闪身让过来刀，退左足，进右足，左手掌单立护住面门，右手苗刀早向甘什仔分心就刺。这柄刀方才已被黑店搜去，在素素解救安馨时，在柜房中又找出来，此刻甘什仔向他一递招，两人立时在酒店门首走开了招数。要知方山一带四无人烟，而且又都在安山老苗的势力圈内，所以甘什仔毫无顾忌，不但不怕人看见，并且还盼来个把自己道儿上的人。就是不来相助，也可得知店中出了事情，代向安山那里送上一信，他因为见到安馨武功精纯，自己恐怕战不下，所以引到店门外来战斗。这原是甘什仔的一种希望，偏偏事有凑巧，他的希望竟成了事实，当甘、安二人正交上手时，不久便有一个诨名三只眼的腿子，正走向甘家酒店来，原想呷上两盅白酒的，不料走到对面林中，远远听到甘家店门首有呼喝跳跃之声，定睛一看，尘土飞扬中，正是甘什仔和一个过路客模样的人正在拼命，心中立时大惊，自己没这胆子向前，只好退回到林内，陡一转念，立刻飞奔安山下处报告消息去了。

甘什仔的武功，得自峨眉玄门真传，手底下颇有真实功夫，以安馨的功力，此时与他对垒，都不能立即取胜，不过他要打倒安馨，也是不可能的事，这一来就成了久战的局面。恰好素素、珊儿在甘什仔家中搜查了一遍，并未查出玉骢，心中十分奇怪，便匆匆地又走回酒楼来，一见甘什仔与安馨正打在一起，素素性急，一声娇叱，连人带剑，早向甘苗卷了过去，跟着珊儿也加入帮助。甘什仔刚才已尝到两女的厉害，这时更有三人来对付他，如何能抵敌，还算他知趣，向珊儿虚砍一刀，掉头就跑，他是出名的长脚狼，所以足下较快。甘什仔仗着自己的脚程，一口气跑出老远，哪知后面三人，谁也不曾追赶，因为他们志在寻觅玉骢，就无意去追他，最后还是珊儿有些主意，竟从两个屠夫的口内探出玉骢在醉倒后，被甘什仔之妻骚红带到家里了，但是方才她两人在甘家搜了半日，不但不见玉骢，就连骚红也不见影儿。

安馨等正在咄咄称怪，不知所可的时候，忽听旁边有人竭声嘶喊说："你们能放了我，我就告诉你们骚红藏的地方。"

素素等不谙苗语，不知那人说什么。安馨一看，正是坐柜台的老苗，忙向前用苗语问他说："很好，只要你能告诉我们同伴在哪里，我一准立刻放你走路。"

那老苗要求先放后说，安馨知他跑不了，就用刀将绳束挑断，老苗舒了舒手脚，便向安馨说："当你这位客人和那年轻小伙儿醉倒之后，本意一起送到屠人房的，恰巧那时店主甘什仔不在这里，只有他女人躲在竹帘后看得出神落魄，等到你俩一倒，骚红立刻跳了出来，走到你那年轻的伙伴身边，横看竖看，我冷眼旁观，就知道她又要打主意了，因为她见不得年轻漂亮的小伙儿，要像你我这种老头，一百个她也早砍完了。她看了半天，就命伙计将小伙儿抬到自己家里，以后就不知她怎么去享受那小伙儿了，你们要找她，得上她家里去，在离此不到半里的一座竹林中，有一所小小竹楼，楼前挑着一盏红灯，灯旁挂着一个铜牌子，上面镌着一个安字的那地方，就是她家。"

素素等一听，便向安馨说：“我们早到她家去过，一个人影都不见哪！”

老苗在旁闻言，忽地眉毛一舒，脸上立刻涌出一层奸笑来，又向安馨说：“如此说来，那个女人一定将你同伙藏到天魔洞去了。”

三人闻言，忙问天魔洞在何处，老苗又指点了路径，三人才放了老苗，匆匆奔向天魔洞。

骚红此时正在天魔洞内细细咀嚼温柔风味，因为玉骢四肢仍然疲软无力，没法抵抗，只好任她抚摸搂抱。作者写到这里，似乎有一漏洞，便是安馨、玉骢同是被迎风倒麻醉了，怎的安馨醒来，依然能与甘什仔交手，怎的玉骢就会四肢无力呢？

原来骚红将玉骢抬到家里，怕他醒来不依自己的摆布，所以在他未苏之先，给他灌进了几粒“蚀骨丹”。这蚀骨丹原是苗洞一种毒药，常人服下三粒，便有三天手脚不能转动，如同瘫痪一样，如果连服数日，从此就成了废人。玉骢醒后，四肢无力，不能动弹，骚红后见玉骢尚未深拒自己之意，又要将他带到天魔洞，怕他行走不便，所以又给他服上一次解药，就是在甘什仔走后，她给吃的那几粒粉红色的药丸。不过这解药分为大红色与粉红色二种，大红色的力强，一次就可将蚀骨丹的毒气解净；粉红色力微，余毒尚在，只能行动，却不能恢复武功，因为骚红见玉骢体格精壮，身带宝剑，疑他有武功，怕一次给毒消尽，他万一变脸，就麻烦了，所以只给消了一半毒，她原打算到了晚间再给他服大红的药丸，但是此刻怀中搂着一个俊俏的活宝，敢说骚红虽阅人甚多，但像玉骢这样的童真美质，她发誓也不曾遇到过，此刻春情荡漾，不由自己，引她浑身如同雪狮子向火一般，几乎融化。她一想看这宝贝的情形，尚不至于深拒，我何必自讨苦吃，到口美食，不乘此尝尝，一定要等到晚上？她此心一起，自然无法遏止，浑身的欲火已经腾到了万丈高峰，什么也顾不得了，忙一骨碌翻身坐起，急匆匆从怀中另取出一包大红色丸药，用一杯开水，教玉骢服下，玉骢不明大意，哪里肯服。

骚红无奈，才柔声媚气地向他说："宝贝儿，别害怕，你不是四肢无力吗？这几丸咽下去，立刻就能复原了，复了原我们可以……"她说到这里，眉目横飞，神情荡冶，满面妖淫之态，已尽情宣露，可惜玉骢天真，未谙风情，对之漠然，听说能够使自己复原，也料到此妇尚无恶意，绝不会毒死自己，便也不再怀疑，将丸药接了过来，一饮而尽，骚红见他服下，心中大喜，忙叫他睡下，静静地闭目休息片刻，自会复原，玉骢依言闭目貌卧，且看她怎样。

哪知骚红一翻身下了地，走到洞角上暗处，窸窣了一会儿，重又走到榻边，这工夫不过半盏茶时间，玉骢的药力已到，他躺在榻上，暗暗运了运气，试了试手腿的力量，果然已与平时无异，心中大喜，正想跳起身来，忽见从洞角上飞过一个花蝴蝶似的人来，此人正是骚红，此刻浑身衣裤早已脱净，只在外面罩了斗篷似的一方大花布，斜角形搭在肩上，两手握着两只布角，上面的一角搭在背上，下面的一角挂在脚后，面前用双手一掩，自然还能遮住身体，但她此时两手向左右分张，从远而近，势若要将榻上的玉骢环抱到怀中去。她走到近前，玉臂分张，满脸透红，好像吃醉了酒似的，眯着一对媚眼，向玉骢身上扑来。玉骢不由吓得猛地一个虎跳，从榻上直跳起来，倒将骚红也吓得倒退一步，忙问："这是干什么？"

玉骢在这千钧一发的时候，又见骚红满面春色，一走一动，浑身肥白的肌肉，一颤一抖的，晃荡不已，玉骢此时气力已复，只是朱痕剑已被骚红收起，不在身边，见了她那等不堪的形状，立刻火望上冒，大喝一声："好个无耻的贼妇。"喝声未落，右手立掌一翻，"螳螂探爪"，猛然向她的肥白胸口击去。

骚红此时万想不到玉骢仍是不肯就范，一见玉骢竟挥掌击来，这苗妇真是厉害，在这色迷心窍当口，她竟猛然一矮身，闪开玉骢右掌，一长身，倏然右手一领那方花巾，豁喇一声响，花布早已卷成一个套儿似的，猛向玉骢当头罩下。

玉骢如何肯被她罩住，一个纵步，跳到旁边，心想我何必伤她？趁她赤着身子，追不出去，我不如趁早逃出洞去，找安馨要紧，想罢也不来难为骚红，一个箭步，便望洞口那条道上奔去。

骚红想到已将到口的馒头，忽被天上伸下一只手来抢了去，真是又急又恨，不禁将满怀春意变成怒意，一腔欲火变成杀机，立刻一步抢到壁间囊中，捞出一件喂毒的暗器，名叫“野人参”的，立刻抬手向玉骢背心发去。这“野人参”原是一种喂毒的铁镖，长约三寸，粗如人指，形状如参。哪知玉骢并非易与之辈，一听身后风声到处，知道来了暗器，也不回头，只向左首石壁边一闪，暗器落空，玉骢早已又一箭步到了门口，在他以为骚红赤身露体，绝不会追出来的，一个纵步到了门外，就一边走着，一边察看到方才那座酒楼的去路，原来他想去看看安馨的情形如何。

谁知玉骢才出洞不远，听得后面足声，忙回头一看，正是骚红赤着上下身，手中握了一柄苗刀，形如一只白兔，飞动玉腿，瞬间，人已飞赶到玉骢身边，厉声娇喝：“要命赶紧回去，不然就要取你的命！”

此时在月光下，不比方才洞中，她的全身，一切的一切，看得越发清楚，玉骢对她下身瞅了一眼，吓得低了头，不敢正视，那骚红却若无其事地叉腿叉腰地站着，见玉骢不跑不语，以为他心思活动了，竟伸手过来硬来拉玉骢。骚红是色欲蒙心，一切利害全有些分不出来，只想仍将玉骢拉回去，慰她的饥渴，偏偏玉骢见了这副形状，真有些吓昏了，见她来拉，死命地赖着不肯走，可笑当时的情形，大约双方都有些迷糊了，所以谁也不拿出武功来，只是一味地拉扯。

正在这样难解难分当口，猛听一声断喝，一支五寸长黑色长针，疾如闪电，直奔骚红背心飞来。骚红这时欲焰万丈，心迷神昏，两眼死盯着玉骢的脸，右手下死劲拉着玉骢的左手，意欲拉到怀中去，身后更无暇顾到了，等到她警觉，那长针已着了她赤裸的背心，只听她一声惨号，立时撒开了拉住玉骢的双手，噗的一声，斜扑在左侧地上。

原来这支长针是安馨发来，安馨武功得自穆索珠郎传授，少林门中素不主用暗器，这次所发的长针叫作八宝神钉，他是在十四年前，经过象鼻冲麓一场惊险，觉得吴礼手段毒辣，难保再遣能手来暗算自己，所以他在那年的第二年中去探望玉骢的时候，见到大觉禅师，跪求传授点少林独得秘技，备作抵御强敌。大觉禅师见安馨资质纯厚，不忘旧主，对玉骢关怀情深，心甚器重，就将昔年行道江湖时，得来的八支八宝神钉赠给安馨，并将其中精奥、心眼手法完全传授给安馨，大觉禅师在传授时，曾再三告诫，若非遇到誓不两立的仇人，和本身已到最后关头，轻易不准使用。

安馨见甘什仔、骚红两人在官道上开黑店，杀害过路旅客，更又公开设立屠人房，吃人肉，他自得珊儿姨甥两人救醒时，已立志要替行旅人除去一害。当时安馨与珊儿、素素两人离开酒楼，依照酒楼老苗指点的路径奔来，走到一处小丛林间，猛地瞥见迎面远处，从斜刺里奔出一人，定睛一看，正是玉骢，心里一块悬石顿时落地，他正想奔过去招呼时，忽见又追出一只白羊似的人来，又见奔到玉骢跟前，玉骢竟直呆呆地立着不动，跟着来人竟伸手过去，安馨不禁一惊，看到玉骢呆若木鸡的神气，恐丧命在这人手下，慌忙一个箭步蹿出树林，探手从腰间掏出一支八宝神钉，气运内劲，一声断喝，随手发出，安馨在这神钉上，已有十余年的功夫，已练得出神入化，得心应手，安馨内功充沛，虽然离开有三丈余远，然而势疾力足，竟钻进了骚红的后心关元穴，立时丧命。

骚红中钉倒地，玉骢不由吓了一大跳，见骚红扑翻在地上，俯身向她背上一看，见有半寸来长一支钢针尾子，露在背心骨脊上，定睛细瞧，认出是安馨在离开猛连寨家时带在身上的八宝神钉，当时曾经提给个人阅过，知是师祖赠给他的，他估量尺寸，知已刺透前心了，当就伸手拔出神钉，只见钉尖起处，殷红鲜血如泉般外流，雪白的玉背顿时染成红色，又一眼看到骚红屁股，雪白玉肌，不由羞愧得无地自容，正想避开这具赤裸裸的女尸，猛听有人呼叫，一抬头见是安馨，不由大喜过望，见安馨已跑到近前，忙迎了上去，问说："安叔！你是怎么脱身的？我们真是两次为人了。"

安馨奔到苗妇尸旁，认出是骚红，脱口问说："怎的这妇人连衣裤都不穿，就……"他说到这里，忽然大悟，恐玉骢不好意思，也就不往下讲，便拉着玉骢的手，向树林中走来，一路就将素素、珊儿相救的经过说了一遍。玉骢一听是素素救出安馨来，这时她姨甥两人，也到了对面树林中，回想方才那苗妇相追逼时，多半已被自己未婚妻看见，好生不得劲儿，随了安馨走进树林，正待与二女相见，忽听从正南上来了许多呼喝奔驰之声，四人俱都一惊，忙向人声来处看去，见浩浩荡荡，有一大队苗人，手持长矛、苗刀，纷纷向四人立处赶来。安馨叫大家分三路应敌。

这队苗人，就是先前那个苗腿子到安山下处送信后，由安山派来的悍苗，原来这一带都是安山党羽，所以每家门上有一方镌个安字的铜牌的。这些人赶到酒店，坐柜的老苗就告诉他们，安馨等已向天魔洞去，众苗这才又向这条路上赶来，正好安馨杀了骚红，大家尚未离去，众苗碰个正着。此时众苗一见他四人，就展开一个半圆形的圈子，将四人遥遥地圈住了，然后看见有两个为首的苗汉，一个生得鹰鼻猴腮，獐头鼠目，和猴儿似的精瘦；一个生得豹头环眼，身材高大，十分凶猛。

这时那个豹头环眼的凶苗，一摆苗刀，喝说：“大胆！竟敢在方山一带横行欺人，难道也不打听打听，此地是什么人的境界。”话未落声，已纵身跃到安馨面前，举刀就砍，安馨一闪身，拔出苗刀，挥刀进招。

那个鹰鼻瘦苗，同时也纵身过来，玉骢当也纵身迎上，两臂一错，展开少林三十六手擒拿法，和瘦苗搏斗。安馨、玉骢一人敌住一个，还走不到几合，苗队中忽然又跑出甘什仔来，口内呼哨一声，叫众苗向素素、珊儿两人立处圈将上来。

二女本觉站在这里怪没意思的，见众苗纷纷赶来，便娇叱一声，珊儿敌住众苗，素素一步上前，挥剑向甘什仔砍去，六个人就分对儿一路厮杀，珊儿却早将众苗兵的矛杆子与弓箭，削成片片坠地，众苗大乱，甘什仔稍一分神，早被素素迎头一剑，将偌大一颗头连肩带颈砍了下来，骨碌碌地滚到那个高大的苗人脚边。那苗不曾提防，一脚正踹在甘什仔头骨上，脚下一歪，立脚不住，跌跌冲冲地抢出老远，因他脚下一虚，已不能自主，正闯到玉骢身边，玉骢看得真切，回手一剑，削在那苗的脚踝上，“哎呀”一声，几乎歪倒，忙一拧身站住，正想逃走，却好珊儿一路砍杀过来，欺那苗伤腿，立即一个箭步蹿到他身边，平拖单刀，唰的一声向那苗人的下三路横扫过去，又听嚓的一声，那苗人的两条腿都中了刀伤，已支持不住，连蹦带跳，走不几步，早已栽倒地上。

另一个瘦小苗汉，一见自己三人，倒了两个，一死一伤，知道今天占不了上风，立刻一声呼哨，叫众苗退走，自己第一个先跑，这里安馨等并不想赶尽杀绝，见众苗逃走，也就不再追赶，只陪了玉骢回到洞里，找到了朱痕剑，四人一同向官道上走来。

珊儿等提到这一带有恶苗安山为首，就在方山四境，无恶不作的话，安馨才恍然说：“原来如此，怪道一路看去，凡有人家门上都镌着一方铜牌，上面一个‘安’字，这样一看，方才来的那伙人，竟是安山的党羽，我们将他们赶走，说不定前途还有问题呢。”

珊儿便说：“正是呢！二位此去，必须过了丙谷，才能安宁，因为安山的势力只在丙谷之西，那地方连着黑龙潭，黑龙潭有一位前辈侠客住在那里，安山他们也绝不敢再近丙谷的。”

安馨便问：“是哪一位前辈？”

珊儿笑说：“这不是外人，正是我们这位素素小姐的寄母，她老人家姓柳，夫家姓俞，名德宗，人都称她柳侠，又称柳俞女侠，这安山的横行不法，我们此次就是听她说的。”

安馨“哦”了一声说：“如此我们路过黑龙潭时，也应该去拜访一下，因为也是我这位老世侄的寄岳母哩。”

一句话说得素素双颊飞红，本来这次她与玉骢相见，二人谁也不曾理谁，此刻让安馨一句话，招起了素素的羞赧，便不肯再和他们同走，就在三岔路口站住了向珊儿说：“我们回去吧。”立刻转身要走。

珊儿知她用意所在，便亦向安馨、玉骢二人告别，二人忙向珊儿、素素又道了谢意，然后各分东西而别。在这一个过程，莫说素素不曾理睬玉骢，便是玉骢因骚红的怪模怪样都叫素素看了去，心里说不出的惶窘，所以一句话也不敢说，这正是中国古时社会中未婚夫妇的一种典型态度，细想来最是令人可笑。

第二章　武侯祠中的剧战

在打箭炉西面的卧龙洞，是打箭炉南西北三方面苗人的首枢，因为卧龙洞有一个了不起的悍苗，此人能左右全雅州府属所有的悍苗，这个悍苗就是龙古贤，也就是吴礼的护身符。这龙古贤就是飞天虎岑龙的师弟，武功也得峨眉玄门真传，长脚狼甘什仔是他的师侄，手下爪牙甚众，他与吴礼狼狈为奸，垄断着雅州各地苗人的市场，富可敌国。最近吴礼因为得了吾宝儿夫妇的密报，知道安馨挈了穆索珠郎之子，要向自己寻仇，便与龙古贤商议。龙古贤也知道安馨是个人物，师兄岑龙去谋刺安馨，一去不返，他以为是丧在安馨手中，所以这次用全副精神来对付，他便主张联络川南与滇北各苗族悍匪，一路迎着安馨、玉骢，随时随地下他二人的手。吴礼便将这一件事情完全托付了龙古贤，许他事成重谢，龙古贤最是贪婪，更想替师兄报仇，自然一口应允，自去安排。

龙古贤虽系苗人，其人颇有计谋，善于安排。他暗自忖度，从安馨家乡三十五猛，直到四川成都府这条路上，共有几处地方可以利用的？他知穆索家在三十五猛威名远震，那一带苗人奉穆索如神明，绝不听自己的指挥，自普洱经顺宁到大理一带，沿着金沙河流域，人烟稠密，那是不能下手的，算起来只有三个地方可以动手：第一是云南楚雄与川南交界之处；第二是长江沿岸川滇交界屏山之西的泥溪司、蛮夷司、平夷司这个三角地带；第三就是打箭炉东南清溪附近的百吉、泥头、羊老山松林一带的三角地带。这三处口子上，龙古贤都有够上交情的朋友在那里，他便分头派人联络，那川南与楚雄交界处，便是上文说的那个安山。

不过龙古贤派去与安山接洽的人，出发稍迟，等到安山知道有安馨、玉骢二人经过本界，已在甘什仔、骚红等人被杀之后，一面那瘦苗败阵回去，向安山一报告安馨等人的模样武艺，一面才得到龙古贤的知会，虽然他听瘦苗所说杀死甘氏夫妇的人中，还有两个少年女郎，但是那一老一小的穿章、年龄，颇与龙古贤所说的相似，再一问甘什仔的店中人，才知安馨等二人本是到店打尖，二女郎是后来的，安山这才断定安馨、玉骢就是杀死甘什仔的人，立即重新派出几名得力部下，从方山直入丙谷，一打听时，知安馨、玉骢已到了黑龙潭住下，黑龙潭为柳侠居处，众苗未敢前进，重又派人回安山处请示，安山是龙古贤的拜兄弟，安馨又是自己拜兄所指名要办的人，更又是刺死门下爪牙的人，与一般过路客不同，自然不必问她柳侠不柳侠。

安山自负一身软硬功夫，自以为一时无敌，虽然震于柳侠的威名，但是从来未与柳侠对过手，只凭江湖上一班人的颂扬，他想那柳侠强煞总是个女人，论禀赋体力，怎能敌得住自己苗洞生长的人，虽非铜皮铁骨，也是打熬得十分强壮的身体，这就是他明知有柳侠在此，他也悍然不顾地要干一下。此外，他还有一层深意，他想如果此次码头被他闯开，自己的地盘便可伸张到丙谷以东的各处，岂不是势力越发推广吗？如此种种原因，他才急急忙忙带了四个亲信和十几名随从，自家中出发，向丙谷而来。

这四个亲信都是苗疆的凶悍之徒，第一人名叫安柱，系安山族人，行三，自幼天生神力，曾单身在同一时间里头，击毙猛虎一头，豹子二头，因此苗疆中都尊他为打虎郎安三洞主；第二人名满星光，系冈吉努司前任土司的儿子，平时依仗他父过去的势力，在司里横行不法，简直是苗疆中的土豪劣绅，苗人畏惧他的势力，尊他为神枪小土司，因他善用标枪，尤其善于掷远，无论狮虎熊豹，只要遇上他标枪出手，在二十步之内，没有掷不中的，别问老虎、狮子的脑壳多硬多坚，满星光这一标枪掷去，准保戳一个透明的大窟窿；第三、第四两人都是安山寨中的武教师，一人名南景元，善使一杆白蜡杆长矛，一抖手足有面盆大的枪光，能随手卷起，还善发多种喂毒的暗器，百发百中，在川南、滇北一带颇有个名头，外号人称南老虎；一人名岑刚，据说是苗母汉父，自幼流落苗疆，不曾遇见好人，才走入江湖黑道，他的武艺得自母传，擅长轻功，蹿山越岭，回旋如飞，更又善使一根七节响鞭，用纯钢制成，每节中藏一铃，外边看不出什么来，可是舞动起来，铜铃琅琅作声，所以竟以此闻名，人都称他为响鞭岑秃子，因他是个天生癞头汉。

安山天生是一个恶苗的首领，生来足智多谋，身长九尺，腰圆背厚，好一个强壮的体格，自幼练成金钟罩、铁布衫两重硬功，一经他运用气功，除了几个要害以外，可说刀枪不入；他善使一柄金环厚背大砍刀和一条随身带的九节连环纯钢尉迟鞭，他这一硬一软两件兵器，在江湖上闯荡了不少年，也就在苗疆与边境上为恶了不少年，他与吴礼虽未素识，但也有个耳闻，为巴结他起见，此次接了拜兄龙古贤的知会，大大地卖起气力来，当时便带了安、满、南、岑四个人，悄悄混入黑龙潭，早有预先派去的腿子等人，迎接到准备好的下处，那是在黑龙潭西街上一所地藏殿里。

安馨、玉骢到了黑龙潭，见是一座小小的乡镇，也是一二十家铺户，离镇七八里远近的化龙桥下，住着那位柳侠，向镇上人一问皆知，安馨对于这位柳侠，过去是闻名已久，知是一位武功高强，行侠作义的人物，只是无缘拜识，此番与玉骢向省城去，有着重大的任务，本也不想就去拜访她，可是在路上时，已经向珊儿、素素提过这句话，如再过门不入，似乎有些不合，而且这位柳侠既是玉骢未来夫人的寄母，在玉骢的立场上，似也应去拜访见一下，为此便与玉骢商量之后，到达黑龙潭的次日清晨，二人就双双到化龙桥柳府上去拜访。

女侠柳德宗今年已有七十余岁，她是深得张松溪一派真传的，论内外功俱臻上乘，此番珊儿、素素到她家里，曾由珊儿对她提起素素最近因比武订婚的事，由宇文老人作伐，许配了滇南三十五猛穆索土司后人穆索玉骢，又说玉骢为滇南哀牢山大觉禅师入室弟子，武功已得少林派真传，人品轩昂。柳侠久闻滇南穆索珠郎在平吴一役里，显过能耐，在滇黔一带很有威名，心中甚喜，不料过了两三天，安馨就挈了玉骢登门拜谒，柳侠忙亲自出迎，接到内厅，一看玉骢气宇轩昂，武功坚实，十分赞叹，于是当即设宴款待。安馨筵前细看柳侠，只见鹤发童颜，神凝气静，一望而知是个内功精湛人物，备致钦敬之辞。

柳侠笑说："年衰力朽，早已不敢与后进诸君争胜，真所谓尸居余气而已。"一时说到穆索珠郎当年被害事情，以及玉骢此次复仇的志愿，柳侠不胜感喟，点头说，"郎君如此英武，报仇之事，早晚必要达到的，不过我素闻本省吴藩台，便是当年茂州府知府，此人诡计多端，多行不义，且与雅州、松潘两路的悍苗素有来往，龙古贤尤与亲密，二位行踪虽然秘密，难保他们没有个耳闻，此番路途尚远，一路还须加意小心为是。"

安馨、玉骢自然唯唯应命，席散后二人辞谢别去，柳侠眉毛一扬，向二人说："二人初经此地，人地生疏，我看如不嫌简慢，不如就在舍间耽搁几天，毕竟要比外面僻静得多。"

安馨闻言，暗忖柳侠虽系老前辈，又是玉骢未婚妻的寄母，与一般朋友不同，但究竟是一位妇道，玉骢虽可算她的寄女婿，自己又算什么呢？如若老实不客气地住在她家，未免有些不便，想到这里，当即躬身称谢说：“多谢老前辈的盛意，本应如命迁到尊府，多多领教，怎奈玉骢世侄行路性急，恨不得能早到一天，好早了一天心事，因此明日就要上路，一夜之间，就不必再打搅尊府了，下次得便，再当拜谒。”说罢躬身告辞。

柳侠见他们去心甚坚，毫无留恋之意，也就不再坚留，只得说道：“既如此，一路上多加小心，但愿早日成功，那时再当为二位接风道贺吧。”说着一直送到二门口，安馨再三拦住，才止步不送，眼看着安馨、玉骢同往镇上而去。

安馨、玉骢在黑龙潭共住两夜，第一夜是初到的第一天，第二夜就是到柳侠家赴宴回去的一天。黑龙潭小小乡镇，根本无店可住，二人就住在西街尽头的一所诸葛武侯祠中。这武侯祠川中最多，而地近苗区，更易数见，祠庙并不怎大，大都是一个正殿，配着两庑，后面还有一层，都供着昭烈帝，这君臣同祠的风俗，想必由来已久，所以杜工部诗中竟有“一体君臣祭祠同”的那句话，也许是有所指实的。

闲文休絮，却说安馨、玉骢回到武侯祠内，日色已经平西，二人在柳侠家散席不多时，自然吃得甚饱，当时便主张不再做饭来吃，今晚早些安息，明天天亮好早行。

当时二人就在武侯祠的大门甬道上，看着庙虽不大，甬道两边的柏树十分郁茂，几乎将一条甬道遮成了一条碧绿的胡同，柏树上常有灰尾小鸟飞鸣跳跃，吱吱喳喳的，虽然热闹，全祠却一个人影都看不见，心说这里怎的连个香火都不见呢？二人从甬道走到门口，向西边山峰上一望，见那紫巍巍的日光，正照在一带篱落之间，屋子西边竹林中，空出一块块的夕阳西坠的云彩，那一丛丛的翠竹，外衬着红紫黄金各种色条，一缕缕地挂在天空，等到太阳一下水平线，这才算把那美丽的夕阳，用碧绿的翠竹给衬托出来。他二人随便玩赏了一会子，见天色渐渐暗将下来，祠外一片空地上，远远的有几丛野树，几条小河汊子，横亘在平畴上，四外远远的有三五处晚炊，直上空间，那一幅乡村暮景，着实令人欣赏。

二人就走回殿右的旁庑中坐地，在屋内虽还不至粪污狼藉，但连一张桌椅都没有，眼见得是个无人过问的荒祠，好在二人的武功了得，自然胆量也大，丝毫不放在心上，各人将随身的行李卷儿打了开来，向地上一铺，先依着屋内墙壁静坐，过后天色越暗，屋内并无灯烛，幸而新月已上，照得这荒祠中竟生出一些生意来。正殿院中，两边有着两株合抱的大松树，此时新月临风，就照着松间碎影，簌簌地响个不了，猛听两株树上，连声唰唰乱响，安馨精细，忙掩步走到殿庑门口，向院中张望，正是两三只松鼠，一边尝着松枝上松果的香味，一边却和它的同伴们淘气，故意地飞过来，蹿过去，如穿梭一般，在松荫间往来跳动，安馨这才放心，倒在自己铺盖上睡去。究竟行路人是辛苦的，不大一会儿，二人全都入了睡乡。

在乡村的夜间古庙里，当然是最寂静的地方，它静得几乎连在地上掉下一支针，都能使人们听得清清楚楚。这一晚安馨等利用这个宁静的夜景，来了个十分酣睡，以酬他们两三天来的劳倦，于是他们二人睡在偏殿中，竟一递一声地打起眠鼾来，在静夜之间，倒也觉得稀里呼噜的颇有一番唱酬之意呢。

从这一派稀里呼噜的鼾声中，忽然发出一种远近的呼哨声，渐渐地向武侯祠四周围将拢来。安馨年岁已到四五十岁之间，夜间睡眠的程度不比年轻人那样沉，此刻虽在熟睡中，却仍为一阵阵的呼哨所惊醒，等到他一经醒来，那就立刻听出可疑之点，忙一个翻身，和衣坐起，悄悄着好鞋袜，手推着玉骢左肩，叫着：“老贤侄且醒醒，这里出了事情了。”

一语未毕，玉骢已经跳了起来，前边正殿院中，似乎已有多人足声，向着室门奔来。安馨大惊，立刻与玉骢握了刀剑，系了行囊，隐身门后，由底下窗格向外一看，见共有四个苗汉，两人已从自己窗棂反奔到对面廊外，向自己这边廊子下观望，指指点点，似乎在等着什么。安馨本以为他人要来攻门，本打算乘机冲出，后见诸苗举动，初还不解，既而闻得自己窗下，似隐隐有嗞嗞之声，立闻有一股硝磺味儿，直冲鼻管，安馨立时醒悟，低声说：“赶快离开这里。”忙拉着玉骢，拔开长窗，二人便双双飞跃而出。

当二人刚刚出得配殿室门，身后轰天价一声响亮，方才二人存身的配殿临窗的半排房屋，早已在灰飞木荡中倒塌下来，安馨等也可说是从烟雾尘火中跳身而出的。

原来四苗汉正是上文所说安山手下的四个悍苗安柱等人。他们在祠外算计好了，将门便在西配殿廊下两端安上了一包炸药，准备一下将安馨、玉骢轰毙，如万一不死，再合力围攻，却不防他们在窗下时已被安馨看见，等到炸药爆炸前，药线着火嗞嗞的声音又被安馨听见，这才拉着玉骢冒险逃出，此时四苗万不料安馨等已从火中冲出，反倒吓了一跳，但在这刹那间，四人一声吆喝，立又围将上来，四件兵器纷纷向他二人身上搠来。

玉骢也不知怎么回事，见屋坍殿毁，才知是苗人暗算，不由心中大怒，一声怪吼，一柄朱痕剑风卷残云似的就裹到了四个苗汉当中，旁边安馨在高声大骂之间，也使开了那柄折铁苗刀，星月光下寒光闪闪。二人的刀法、剑法，毕竟与一般苗人大是不同，四苗中以武功而论，要算岑秃子和满星光为高，满星光一见二人闪展腾挪，纵跳如飞，身手矫捷异常，招数纯熟，自知不是敌手，忙打了个呼哨，立从祠外又跑进七八个苗兵，一人手中除了苗刀而外，都扛了一杆标枪，满星光随手向苗兵手中接过一杆来，远远地一甩手，口中喝声："着!"呼的一声，一杆标枪便向玉骢迎头直飞过来。

这时其余三个苗汉正和他二人交手，他们当然知道满星光的那一手功夫，唯有安馨和玉骢并不知此苗善掷标枪，呼的一声，一根又长又大的东西向玉骢飞过来。论理说玉骢等躲避暗器都不算事，标枪既比暗器长大易见，自然易于闪避，殊不知此物系满星光的特殊功夫，自有它的妙处，别看它长大，但速度之快，力量之大，真是出乎意料，所以玉骢一见枪到，因它长大，便不闪避，只用朱痕剑去格，哪知标枪力能击穿狮虎脑壳，力大非凡，如今被玉骢迎头一格，枪尖自然格开，可是因它的力猛器沉，未能坠落，竟呼的一声，整个横将过来，枪尖虽已斜去，枪尾却正好横扫过来，嘣的一声，正击中安馨的肩头，安馨冷不防中了这一下，震得他手臂都麻，苗刀几乎脱手，不由一惊，慌忙一挫腰，闪过枪尾把，这时旁边岑秃子的七节响鞭却已扫到了安馨的腰上，安馨一见，这一下可要躲不过去，真亏他眼明手快，从小的功夫，到老不懈，猛地使了个"旱地拔葱"，平地里向上跃出八尺高去，岑秃子钢鞭便从安馨脚下扫过，可是这一连两三手，真把个安馨唬得汗流浃背。

哪知一波甫平，一波又起，安馨双足刚刚到地，听空中呼的一声，黑黝黝一根长家伙又到，标枪头带着星月光，一闪闪地直向安馨额上飞来，安馨知道方才玉骢上了当，才使自己遭了鱼池之殃，这回他看得真切，并不去格，只将头略略一侧，那根标枪竟嘣的声从安馨左耳边擦过，只听咔嚓一声，早直钉在正殿廊下庭柱上了。满星光连发两枪不中，他一怒之下，竟跳出圈子，站得远远的，专等苗兵手中取了标枪在手，冷眼看着机会，他今晚拿安馨、玉骢当了狮子老虎，一枪接一枪地直飞过来。他二人知道此人标枪大有功夫，大意不得，稍一疏神，必被扎个碗口大小的窟窿，虽是步步留神，终觉讨厌，安馨便一边挥动苗刀，敌住三苗，一边暗暗掏出一支八宝神钉来，取了出来扣在左掌上，专等空隙发射。

这时南老虎正持着一杆长矛，唰唰唰一连三四抖，几个斗大的矛花向安馨前胸、面门两处直扎过来。安馨冷眼看满星光，正站在东配殿廊下台阶上，就一边闪，一边退，看看将退到东配殿廊下，离着满星光只有七八步远近，知道满星光正抬着头，扬着脸，向远处的玉骢注意，一面正从苗兵手中又取过一杆标枪来，刚自聚精会神地一举手，还未发出，安馨已到他近旁，手中神钉倏地向满星光咽喉发去，只听哧的一声，正中满星光要害，皆因满星光居高望远，竟忘了注意身旁，安馨从下方斜着向上发去，居然命中咽喉，可笑满星光咽了气还不知是中了谁的暗算呢！

这里安柱与岑秃子正和玉骢拼得你死我活，忽见台阶上和颓金山倒玉柱似的躺下一个满星光，不由一怔，玉骢手法何等快疾，哪里容得他分神，一看岑秃子方才一鞭砸空，一见满星光倒地，不由抬头呆望，在惊诧之中，前身门户洞开，显然已疏了神，说时迟，那时快，朱痕剑一紧，龙形一式，一个“拨草寻蛇”式，唰的声连人带剑，从他的脚下直翻上来，只听哧的一声过处，岑秃子的肚腹上早被刺入四五寸，玉骢一面转身跳开，闪过旁边安柱的独角棒，一面趁势将手中朱痕剑一搅，随手向外一拔，秃子铿的一声，栽倒在地，一大堆肚肠子却五颜六色地向外直冒，那情景好不可惨。

南老虎与安柱一见四人伤了两个，正在啊呀呀怒喊之际，忽听空中一声断喝，响如洪钟，震人耳鼓，跟着星光下人影一闪，立时现出一个又高又大的苗汉，那人身法之快，着实惊人，原来正是来接应南老虎等的滇北狮王安山。

第三章 柳侠拐杖惩悍苗

安山原是随了安柱等同来，却故意比四人迟到一步，在他们剧斗时，他本早在祠外墙上藏着观战呢，如果四苗得手，他自己也就不露面了，此时一见敌人一招，举手之间岑、满丧生，他如何还能躲着不出来呢？当即一抖腰间一条纯牛皮药制的豹尾软鞭，抖了出来，这鞭虽是皮制，鞭首和四周轮廓却都镶着纯钢，锋利无比，而软鞭的招数三十六手，也与别的兵器不同，它是依了五行生克，从三十六手，化出九九八十一式，每一式变幻起来，可以化到三百六十式周天之数，安山的纵横苗疆，所向无敌，也正恃此一手绝技。

这安山一到院中，先向安馨扑来。安馨用神钉射死满星光，取回神钉之后，正要收拾安柱，却从空中平白地见安山亮了家伙，一动手如何瞒得了安馨，知道来者不善，心说莫非就是珊儿等人所说那个匪首安山？看他适才所展身手和所用兵器，知是一个劲敌，当时就留上了神，就与安山、安柱三人，丁字儿走开了场子。玉骢刺死岑秃子，又去战南老虎，南老虎却早不是玉骢的对手，别管他矛花抖得多大，玉骢一柄朱痕剑早使得他招架不及，他正在颤巍巍没法还招之际，玉骢等他矛花儿抖得大大的时候，猛地运用臂力，瞧准了矛杆，一剑削去，但听咔嚓一声，矛尖早被削得斜飞出去，南老虎一见，吓得魂灵出窍，他立刻将手中白蜡杆子向玉骢迎面甩去，玉骢微微一侧，早已让过，正要踏进一步，踩他的洪门，谁知南老虎一见，掉头就跑，玉骢一则因他本领平常，二则见他兵器被削断，畏惧而逃乃是常情，自然不疑他有诈，见他一走，举步便追，南老虎一直向祠外逃去，玉骢也赶了出去。

二人约跑有三百余步的远近，正过了甬道，将对大门的地方，那里松柏茂盛，树叶浓密，月光本微，星光更被遮得暗暗淡淡，玉骢正在考虑这地方有些险恶，猛听南老虎在前面“哎呀”一声，直从地上翻了过去，似乎是绊了石头，立脚不住，栽倒的模样，玉骢以为他不慎摔倒，心中一喜，正想赶前一步，举剑取他性命，谁知就在南老虎在地上一翻一滚的当儿，立觉一道寒光，直奔面门，玉骢万不防他有此，心中一惊，忙着向右一侧身，打算闪过去，偏偏慢了一步，就觉得左肩窝里扑哧一声，立刻一阵酸麻，还想挣扎着自己拔去暗器，哪知就在这一刹那间，神志一阵昏迷，便自栽倒地上。

原来南老虎专一制造喂毒暗器，且百发百中，他向玉骢发的，正是苗人习用的莲蓬子母扣，此物用机簧括发，形如莲蓬，中排三十粒喂毒钢扣，其中十五粒大，十五粒小，故称子母扣，每发必是子母同出，故被伤的人伤口常有二洞相连，因二洞相连，毒发容易穿溃，用意恶毒。此种毒药也有轻重之分，重者中伤人在五小时内可救，到一昼夜时死亡；轻者中伤人在一昼夜内可救，到三天死亡，此时玉骢所中竟是重者，所以立即倒地昏迷。南老虎一见玉骢倒地，心中好不得意，忙一步抢到玉骢跟前，从苗匪手中接过一柄苗刀，举起来就向玉骢当头劈下。

安馨虽然武功了得，但本已与安、岑诸苗力斗半日，此刻忽加入一支生力军的安山，虽然岑秃子已被玉骢朱痕剑刺死，南星光死在安馨钉下，但安山的武功较岑秃子、南星光两人，要远胜十倍，安馨以疲乏之余，再与安山、安柱这两个凶神似的周旋，渐渐觉得有些力怯，此时见玉骢已经追着南老虎向祠外跑，心中更觉悬念。安山何等机灵，一看安馨此种神情，知他心悬两地，立刻趁势一紧手中的软皮鞭，但见一片黄光，真和一条虬龙似的，施展开来，真个又沉着，又勇猛，每一下都向安馨要害处搠去，安馨越发手脚忙乱。

这当儿口，安柱一刀横着向安馨肩背砍来，安馨跨左足，挫腰，侧头，刚刚避过，正待展开右手苗刀，向安柱右胁下搠去，哪知安山那条软皮鞭早和蛇影一般，飞向安馨背上，安馨目注前面的安柱，等到觉着鞭风临近，要想回身架格，竟已不及，就是躲闪也来不及了，眼看这一鞭扫在背心上，不打个皮开肉绽，也必震动内脏，受伤不轻，自知生死关头，在此一瞬，也就不管他好歹，立刻运用两足和腰间的潜劲，猛地一个横旋，整个身躯和蝴蝶儿似的斜着横跃出去，这是从少林花步变化而来，它的功能全在蹲身点足，足尖提劲，两腿向左右连绞，才能将身躯旋转出去。安馨毕竟是武林中名手，虽然身处险境，仍能自救，不过这一个绞花步，旋转的劲势太过，虽已旋出鞭风之下，双足竟站立不住，连跌带滚，直翻到西廊庑下，那地方方才正震坍了一带门窗墙壁，乱石砖瓦堆了一地，立脚不住，自然一下便倒在上面，偏偏安山十分矫健，他一见安馨用绞花步闪过皮鞭，早就一蹬双足，如影随形地跟了安馨跳到石堆前，举鞭便砸，这一下安馨可就万无躲闪之法，眼看就要丧命在他的鞭下，谁知就在这间不容发之际，眼前人影一晃，安山皮鞭早已嘣的一声，被弹回去。

安山没有防备，几乎把鞭梢砸在自己脚面上，忙凝神一看，见当前一位老妇，身穿一件半长的袄子，齐到膝盖，腰束一条茶青色丝绦，下边白袜高高束起，足蹬一双福寿履，手中却只拄了一个拐杖，立在安馨身旁。安馨百忙中认识她便是白天拜访的女侠德宗，也就是素素的寄母，安山却不认识她，因她既拦住了自己的皮鞭，而且态度安闲地站着，知是一个劲敌，虽不敢轻视她，但一时的愤怒却无法遏止，立即向老妇指斥说："你这妇人怎的干预起我的事来？你有什么来头？敢在你安寨主跟前撒野？"说着竟一甩手中皮鞭，向老妇呼的声拦腰扫去。旁边安柱早忍耐不住，也就同时一举手中刀，向老妇分心就刺，他兄弟俩这两手，一上一下，十分厉害。

安馨此时早已立起，虽然久闻柳侠大名，但看她衰羸老迈，又只拿了一根拐杖，心中不由替柳侠担忧，见安柱刀到，忙从旁将他截住，哪知这里安馨的刀与安柱的刀刚刚碰在一起，铛的一声，火星直迸之际，仿佛听到轻轻一声呼斥，鞭响之下，安山反倒一个龙钟，望后撞出六七步去，不但安馨不曾看得明白，竟连安山本人，也不知自己怎会倒退出去。

原来当安山向柳侠挥鞭时，柳侠虽知此苗凶恶，无所不为，不过自己已有十余年未开杀戒，所以只将他的皮鞭用拐杖一撩，乘势一翻手腕，用拐杖首端向安山肩窝上轻轻一点，安山这才倒撞出老远去，可是安山还是不悟，反倒怒火中烧，怪叫一声，荡开皮鞭，上三下四，左五右六，将他的煞手招都使了出来；因安山见老妇如此厉害，才猛地想到此妇莫非就是柳侠？念头转到此处，自然又惊又恨，恨不得一鞭就结果她，所以一连使出几手煞手招来。偏偏柳侠仿佛毫不在意似的，并不用拐杖去格架，只凭一个龙钟欲倒的身躯，望左右两边来回地晃了几晃，可笑皮鞭竟会每下落空，丝毫不曾碰到她身上。

柳侠一面闪着他，一面喝着说："无耻的顽苗，还不知进退，你再要迷而不返，就莫怪我无情了。"

安山一经发怒，再不考虑，只凭一腔恶气，横行不已，所以当时几声怪叫之后，立刻下了毒手，将右手皮鞭猛地向柳侠颈上扫去，左手却一撒手，发出一柄喂毒的飞刀，那刀才只三寸长短，一寸宽阔，两边皆锐，形如柳叶，名曰“甜柳叶”，为安山最拿手的武器。他发出之后，唯恐还打不倒敌人，就一狠心，一连又发出四柄，一柄接一柄，跟踪而来，向柳侠的上中下三路次第击来。安山这一手功夫，平时至多发出三柄，已经从未遇见一个能避开的，今天一怒连发四柄，这在安山心中，以为一任柳侠如何高明，总难逃过他手，谁知事竟不如此，他四刀发尽，一看柳侠依然行所无事地站着，安山真认为她是个有妖术的人了，越发地急怒，口内不由骂得更凶，就将个柳侠骂上火来。安山正想伸手向囊中再取第二次飞刀时，只听柳侠一声高叱，只上前一步，手中拐杖已横着扫进了安山左边的肋骨下，安山不料她有这快的动作，忙想向右退步，柳侠哪还容他动弹，手起拐落，嘣的一声，正击在安山肋骨上。

在平时，安山本有铁布衫金钟罩的功夫，区区一拐，又算什么，可是柳侠这一拐打上去时，安山可就受不住了，只觉半边身体受击后，并不疼痛，却已麻木，左臂竟不能转动，这才惊惧起来，知道今晚要糟，他毕竟是老奸巨猾，立刻向安柱叫了声“快走”，仗着两足还未受伤，拖着皮鞭，拨头就跑。旁边安柱本与安馨打得正凶，一见安山败逃，心中自然惊慌，便也虚砍一刀，跳出圈子，跟着安山跑出祠去。

安馨正要赶去，旁边柳侠止住说：“不必追赶，我们救人要紧。”

安馨一听救人，又向四面一看，不见玉骢，忙向柳侠说：“穆索老侄尚是追贼未回呢。”

柳侠微微一笑说：“他已中了苗人喂毒的暗器，被我搭在前边廊下，我们快去吧。”

安馨闻言，吓得直跳起来，叫了声哎呀，忙随了柳侠，直奔前院而来。

柳侠自玉骢、安馨走后，闻得他们耽搁在西街武侯祠中，知那里本为悍苗出没的一个渊薮，料他们必将受祸，虽曾留他们住到家里来，可是安馨等客气，不肯照办，柳侠自不便明说，只得在他们走后，派了一个小门徒，名唤石崇儿的孩子，悄悄去藏在武侯祠左右，探窥动静。果然不到四更天，石崇儿就将安山等在祠中袭击的情形回报柳侠，柳侠知道安山厉害，同时也要警告他以后不许再到黑龙潭来胡作非为，这才来走这一遭。

也是玉骢应该有救，正当他中了南老虎的莲蓬子母扣，已经昏厥在地，此时南老虎看出便宜，以为玉骢这颗头，准保可由自己拿到龙古贤那边，换取两万银子，不比当穷教师强十倍吗？一时得意忘形，嘻开了一张毛嘴，大声喝着说："好小子，这也叫你认识爷爷的莲蓬子母扣。"一边说，一边一个箭步跃到玉骢身旁，举起那半截白蜡杆子，用断杆处照准玉骢的咽喉，往下直戳下去。

哪知他刚刚双手举起，斜着身子往下用力时，只觉得身后似有一阵风到，还来不及回头，腰上早着了一下重的，疼得他连叫唉哟，丢了白蜡杆子，跌倒在地，那正是柳侠的拐杖所击。

柳侠走近玉骢身旁，向他伤处和脸上望了望，知是喂毒的暗器，估量毒还未曾散开，侧耳听了听后院似有击扑呼喝之声，心想暂将玉骢搁在隐蔽处，且到后院看过情形再说，她一面提着玉骢，一面又低头看了看南老虎，知是一时痛得发昏，一会儿就得醒来，怕他再去伤害玉骢，便伸手骈二指，在南老虎的左肋下气门穴上点了一点，就闭住了南老虎的气穴，非点不能再醒，于是藏好玉骢，匆匆由墙上飞进后院一看，恰好又是安馨命在呼吸之间的时候，柳侠就又解救了安馨。

此时偕了安馨，走到前院廊子角落里，一只破香炉后面，将玉骢抬到廊下月光亮处，柳侠先按伤处，取出两粒子母扣，托在手掌中，向安馨说：“这是喂毒的莲蓬子母扣，十分恶毒，凡是用此种暗器的人，论理皆应铲除，以免害人。”说罢，将子母扣丢了，命安馨将玉骢的衣服解开，露出肩窝，从怀中取出一瓶药来，先洒了些在伤口上，然后又从怀中取出一瓶金色小丸来，数了十八粒，倒在手掌中，叫安馨找了杯凉水来，托着玉骢的头，慢慢地将金色药丸灌送下去，向安馨说：“幸而时间不大，他的牙关还未闭上，否则就比较麻烦了。”说罢就收起两瓶药料，走到南老虎身旁，用手掌在他的气门穴上拍了两掌，南老虎立刻哼出一声“哎呀”来，睁眼一看，面前站定一位老妇人，还当是救他的恩人，连连道谢，又一眼看见安馨也站在旁边，正愣愣的不知怎么回事，柳侠就向他正色说：“你擅用喂毒莲蓬子母扣，本应杀却，我姓柳的久未开杀戒，这次给你个便宜，放你回去，就借你的活口，传语安山，叫他少作威福，从此以后，更不许到黑龙潭来胡行一步，如再不听良言，莫怪我姓柳的手下无情，话已说完，去吧！”

南老虎听她说姓柳，才知道竟将这位柳侠搬了出来，当即吓得连声诺诺，狼狈逃去。

柳侠见南老虎逃去，便回头向安馨说：“我原知此地不甚安全，所以奉留两位在舍下暂时屈住几日，偏偏二位客气，才有这场纠纷，如今穆索郎君身受毒器，虽经用药敷治，但怕不是一两天所能痊愈，苗疆的喂毒暗器刀枪，安兄自然也明白的，须不是我过甚其词，所以我想留你两位在舍下暂住几日，等玉骢伤势大愈，再走也还不迟，不知安兄以为如何?”

安馨闻言，又是惶恐，又是感激，忙躬身应诺，说了句“自应遵命”。

二人说罢，安馨就取了玉骢的朱痕剑背在背上，然后提了玉骢，随了柳侠，连夜奔回西街柳家来养伤，一直住到玉驄完全痊愈，柳侠又赠了他一套连珠箭，又传授了他全部的点穴法，共分用掌、用指、用膝、用肘四种，其法用指者，有一指、二指之别，名曰指戳点，指按点；用掌者则有掌拍点，掌印点，掌按点之别；用膝者，以膝撞之，名曰膝撞点；用肘者，以肘臂拐之，名曰拐撞点，故手法共有撞、拍、按、戳多种。人体全身分三十六穴，其中有死穴、哑穴、晕穴、咳穴四种，得依子、丑、寅、卯、辰、巳、午、未、申、酉、戌、亥十二个时辰，来分别血液流行的经络，按时点戳，其理宏深，其法玄妙，其功神化，不过非常难学，尤其难练，玉驄原也知道一些，安馨也曾学过，但都不精，此次柳侠竟将武当派中内功点穴法的精奥传授了玉驄，详而且尽地解说，就连旁观的安馨都能头头是道，他虽未实地练习，却已领悟了不少。

玉驄经这一耽延，竟在柳家住有二十余日，直待伤势大痊，点穴法已尽得其门，才拜谢了柳侠，与安馨一同上道，向宁远府进发。谁知他的对头吴礼，早又在几个要扣上设下了天罗地网般的埋伏，以期杀了安馨、玉驄，永绝后患，致使玉驄等又重陷危险之境。

安山自从在黑龙潭诸葛武侯祠遇见柳侠败阵以后，对于玉驄、安馨不但不曾灭了加害之意，反倒增加了一段新的仇恨，至于对于柳侠，他自知不敌，只有怀恨，反无报仇之意，因此对于玉驄、安馨更增加仇视。本来他二人过了冈吉努司和方山一带，就无须自己再过问了，但现在他立志要雪败兵之耻，他情愿率领手下党羽，帮助龙古贤在第二道口子上，邀击安馨、玉驄两人。这第二道口子是在屏山西首，泥溪司一带，他这样再为龙古贤效力，龙古贤自然来者不拒，仍允许他事成之后，向吴藩台请赏，绝不辜负他的好意，安山自然高兴，当即另派手下几名武功高强的苗酋，随了自己，走捷径，欲赶在玉驄等前面，直向泥溪司而来。

玉骢、安馨在柳侠家住了二十余日，将伤势养好，才拜谢了柳侠，重向长途进发。他们也是取的捷径，从黑龙潭北走巴松，渡梁山河，沿河入崇山中，经拖须落、以密哥及永定营，再入滇北的永善县，由永善再入叙州府，才到屏山。这一条路线亦是柳侠告诉他们的，她认为最为便捷，不过山岭重重，不大好走，好在二人都是一等的武功，路上只要不为仇家所见，也并没有多大关系，到底可以早到成都，安馨等才谨遵台命，哪知偏偏就在此路上又遇见了对头冤家。

这一天安馨等正要从永善起身，再入川境之时，因为永善也是滇北唯一的大县城，凡川滇两省的客商，很多必须经过那个地方，所以县城里面最发达的就是饭馆与客店，都为招待过路客商而设。安馨等一路都走的山道，经过拖须落、以密哥这些地方，简直连一顿好好儿的酒饭都不曾见过，肚子里饿得难受，所以一到永善城里，立刻先找了一家上好的客店，住将下来，打算舒舒服服地睡上一夜。

落店之后，便问店伙哪家有好酒好菜，店伙笑指着对门的得胜菜馆说："哪哪哪，咱们对门，不就是得胜菜馆吗？他家的套鸭是顶有名的，一只鸭子，外面能套上十层鸭皮，你老一筷子夹下去，那十层又肥又腻的鸭皮，真不知有多美呢！你老快上他家吃去吧！话又说回来，价钱可真不算便宜，一只套鸭要卖你老一两四钱银子，我们这里有一句口头语，叫'套鸭真好吃，一顿一两四'，就是嫌他卖的价钱太大些儿。"

玉骢等听他说得如此好法，倒也不管他一两四不一两四，立刻就跑到对门得胜馆去吃午饭。到门首一看这家饭铺，大约有两间门面，已是黑旧不堪，大门左首砌着一排炉灶，正有三四个庖人模样的人，满头大汗，在油锅旁跳来跳去的，忙个不了，右首摆着一排木案，上面列着十几只大小瓦盆，里面盛着些荤素肴馔，这种饭铺在云南四川省城，或是大的府县城内，真是一个渺小不堪的小饭馆儿，可是到了这个滇北边境之区，就算是一家大买卖了。二人当即走入得胜馆内，居然还有楼座，二人就相率登楼，拣了个临窗的雅座，要了几色他家拿手小菜，和那店伙所说一两四钱银子一只的套鸭，大嚼起来。别看它地方小，外表差，口味却是真地道，那只套鸭虽说不上真有十层皮，但也够美的，真是又肥又腻，又烂又香，到口就酥。

二人正在边吃边谈，不时地称赞时，忽听楼梯口有人高声叫着安兄，安馨猛闻有人招呼自己，不由心中一惊，忙回头向来人望去，乍一看似乎面善，却记不起来，那人却已走到安馨桌旁，满脸堆笑地说："安兄大概已不认识小弟了吧?"

他这句话刚出口，安馨已经想起来了，此人正是当初自己在小金川参将任上时，省里一个名叫任勉寿的候补同知，曾与自己有数面之缘，而并无深交，不过据自己所知，此人纯是一个官场中人，交朋友并无什么肝胆，但也不听见他有什么大不好处，这是当初对于他的印象，此时久别重逢，倒也对他颇有他乡遇故知的心情，忙顺口说："仁兄如何会不曾认识，今日相逢，难得得很，来来来，我们同饮几杯吧。"

安馨毕竟是个武人，胸怀坦直，绝少心机。苗人大都秉性憨直，就是著名刁狡的，与汉人比来，凶横则过之，阴险则不足，所以安馨此刻心中，对于这位任同知，一些儿疑忌都不存，不过向玉骢介绍时，不便说出他的真姓名，只说了句"这位是我一个老世侄黄玉骢世兄"，他居然在匆忙间把玉骢未婚妻黄素素的姓，冠到玉骢头上，这也算得他的聪明了。

当时任勉寿似乎并不注意玉骢的一切，只不客气地坐将下来，与安馨大谈别后经过，大有班荆道故的意态，又说了许多推重的话，并且叹着说："自从老兄离去小金川以后，后任的一位，官阶虽是总戎，办事却差得远了，恐怕连安兄一个小脚指头都比不上，所以十余年来，番夷的情况，大不如前。"言下连连叹气，好像十分同情安馨当年所受的委屈。

安馨终是直肚肠的人，听了此人满口谀辞，心中十分感慨，颇引任勉寿为知己，一面忙叫店伙添上几色名菜，再来几斤郫筒酒，表示要与久别重逢的老朋友畅叙一番。任勉寿也以能与安馨邂逅为幸，安馨又问到任勉寿的近况，据他说是奉省差上云南大理府要办一宗要案，路过永善，因知县和自己是同榜弟兄，所以在此略略盘桓几日。二人越谈越高兴，饭罢之后，安馨又约他到客店中长谈，任勉寿推说此时还有别约，问明了店号，订定晚饭前奉访，并还坚邀安馨等到一家本地驰名叫玉壶春的酒馆去小酌，由他来做东，可以痛快地话一番十余年的别绪，安馨在大乐的心情中就允许了。

第四章　任同知的缚狮计

在日色平西之时，任勉寿忽然差人送了一封信来，安馨拆开一看，才知任勉寿因有几个谈公事的朋友守在下处，无法分身，特地派了两个从人，带着两匹马，来请安馨、玉骢，同到他下处便约，千万勿辞。安馨来与玉骢商量，玉骢终是小孩，见是安馨的老朋友，自然不会反对，二人当即略事整装，就乘了牵来的马匹，由来的从人领路，向任勉寿下处而来。

任勉寿的下处，据来接迎的仆人说，是借住在川南阿都正副司土司尤其光的一所别墅中，离着永善县城约有三十来里路，安馨等出店门时，日色刚刚平西，一路上快马赶行，从人也都有马跟随，所以三十里路，不过一个时辰也就不远了。安馨等在马上一路望去，见渐渐入了田野之径，那正是将近鹿溪河的一条道上，四面一望，俱是交叉的河流，一些儿山影都看不见，先前沿河还有些渔船和小舟横在岸边，走到后来，已到鹿溪河下流，但见白茫茫一片大水，一只船也没有，其时暮景苍茫中，越见幽静荒僻。玉骢因在方山、黑龙潭二次遇险，有了戒心，见此荒野景象，不由在马上暗暗地向安馨打了个暗号。

哪知安馨微笑不语，过了一会儿，二人并马而驰，安馨便告诉玉骢说："你不必担心，这位任同知是我昔日的同寅，他对于我非常同情，好意相招，绝无问题，你放心吧。”

玉骢见安馨态度非常安详，知道不会有危险，也就不再说什么，仍是驰马前行，问了问从人还有多远，只说前面就到，在将到任勉寿下处时，忽见路边上站着五六个人，远远的似乎正在指点自己这一丛人马，到了近处一看，才看清是几个樵夫模样的人，手里执着砍斧和扁担，人有五六个，柴却只有一小堆，堆在脚边，见安馨等到了面前，一个个回过脸去，似乎不愿与他们对面一般。安馨一眼望去，看见这几个人好像都是苗人，但是怎的在此采樵呢？原来在川滇一带，采樵者大半是汉民，苗民猎户，普见不鲜，采樵则甚为少见，因此他倒觉得有些奇怪，但此种细事，安馨也不去注意，只在心上略一转念，就此丢开不去想它，一心只在催马前进，便加上两鞭，豁喇喇地放开了缰绳，沿河直跑下去。

此时后面有一从人，忽地一马当先，口内说了句：“前面已到，小人引路先行。”就一马超过安馨等，又从右侧转入一带莽林中去。

安馨一望那座林子，几乎一眼看不到底，暗说：“怎的老任住在这样偏僻地方？”当即随了引路人向莽林中驰去。

这时天已昏黑，新月初上，虽林隙中漏下一簇簇的月光来，但仍嫌昏暗，众人行到深林中，夜静野旷，只听见踢跶不绝的马蹄声，景象十分幽寂。

行约半盏茶时，安馨在马上远远望见前面忽有灯光，距离也只半里路的光景，前面引路人就高声报告说：“启禀安爷，前面灯火明处，就是敝上的下处。”

安馨在马上“哦”了一声，心说：“老任怎会住到此地来？”

半里路的远近，不需一会儿就到了，引路人先跳下马来，抢行几步，向一所高大的庄院奔进去，安馨知已到达，抬头一看，原来好高大一所瓦房，正筑在深林的中心处，方才自己等人是从房子北面绕过来的，此刻才看清楚，一个南向的黑漆大门楼，两边衬着八字的粉墙，大门迎面一垛照墙，大门与照墙之间留着一大片空场，好像专为停驻车马而设。

安馨心说：“这个阿都土司想必也是一位大有钱的，看他这所别墅的气派，真也不差似当年的穆索土司呢。”想到这里，不由回头望了玉骢一眼，见玉骢正在下马，将鞭辔丢与一个从人，自己却已走到安馨身边，低声说了句“好远的路程”，安馨只点点头，也不说什么，二人早被门内接帖的仆从引了进去。

二人刚过头门，就见从仪门内迎出一个人来，连拱带揖，高声大叫：“安兄!”

安馨一看，正是任勉寿本人，身上虽穿便衣，两足却还套着一双官靴，官派十足地欠着身让二人入内，安馨忙抢一步到他跟前，和他握手寒暄，又谦谢了几句，才和玉骢一齐走向客厅。

刚到客厅阶下，忽见一个高大的苗人，面色如锅底般的黑亮，两只大暴眼，配着一只狮子鼻，一张血盆似的大嘴，真是人大脸大，口大鼻大眼大，无一不大，见了安馨等走近，正嘻开他那张大嘴，似乎要招呼客人。

任勉寿忙抢上一步，执了那苗人的一只手，向安馨与玉骢介绍着说：“这位就是阿都司尤土司，也是此屋的居停，来来来。”说着，又掉脸向尤其光说，“这一位是前小金川安参将，我们是过命的朋友。”又向玉骢一指说：“这一位是安兄的世交老侄黄玉骢世兄。”说完了，向玉骢似道歉似玩笑地又说：“兄弟也托大了，冒叫一声世兄，还乞恕我不恭!”

玉骢究是个孩子，从未经过官场，哪里懂得这一套，只是期期艾艾地答不出来，任勉寿怕他发僵，便打岔向尤其光说：“贵客已到，就请主人让客入屋吧。”

尤其光哈哈一笑，说了句领路，就一欠身，先自跨进客厅去，跟着安馨等主宾三人，鱼贯入室，玉骢举目一看这厅上的摆设，真个是富丽堂皇，十分耀目，正中一只大紫檀炕座，尤其光连连让着安馨等上坐，双方再三谦让，结果安馨、玉骢二人分坐在炕榻上，任、尤二人在下相陪，从人献过香茶手巾，一个从人进来报告，酒筵已经排好。

任勉寿就起身向安馨等说："此刻已有戌初，时候不早了，该吃饭了，二位且请到后边水阁上畅饮几杯，今天我们要将十余年的阔别，痛快地来叙一叙。"

说完就起身相让，于是宾主四人又从客厅走入后院，从后院又穿过两重院落，才转出一道月亮门，门外原来是一座花园，乍看足有十亩开外，夜间虽看不清园中景物，却有一口四四方方的荷池，正筑在园子东北角上，沿池种着一圈垂柳，都有合抱粗细，池西有一道水口，原来竟是曲曲折折的一道清溪，直通到墙外，在池子北面有一座水阁，此时遥望过去，阁中灯烛辉煌，人影幢幢，往来不绝。

尤其光用手一指说："我们就从这条小板桥上渡过溪去吧。"

安馨一看，原来在一座土山脚下，有一丛杂树，由树林中流出一道清泉，虽则水源不大，却是由上流头淙淙不绝地流下来的，竟是一溪活水，月光下倒像一条银练似的。众人沿溪向西步行过去，渡过一条板桥，才迤逦来到水阁门口，安馨不由赞叹这园布置得精雅，尤其光着实让逊了一番，大家入阁落座，见这水阁十分雅洁，尤其是阁外一丛碧油油的绿竹，栽在窗下，照得阁内几席皆碧，此时晶帘隔翠，画烛施红，景象从富丽中透出清幽的趣味。

安馨心想，看这居停，这样一副鲁莽蠢笨的形状，怎的布置园亭有如此的丘壑？心中正自奇怪，只见任勉寿起身相让入席，于是纷纷落座，山珍海味，罗列了满桌子，任、尤二人殷勤相劝，不住地敬酒，安馨本无大量，玉骢更不会喝，因此不过数巡，这两位特殊客人都已面红过耳，醉眼蒙眬。

有一语俗谚：“酒逢知己千杯少，话不投机半句多。”是说人们在同情心的观点上，最容易被情感所冲动。安馨自小金川失职以后，虽然不再想重入仕途，不过回想他那一次的失职，实在是不胜冤抑，而且愤慨的，但是这十余年来，却不曾听到过一句同情的慰语。不料在这千里万里外，忽然遇到这位任勉寿，一见面就提到安馨当年的功劳政绩，又一味地替他抱不平，安馨虽然不会再有希望任勉寿替自己真个去打抱不平的意思，但是不因不由地就勾起了他十余年来的怨愤，于是对于这位表同情的任勉寿——旧日同寅，发生了好感，任勉寿请他去饮酒谈心，自然千里万里之外，他也是要去的，何况只在离城三十里路呢？见面之后，任勉寿又是那样拼命一恭维，自然更觉得酒逢知己千杯少了。这一来，天到二更过后，安馨平日谨慎，今天却饮酒过度了，连玉骢都喝得头疼脑涨，不过还不至于醉倒。

任勉寿一看时候不早，就对安馨说：“今天时已过晚，安兄又多饮了几杯，由此回城三十多里路，也不算近，何必连夜去吃这辛苦，不如今夜就在这里耽搁一宵，好在此处房屋极多，安兄喜爱什么样的房间都有，少时小弟陪你去看看，自己挑一间合适的屋子，舒舒服服睡一晚，明天上路不是一样吗？”

安馨一想，自己与玉骢的兵器，虽随身带着，却还有些零碎行囊，留在店内，不回店去尚无大碍，想着就望了玉骢一眼，意思是看玉骢可有留住之意。哪知玉骢量浅，此时早有些醉眼模糊，心中也茫然无主，以为安馨认定任勉寿是昔年同寅至好，与自己素无丝毫嫌怨，如今久别重逢，故人之意，又是那样情重，所以绝不怀疑到不好的方面，当时也就向着任勉寿与尤其光二人说：“既承盛意款留，敢不如命，只是尚有要紧约会，明天不能不赶路。”

任勉寿一听安馨应允留住，心中暗喜，立即重又举起酒壶，敬了他二人各一大杯，连连谢过他们赏脸留住的盛情，于是四个人重又洗盏再酌，真个高谈阔论，旁若无人。任、尤二人所说，无非是恭维他二人的武艺精通，为人慷慨，安馨等越发得意忘形，直饮到三更向尽，才尽兴而散，尤其光就亲自引导他二人到园子西北角上一处挹翠楼上，那地方在园子尽头，前面有土山遮着，地方最为幽静，乃是一所三开间二层楼的书房，房屋更是雅洁，安馨、玉骢连连称谢，任、尤二人就请他二人住在左首一间，略略坐谈了一会儿，便派了两个小使，专门伺候，然后说了句“二位请早安歇，小弟等暂时告别，明天再来领教”，说毕，双双退了出去。

这里玉骢酒醉，已经不能支持，等主人一走，连衣服都不脱，匆匆将腰间所悬的朱痕剑和随身带着的一个布卷儿向桌上一撩，向炕上倒身便睡。安馨酒量虽稍强，但喝得较多，所以也觉支持不住，正想脱衣睡下，忽然腹中一阵奇痛，见两个小使还站在门边伺候，就打发他们自去休息，他匆匆地卸下苗刀，将它塞在自己睡床的枕下，卸下镖囊，与玉骢的宝剑布卷堆在一起，匆匆地就向院后空旷处，想找到适当地方出恭。大概今天的食物中，油腻太重，他又多喝了些酒，因此肚腹疼得出奇，可是园中处处整洁，真不便随地大便，只好咬着牙，一步步向园后僻静之处走去，走到一座假山洞后，一看后边已是园墙，足见已经到了尽头，又见四围杂树丛生，荒草蔓延，一望就知轻易没人来的地方，认为这正是最理想的一个地方，他就找了个角落，将身体隐避起来，然后蹲下去大便。

偏偏今天肚子虽疼，大概饮酒过量，大肠结火，始而觉得便艰不下，蹲了好久好久，肚子又是一阵奇痛，忽然大泻起来，正如开了闸子的河水，倾其所有地都排泄了出来，不但肚子里登时舒适，就连头脑也清醒许多，不像方才那样昏昏欲睡，不过是颇感疲倦，他出完了恭，先倚在墙边坐了一会子，觉得眼皮甚涩，睡意颇浓，心想大概已有四五更天，不久天就要亮，可以回房休息一下了。安馨想罢，就从花木丛中，遮遮掩掩地走回挹翠楼，去时不觉，此刻回来一计路程，竟有七八百步远近，心中暗想，这园子也算不小，同在花园北面一部分的地方，也竟距离这样远，全园怕没有二三十亩大么？

安馨身形灵便，步履轻悄，遮遮掩掩地走回挹翠楼来，自然一点声息都不会有的，他一脚跨进楼门，见灯烛虽尚有余光，却是一个仆人不见，还以为他们去休息去了，便悄悄走上楼去，跨进方才尤其光请他与玉骢住的那间房间，见房中杳然无人，再向床上一看，哪里还有玉骢的影子，这一下不由安馨大为惊诧，忙又跑到右首屋门前，想去看看玉骢是否移到这间来，哪知用手一推，竟推不开，再一看，微弱的烛光下，才看清竟是锁着的。

安馨此时心中立刻明白这里面定有文章，忙一步抢回室内，走到床边向枕下一摸，轻轻叫了声侥幸，原来自己的折铁苗刀居然还在，忙将刀掖在腰下，回头去找玉骢的朱痕剑时，和自己的镖囊，却一样不见，只剩了个布卷儿仍在桌上，安馨知道玉骢这布卷儿内的物件关系重大，忙抢到手内，向怀中一塞，正想出去查看，忽听楼下似有人语声和脚步声走上楼来，忙一个箭步纵到梯畔，掩在梯后半间小阁内，就听上来的人正谈论着自己。

一个说：“怎的还有那一个老的，找遍了也找不着呢？莫非他会飞吗？莫非他已看破机关，先自逃走吗？”

另一个说：“真找不到也不要紧，听说这小伙儿是正主，正主既被拿住，还怕什么呢？”

先前那一个又说："我们同知老爷高兴极了，说是一刀不费，一枪不用，就将一个十七八年不曾逮住的要犯拿获，这会子正自己拿自己比诸葛亮，跟你们土司吹大气呢。"

安馨一听这几句话，才知道任勉寿与尤其光都是吴礼的走狗，故意安排好了圈套，叫自己来钻的，听此人之言，此时玉骢想已被捕，这真是自己害了他，想到急处，竟想不顾一切，去向任、尤要人，既而一想不妥，这事没有如此便当，不可冒昧，留得我在，不怕救不出玉骢，如果我也被擒，可就完了。

他想到这里，那两个人早已上楼来，边走边说："我们一个人找一间房，再费些事吧。"

安馨知道他们是说找寻自己，便趁二人进房之后，悄悄溜到楼下，一看远远的灯火通明，一大堆人似正向挹翠楼来，不敢再走前门，忙一个箭步跳到后窗口，从窗中跃到楼外，躲入草中，暂不远离，想从这些人口中探出些玉骢的下落。果然不一时，那一大堆人都已到了楼下，安馨远望其中虽无任勉寿，却正有尤其光，见他全身短装，手执苗刀，满面杀气，与方才那种假斯文的派头大不相同。在他的身后，还有七八个苗汉，手执各样兵刃，一望而知都是上乘武功的人物，安馨藏在草内，想到玉骢被劫，都是自己大意的缘故，深觉愧对玉骢，几次想冲出去，用武力向他们劫回玉骢，但是仔细一加考虑，知道这不是意气用事所能挽回的，如照目前情势，自己纵出，挺身出斗，无异自投罗网，则又有谁人再去援救玉骢呢？且听他们讲些什么。安馨从小跟随穆索珠郎之时，就是一个足智多谋、不肯造次妄为的人，如今年纪到了，自然更有计较，因此仍伏草中，听他们说什么。

果然尤其光开口说话了，他向旁边立的一苗人说："如今最要紧的，就是快找到那个姓安的小子。据伺候他们的人讲，他们一到屋内，那小孩子因酒醉先睡下了，就没看见姓安的睡下，也没看见他走出楼去，我想此人也许还在楼中，我们大家小心些，再去细细找上一回。”说完就带了四个苗汉，一同登楼，余人仍命守候在楼前阶下。

安馨此时所藏之地，与这些苗汉距离约有三五十步路的远近，他知道尤其光在楼中找不到，就要派人在花园中撒下搜查网了，那时可就无法逃走，我不如趁天色未明，先逃出这个险地，然后再设法搭救玉骢，不要一时的意气，与他同归于尽。他想到紧要关头，立刻轻轻地向北面爬了出来，因为挹翠楼本是园中最僻的所在，所以楼北全是荒草，足够五六尺高，以安馨的身法，又在黑夜，自然不难脱身。

哪知偏偏走到离园墙不满十丈的地方，有一条小岔路，安馨正从草中跃出，要想向墙头上蹿去，恰巧过来两个更夫，一前一后，的笃澎、的笃澎地敲着，从东面路上巡过来，安馨涌身一蹿，自然有条黑影向上一闪，前面那个更夫，本已奉到尤、任二人的命令，叫他们注意在逃的安馨，此时一见黑影直蹿过来，不由一声惊呼：“众位快来。”就丢了锣棒，向南就跑。

安馨听他叫出口来，深怕被楼外的人听见，正好那更夫是从自已身边经过，安馨素不肯随便杀人，今日事急，心说：“我也顾不得你了。”立即一横身，伸出左足，向更夫脚下一钩，那更夫如何吃得住，当即扑通一声栽倒在地，安馨更不怠慢，折铁苗刀一起，更夫的头早已离了脖头。

后面那一个更夫本已听见前面的呼声，却还不明白他何以高叫众人，此时在星火下，迷迷糊糊似乎看见前面的同伴跌倒地下，当即问了句：“怎的好好儿会跌……”他嘴里一“倒”字还未说出，眼前刀光一闪，安馨又已将他了账。

二更夫一死，安馨心中一宽，一连两三个纵步，已到墙下，立刻翻身上墙，回头一看，远远望见挹翠楼前人影幢幢，火光甚亮，不知是否来追自己，只得忍心跳到墙外，落荒而走。他既不识路径，又不知望哪里去的好，只得信步跑去，直跑到东方微白，晓露浸衣，估计大约离开尤家别墅也有十余里路了，竟不知是什么地方，他在路边林下休息了一会子，才又顺了方才奔逃的方向前走了二里路，看见一路有些个挑菜入城的乡农和挑柴入城的樵夫，安馨便上前问讯，才知这里已是大文溪。

原来安馨从尤其光别墅逃出之时，是向东南跑的，那别墅原处于大鹿溪侧南岸，安馨向东南一走，自然会越过小文溪，到了大文溪的，可是此处距离永善就比较远些，不一时果见前面一道大溪流横在当道，四围一片平畴，连一些儿山影都看不见，等到日出后，反觉得疲倦起来，他想找个地方休息一下，就沿着溪流向前找去。

要知这条大文溪，名虽为溪，事实上比差不多的河还要大些，从此望东北方去，就是桧溪，再上又是定溪，过了定溪，就是凌云关，那是由云南昭通府入四川叙州府的一个关口，所以这一条大溪的水程，相当的长。

安馨沿着溪岸走了一二里，路旁有一条小岔路，直入林中，又从林中隐隐露出一些红墙，知道林内定有庙宇，当即赶行几步，果然在深林中有一座小庙，却是十分破败，并无和尚香火，廊下瓦罐地灶，一望而知已做了乞丐的公馆了。安馨一心想休息，也不去管它，寻到店后一座小院落里，见有三间房屋，已经倒塌了两间，只剩了一道廊子，倒还干净，安馨就找了一支树枝，向阶上扫干净了，用玉骢那个小布卷儿做了枕头，竟在廊下阶上，呼呼地鼾睡起来。

第五章 灵鸽求援哀牢山

原来任勉寿虽然与安馨是十余年前的同事，但是两人并无交情，而且此次任勉寿与玉骢猝然相遇，并非出自偶然，乃是奉了四川藩司吴礼之命，特向由滇入川这条路上迎着安馨、玉骢而来的，吴礼又命任勉寿到了永善，与龙古贤的亲家翁尤其光土司联络，商议进行，因此任勉寿就住在尤其光家中；他的家是在永善县，任勉寿每天必到县城各处茶坊酒肆，暗访安馨的踪迹，果然这一天被他碰见，就假说奉公上云南省城的话，一面与安馨一味叙旧拉近，一面就与尤其光洽商，于是假作还席，就借了尤其光在鹿溪河的那所别墅，赚来了安馨与玉骢两人。

他们知道安馨不是好对付的人，何况还有玉骢。他虽不知玉骢的本领，但是知是穆索珠郎的儿子，强将手下无弱兵，一定也是个辣手的人物，因此他们商量好，要用软留的方法，将二人留在园中，到了夜深人静，点上苗洞中一种离魂散，将二人熏晕了神志，然后可以不费吹灰之力将他们缚住，解到四川省城请赏。

他们的计划在前一半，可说是招招成功，不料到了临时用上离魂散的当儿，毒香点尽，独不见了安馨，尤其光不由大奇，忙匆匆告诉了任勉寿。任勉寿一听安馨逃走时，自己的性命眼看着要难保，先前一个足智多谋、活龙活现的任同知，到此刻简直成了痴汉，原来他一心在替自己担心了，哪里还能想出什么高明招儿来？所以他始终藏在屋内，不敢再到挹翠楼去。毕竟尤其光胆大些，就带了他司里几名有本领的苗酋，亲到挹翠楼前后左右搜查安馨，这就是上文安馨伏在草中，发见他们秘密之时。

向他们使用离魂散的时候，安馨怎的会未被熏上？这正因他恰巧去出恭，挹翠楼中只有玉骢一人，迷迷糊糊的因酒醉倒在榻上。这使离魂散的人，原是尤其光的一个小舅子，名叫小妖儿，年纪才得十九岁，他是尤其光姨太太的兄弟，乃是苗洞中最狡猾的一个天生坏种，此时他手里拿着两三支离魂散，那东西也就是江湖上的鸡鸣五魂返魂散，不过各易其名而已，小妖儿悄悄走到楼梯口一听，上面声息俱无，他还以为安馨、玉骢俱已入睡，心中暗喜，忙一步掩入楼上正中那一间屋内，用吐沫沾湿了右首这一间屋子的窗纸，将三支离魂散次第点着，一支支地递进窗去，大约一盏茶时，右首屋中早已充满了离魂散的香味，屋内不论有多少人，只要呼入鼻孔，自然都和死了的一般，可是那时右首屋中，偏偏只有玉骢一人正在酣然好睡，于是他就从睡梦中，中了离魂散的毒气。

当时安馨也是幸运儿，他在离魂散还未点着时，竟跑到后边屋外出恭去了，所以他逃过了这层危难，但小妖儿并不知道，他将三支离魂散全数点尽了以后，立即转身下楼，报告尤其光。此时任、尤二人早将去绑缚安馨等的人手准备多时，立刻由小妖儿亲自率领，一窝蜂拥入挹翠楼上，将右首屋子打开一看，只见玉骢一人睡在床上，再找安馨，怎么也找不着他的影儿，众苗不敢怠慢，忙将玉骢捆缚结实，抬到前边尤、任二人处，并将安馨逃走的话，报告了一遍。

旁边任勉寿一听，心中疑惑，他觉得安馨此番与自己见面，绝不怀疑自己，才肯在深夜中远道来践此约，此时我们一无举动，他怎会知道？任勉寿知道其中或有别情，多半是适值他不在楼中，侥幸而免，那么应该赶紧派人在园中搜查要紧，便将这意思对尤其光讲明，让尤其光带了人，仔细搜查，免得被他逃走。尤其光也以为然，就带了八名高手苗汉，亲到挹翠楼搜查。哪知他们已经来迟了一步，当第一次小妖儿带人将玉骢架到前边以后，正是安馨出恭完毕，悄悄归来之时，他一看玉骢不见，他的朱痕剑也丢了，想到进房时，闻得尚有一阵离魂散的余味，安馨究是苗人，这些东西哪能瞒得了他，他于是怀疑事情有变，哪知远远的已有许多灯笼火把向挹翠楼而来，夹着许多人声，远远地与留在挹翠楼前门看守的几个苗卒，似在互相高声问答。

那边问："这会子看见那个姓安的崽子吗?"

这边却说："一个鬼影儿也不曾看见。"

安馨心中顿时明白，立即匆匆取了自己的苗刀和玉骢的一个小布卷儿，从后窗跳出楼外，伏在深草中偷听秘密，这些在上文中已经说过。

安馨在枯庙的台阶上一觉睡去，因昨夜通宵未睡，十分疲倦，一直睡到过午，被一阵鸟雀的喧声惊醒，睁眼一看，还是静悄悄并无一人，安馨此时精神已复，本想先回店中，取回零碎行囊，既而一想，一则玉骢待救甚急，万不能远去，以致耽误了事；二则所余行囊，取不取没甚关系，但一经回到县城，难免县里与任勉寿等声气相通，反被勘破形迹，岂不大大坏事？想到这里，他决计不再回城，专一研究如何营救玉骢。安馨明知自己势单，任、尤等既得玉骢，定必严加看守，自己前去，不易得手，但恨不能立即飞到别墅中，先去看一看玉骢的情况，决定在日落以后，赶回大鹿溪，定要冒险救出玉骢。

他定了主意，觉得腹中饥饿，便离了枯庙，向沿河人家商量买些食物充饥，在吃完了付钱之时，他想从玉骢那小布卷儿里取些散碎银钱，哪知用手一摸，竟不是银钱，而是另外一件奇异的东西，当时心中忽有所触，忙从自己腰间掏出了几钱银子，递与那个卖食物的人家，然后又向那户人家买了一支笔，要了一张纸和一些残墨，匆匆向大鹿溪进发，走到一处河岸上，一看右边是一道溪流，左边是一片芦塘，芦塘长得一人多高，风过处瑟瑟作响，却是四顾寂静无人，安馨不敢怠慢，找了僻静的野塘边上，用吐沫沾湿了方才要来的笔墨，铺开了那张纸，匆匆地写上“安在大鹿溪南岸尤其光土司别墅内待援，安”这几个字，然后将那张纸折叠小了，又将玉骢的小布卷儿打开，取出一个五寸来长的竹篋，旋将开来，里面登时跳出一只灰白相间的乳鸽，停在安馨掌上，两只血红的眼珠望着安馨，好像正在待命似的。

安馨轻轻地将方才写的求救书插在鸽子足爪上系着的一根小银管子内，然后捧了那只鸽子，轻轻对它说：“我们的生命、前途、希望，都拜托给你了，你要快快地送与宝祥师去，我们在此静候好音。”说完，只将两手松了一松，那只鸽子早就将翅膀扇了两扇，扑棱棱地向西南飞去。安馨目送鸽子飞入高空，直到看不见为止。

原来这个鸽子，正就是当日玉骢向师叔宝祥拜别时，宝祥交给他的那一只通讯鸽。此鸽在一路上，每日由玉骢按时喂它食物，它是终日蜷伏在那只长及五寸的竹篋内，连动也不动的，玉骢自下山日起，直到被尤其光等捕去为止，几于无时无刻不带在身旁，原是防备紧急的意思，这一晚在水阁多饮了酒，急于要想睡，所以一到挹翠楼屋内，和衣就睡，却嫌朱痕剑和这竹篋硌得腰上生疼，就将宝剑摘下，顺手向桌上一放，再解下竹篋，也放在桌上，这才脱了外衣，翻身就着。等到他被尤其光用离魂散熏晕捕去之后，从人一看桌上放着他的宝剑，自然不敢怠慢，连人一并送了上去，至于旁边那只竹篋，却用白布卷了个卷儿，长不满五寸，宽不及手掌，本来极不起眼，当时那个拿剑的从人以为它是银钱，曾经取到手中，试了试分量，岂知托在掌上竟若无物，自然不是值钱的东西，于是就毫无注意地仍向桌上一摞，回头就走，直到安馨回房，发见玉骢与朱痕剑一齐失踪，知道这只竹篋内的东西用处极大，忙将它塞在怀中，上文已经言过，直到次日下午，才将这只通讯鸽放了回去，向宝祥求救，玉骢的生命正握在那只通讯鸽的身上呢。

再说任勉寿与尤其光在别墅花园中东西南北，前后左右，处处找了个遍，竟不见安馨的一些儿踪迹，任勉寿心中就大大地惧怕起来了。他是知道安馨的能为的，他认为安馨的漏网，就是自己等人的失败，口口声声只埋怨放送离魂散的时候，尤其光自己不曾亲自动手。

尤其光受了任勉寿的埋怨，口里答辩不出，心中却十分气恼，便一迭连声，命人将玉骢押进后院来，他想要拿折磨玉骢来出自己的一口恶气。此时玉骢所中晕香已经解去，全身却被缚成一个肉馄饨似的，一动都不能动，先由四个苗卒将他扛到后院台阶下，砰的一声，丢落在阶前大石板上。

尤其光和任勉寿此时并坐在上面厅内，一见玉骢带到，立刻走到台阶上，向四下看了看，见玉骢躺在地上，手足并皆缚住，一语不发，好像还未睡醒似的。

任勉寿想了一想，便开口问他说："你是穆索珠郎的儿子吗?"

玉骢闻言并不睁眼，只在鼻孔中哼了一声。

任勉寿又问他说："安馨逃到哪里去了?"

玉骢瞪眼说："我还要问你呢，你问我会知道吗?"

任勉寿又问："你们二人到四川去干什么?"玉骢不答，任勉寿又说，"有人报告我，你们想到四川成都去，行刺四川总督田大人，有没有这个事情，你要说实话。”

玉骢闻言，心中诧异，心想哪里来的田大人？他毕竟年轻，他不懂这是任勉寿不便明指藩台吴礼，只好随便加他一个罪名，所以玉骢当时睁大了眼睛，向任勉寿说：“你不要胡说八道，什么甜大人盐大人，我们一概不知道。”

任勉寿一想，我们只要捉到了穆索玉骢和安馨二人，能向吴藩台那里交差，别的事儿用不着我们来多管闲事，不如先将他解进省里，听凭吴藩台处理吧。随即将此意说与尤其光知道，尤其光似乎主张等逮住安馨，一并解进，可是任勉寿知道安馨不是一个容易逮捕的人，万一再出些别的事故，反而前功尽弃，当时便将此意向尤其光说明，当即将玉骢押在一所石室里面，到了第三天，立刻派自己同知衙门的几名差役，带了阿都土司衙门的苗卒，与八名有能为的苗酋，一共三十四人，由自己与尤其光两人押解着，向成都府而去。

安馨将通讯鸽放走以后，自己默念宝祥不知几时可以得到通讯鸽所递的消息，按说自己势孤，尤其光别墅中人物不少，应该等宝祥来了，才好与他一同去营救玉骢，但安馨生怕他们将玉骢暗暗地害了，所以觉得不能等到宝祥到来，至不济也得先去看看玉骢被擒后的情况如何。安馨是热肠人，又是自幼受了穆索珠郎养育之恩，对于玉骢的生命，简直比自己生命还要重视，因此他决意在起更后，单身再入危地，要设法救出玉骢。

二更以后，尤其光别墅里，还不曾到夜深人静的当儿，安馨对里面道路虽不算熟悉，但也有个大概的认识，他远远地在一处树林内，一直坐到三更将近，悄悄地掩到别墅后墙下，侧耳听了听，里面似无声息，又仰头望望天空，也似乎不见什么灯火之光，他就从墙边一纵身，上了围墙，立刻向墙头上一扑，然后慢慢地探着墙内并无人防守，这才飘身下墙，挫着腰，弯着膝，右手带住背上苗刀把儿，左手覆在两目上，搭着凉棚，鹤行鹭伏地向那座挹翠楼行去。

从此到挹翠楼约有三五百步远近，可是一路树木丛杂，山石偃仰，非常曲折，安馨怕被人看见，也就走得相当慢，一会儿将到挹翠楼时，一眼望到楼的上下，灯火全无，行近楼下后台阶边，侧耳细细听去，觉得楼内外寂然无声，知道玉骢不会被拘留此地，当即想了想，知道不逮住一个人问一下，这大的地方绝找不着玉骢被拘禁地方，他就一路潜行，向里面行去，居然远远听到由南面墙根下，发出一阵棒锣响，知道巡更的来了，立刻施展身法，两三个箭步，唰唰唰地向棒锣响处蹿过去，一会儿早已到了巡更夫走的那条道上，离着更夫都还有十余丈路，一看前后二人，正向这条路上走来。

这条路一边紧靠着围墙，一边却是一带密莽的果木林子，安馨相了个适当的地方藏着，等第二个更夫过自己面前，就隐身跟在后面，蹑足潜踪，跟着走约数十步路，来到一所土山背后，那地方一边仍是靠着围墙，一边却在土山之西的山脚下长满了一丛丛的野树，不但地方幽僻，且也容易躲藏，他便一个箭步纵到后面那个更夫的背后，真如一阵风似的，更夫一些也不曾觉得身后有人。

安馨取出一些麻药，放在手中，这原是事先准备好的，用一方厚厚的白布，约有手掌大小，上面满涂着麻药，折叠起来，带在行囊内的，此刻伸手就掏出一方，蹑足跟到那更夫身边，左手向他头顶上猛地一罩，右手的麻药早已合在他的口鼻上，只须一经接触，立刻可以令人昏迷，这原是苗洞中的特药，安馨从来也不肯用它，此次与玉骢同赴成都，为的是吴礼非常狡猾，手下能人又多，再说一个藩司衙门何等宏大，此等物件就不得不备，原是为到成都才使用的，不想竟在这里用上了。

此时安馨一按那更夫口鼻，那更夫连哼也不曾哼出口来，早已跌倒地上，前面那个与他有十余步的距离，那人倒地，自然有些响动，他正问出一句“怎么啦”，刚想回头看看同伴，不想安馨的手又早抓住他的衣领，右手刀背在他面上一碰，口喝“不准声张”，那更夫见是个苗装壮汉，手里雪亮的钢刀架在自己脖子上，当即吓得连连求饶。

安馨低声说：“我问你一件事，你如果对我说了实话，我不但不来伤你，还额外给你十两银子；你如果不说实话，就把你宰了。”说着又将刀在他鼻子上比了一比。

那更夫颤抖抖地答说：“我一定说实话，你老问什么吧?”

安馨便问他玉骢拘禁的所在，那更夫忙说：“这个我知道，我可以引了你去。”

安馨怕他有诈，便说：“不用，你只将地点告诉我，我自己会找的。”

更夫便说：“那也好，你老说的不是昨天先请来喝酒，随后又在挹翠楼捕去的那个少年吗?”

安馨说：“正是。”

更夫说：“此人现在囚在藏书楼西面的一所库房里。”

安馨问库房有几人看守。

更夫又说：“库房里有地窖，那个少年就在地窖里，下面有多少人看守，我可说不清，但库房门口两个守卫的苗人，我倒看见的。”

安馨也不理他，又问他库房地窖有无其他的出入道。

更夫说：“库房的内容不十分清楚，在它北面有一道小门，却是常年关锁，永不开的，你到了库房后面，就可看见的。”

安馨想了想，又问说：“你可曾听见关于这少年其他的消息吗?”

更夫说：“听说等一个什么人一到，就要将他解往四川省城的。”

安馨又想了想，似乎没有话要问了，便对更夫说：“我绝不伤害你，不过不能不防你去报信，此刻只好将你暂时受些委屈，等一会儿我回来再放你，还要给你十两银子哩。”说罢，解下更夫的腰带，将他捆缚停当，又在他身上撕下一块布来，随手塞进他的口内，遂又提起他身躯，走入山脚下的野树林，把更夫放在林内隐处，重又叮嘱他说，“你放心，我一定会来放你，并将银子给你，绝不骗你。”

更夫怕他动刀，只自瞪着两眼望着安馨点头，但心中却正自在说：“强盗会发善心吗，他自己还没偷到手呢，怎会给我十两银子?”

不言更夫心中怙惙，再说安馨照着他所说的，先找到了藏书楼；因为昨天他们做座上客时，向挹翠楼安歇去时，途中任、尤曾经指点这座藏书楼给安馨、玉骢看，且楼有三层，为全园最高之处，极易辨认，所以此刻并不难找，在黑影中只要找到那个巍然高耸的大楼，就知道了。

安馨走近藏书楼，路上静悄悄，一个人也不曾遇上，他掩到藏书楼附近，向四面一看，果有一所孤零零的屋子，全屋漆黑，一点光线也不漏，那是一所平屋，他知前门有人防守，就绕到北面屋旁一看，果然有一所小门，关得紧腾腾的。安馨看这屋子，只是四方的一所，并无墙垣院落等，实难进入，想了半天，只有撬开后门，方可进去，他就掩到库房后门旁边，一看门是从内闩住的，用手中苗刀塞到门缝内试了试，觉得其门甚坚，苗刀太软，不宜挖动，便又仔细对那扇门端详一回，见是坚木造成，外包铁皮，看去甚坚，立时背上苗刀，从行囊中取出一柄小斧，坚凿一支，按在门缝内，打算慢慢地将内闩凿开，哪知刚凿得两记，静夜中其声震耳，非常惊人，安馨知道不好，忙停住不凿，将斧子拔了出来，哪知却已出了毛病。

原来前门的守卫已经听见，尤其光奸狡多智，他已料到安馨必要来营救玉骢，所以特地礼聘四名武功高强的苗酋，充作守卫，四个苗酋四周巡防，防范得十分严厉。这时屋后发生两声金属品敲凿的声音，四人中有一个名叫金驼的苗人，天性机警，一听到这两声，就知道屋后有人在凿闩，忙拉了身旁另一名叫芮锁锁的苗酋，就向屋后跑来。安馨方才在库房前面看时，此四苗尚未到来，所以看到库房四周静悄悄的人影都无，他哪里料得到片刻之间，人家已赶到后门。安馨还算机灵，一听屋旁草中似有窸窣之声，忙向丛树中一隐，将整个身体隐在一株大树后，果见有两个苗人，手执苗刀，掩到后门边，细细察看门上的痕迹，看了半天，似乎不曾看出什么，就转身向屋后林间走来，眼看就要走到安馨藏身的树旁，忽然听到远远的有一声救命的呼声，二苗酋当即转过脸去，向呼声处寻找。

片刻，又有第二声呼救声传来，要比第一声更为清楚，方向也约略可辨，二苗立即飞身向方才安馨的来路上跑去。安馨也是惊疑，心里一阵打鼓，恍然醒悟，知是方才被自己捆缚住的那个更夫，但他营救玉骢之心过切，也不顾利害，立时悄悄奔出树来，又纵身到后门，举斧插入后门的门轴上，打算挖开它，免得发声太大。

他只知方才二苗已向北随声追去，却不料还有二苗此时也正从前门转到屋后，此二人一名叫罗甸臣，一个名叫春扬，都是川滇悍苗中厉害的人物，这时两人转过屋来，他们步履轻捷，安馨又一心都在门上，竟丝毫不曾觉察，但是春扬眼毒，一眼就看见一人正伏在后门外，用斧子向门轴上使劲地撬，他忙一肘罗甸臣，二人一前一后，悄悄掩到安馨身旁，此时安馨因见门轴已经渐渐被自己撬动，心中大喜，正在一心专注在那扇门上，自然不曾留神到身旁的。春扬在星光下一看，认识他就是昨天赴宴的安馨，竟一声不响，手握苗刀，掩到安馨背后，相隔只有三五步路的地方。

安馨毕竟不愧是一个久经大敌的能手，敌人到了身临切近，他猛觉身旁有一种极微细的窸窣之声，跟着人影一晃，春扬的刀已到了安馨的背上，安馨既闻其声，又见其影，自然断定有人袭击，说时迟，那时快，只在这刹那之间，安馨也来不及再拔出门轴上的斧子，立时一个“黄龙翻浪”，双足微点，从左侧斜蹿出去丈来远。那春扬苗刀落空，铮的一声，刀已砍在后门铁皮上，春扬不由吃了一惊，暗说此人好快的身法。就在春扬惊愕之间，安馨早已一连两三个纵步，向原路上逃去。他知道别墅内人手甚多，自己意在救出玉骢，无心跟这些人交手，所以不愿多费气力，暗忖既是今晚救不出玉骢，不如暂时回去，明后天再来，所以他一口气向围墙跑去，二苗虽然紧紧追赶，但身法却跟不上安馨，眨眼间安馨已没了影儿。此时金驼与芮锁锁也赶到一处，他们四人忙着向围墙下面搜索了一回，哪里还有安馨的影儿。

后　　记

第五集结束全书：接叙安馨二次夜探别墅，不料尤、任两人已暗派四名苗酋，秘密将玉骢押解进省。后来安馨力战群苗，几乎丧生，幸宝祥得到灵鸽示警，赶来救援，铁掌毙凶苗，两人重上征途，泥溪司狮王两次逞凶，一场恶战，击退群凶，黄泥溪河，巧救玉骢，于是三人赶奔成都府，各献绝技，闯过重重埋伏，进入成都府，经过惊险绝伦的血战，才得活捉吴礼。丛林中，玉骢用朱痕剑手刃父仇，剜胸摘心，望空哭亲后，才算完全结束苗疆全部惨剧。

场面惊险火炽，事迹悲壮，实为本书最紧张者。

注：本集1951年3月正华书店初版。

编校者按：据以上后记，知《苗疆风云》一书结束于第五集，可惜编者及友人手中均只得前面四集，第五集遍寻不着，虽曾在陕西省图书馆目录中发现第五集的踪迹，但询之该馆，仍未得见，十分遗憾。幸好本书百分之八十内容尚存，且第四集后记也概述了第五集主要内容，尽管无法凑成全篇，但也聊胜于无。唯期诸异日得见第五集，最终将全书补足。

附录:朱贞木小说年表

朱贞木小说年表

武侠小说			
书　　名	出 版 商	单行本出版时间	备　　注
铁板铜琵录	天津大昌书局	1940	后改名《虎啸龙吟》并沿用至今
龙冈豹隐记	天津合作出版社	1942.11—1943.10	
蛮窟风云	京华出版社	1946	又名《边塞风云》
龙冈女侠	上海平津书店	1947	又名《玉龙冈》
罗刹夫人	天津雕龙出版社	1948.05—1949.12	
飞天神龙	上海元昌印书馆	1949.03	
炼魂谷	上海元昌印书馆	1949.03	《飞天神龙》续集
艳魔岛	上海元昌印书馆	1949.03	《炼魂谷》续集
五狮一凤	上海育才书局	1949.12—1950.01	
塔儿冈	上海正华出版社	1950	
七杀碑	上海正气书局	1950.04—1951.03	未完
庶人剑	上海广艺书局	1950.08—1951.03	未完
玉龙冈	上海民生书店	1950.10	即《龙冈女侠》
苗疆风云	上海正华书店	1951.01—1951.03	
罗刹夫人续集	上海正华书店	1951.04	疑雕龙出版社版亦有
铁汉	上海利益书店	1951.06	题“通俗小说”,仍为武侠套路
谁是英雄	不详	不详	仅见于预告,或许从未出版
酒侠鲁颠	不详	不详	仅见于预告,或许从未出版
龙飞豹子	不详	不详	仅见于预告,或许从未出版
历史小说			
闯王外传	上海元昌印书馆	1948.12—1950.06	
翼王传	上海广艺书局	1949	借名之作,朱同意
杨幺传	不详	不详	仅见于预告,或许并未出版

续表

其他小说			
郁金香	上海元昌印书馆	1949.05	社会小说,抗日题材
红与黑	上海元昌印书馆	1950.11—1951.02	社会小说,煤矿题材
附　　注			
碧血青林	不详	不详	仅 1944 年《369 画报》中提及,并未出版
千手观音	香港出版	1950—60 年代	《虎啸龙吟》中部分内容
云中双凤	香港出版	1950—60 年代	《虎啸龙吟》中部分内容

图书在版编目(CIP)数据

苗疆风云 / 朱贞木著. -- 北京 : 中国文史出版社, 2021.2

(民国武侠小说典藏文库. 朱贞木卷)

ISBN 978-7-5205-2147-5

Ⅰ. ①苗… Ⅱ. ①朱… Ⅲ. ①侠义小说-中国-现代 Ⅳ. ①I246.5

中国版本图书馆 CIP 数据核字(2020)第 141599 号

整　　理：顾　臻
责任编辑：薛媛媛

出版发行：中国文史出版社
社　　址：北京市海淀区西八里庄路 69 号院　邮编：100142
电　　话：010-81136606　81136602　81136603（发行部）
传　　真：010-81136655
印　　装：北京新华印刷有限公司
经　　销：全国新华书店
开　　本：720×1020　1/16
印　　张：16.75　　字数：188 千字
版　　次：2021 年 2 月第 1 版
印　　次：2021 年 2 月第 1 次印刷
定　　价：59.80 元